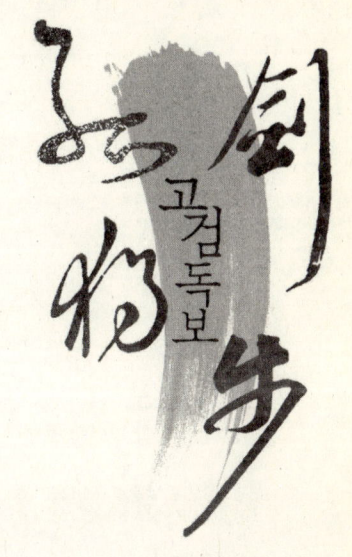

고검독보 3
천성민 新무협 판타지 소설

초판 1쇄 찍은 날 § 2016년 12월 16일
초판 1쇄 펴낸 날 § 2016년 12월 23일

지은이 § 천성민
펴낸이 § 서경석

편집책임 § 이지연

펴낸곳 § 도서출판 청어람
등록번호 § 제387-1999-000006호
등록일자 § 1999. 5. 31
어람번호 § 제2-2694호

주소 § 경기도 부천시 부일로 483번길 40 서경B/D 3F (우) 14640
전화 § 032-656-4452 팩스 § 032-656-4453
http://www.chungeoram.com
E-mail § chungeorambook@daum.net

ⓒ 천성민, 2016

ISBN 979-11-04-91095-1 04810
ISBN 979-11-04-91053-1 (세트)

※ 파본은 구입하신 서점에서 교환하여 드립니다.
※ 저자와 협의하여 인지를 붙이지 않습니다.
※ 이 책은 도서출판 청어람과 저작자의 계약에 의해 출판된 것이므로,
   무단 전재 및 유포·공유를 금합니다.

第一章	자소영단(紫蘇靈丹)	7
第二章	스스로 길을 택하다	53
第三章	둘 중 하나	97
第四章	미끼는 미끼다워야지	133
第五章	사냥의 시간	175
第六章	오해	221
第七章	동상이몽(同床異夢)	267

第一章
자소영단(紫蘇靈丹)

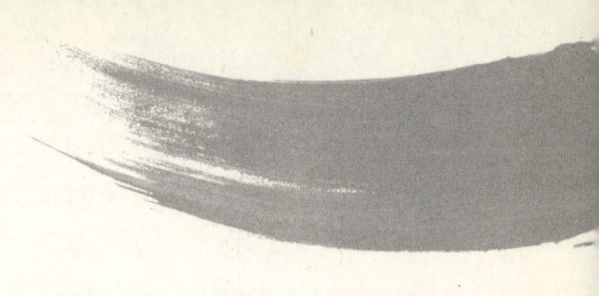

"정사연합무맹……?"

아직 앳된 기색이 가시지 않은 소녀가 고개를 갸웃거렸다. 서류가 좌우에 가득 쌓여 있는 책상을 사이에 두고 소녀의 맞은편에 앉아 있는 백색 유삼에 문사건을 쓴 사내가 조심스레 입을 열었다.

"그렇습니다, 아가씨. 화산파에서의 일로 모든 무림이 마도의 위협을 느낀 것이겠지요."

"그것이 본가의 일에 영향이 있을 것 같은가요, 은 총사?"

소녀는 무표정한 얼굴로 물었다. 은 총사라 불린 사내는 살짝 고개를 내저으며 대답했다.

"그리 큰 변화는 없을 것으로 보입니다. 어차피 무림의 일은 무림의 일일 뿐이지요."

"그래도 혹시 모를 일이니 그쪽 정보는 주기적으로 계속 확인해 두도록 하세요. 배후가 불안해서는 방벽도 아무 소용 없으니까요."

"명심하겠습니다."

소녀의 말에 은 총사는 고개를 숙이며 조용히 대답했다. 소녀는 이내 자신이 보던 서류로 눈을 돌렸다. 그러다 살짝 눈살을 찌푸리며 다시 은 총사에게로 고개를 들었다.

"이건 뭐죠? 동북방에서 마을이 하나 사라졌다?"

"아직은 알 수 없습니다. 워낙에 외진 곳이라……. 조사대를 파견해 두었으니 며칠 안에 연통이 올 것입니다."

"소식이 들어오는 대로 바로 보고해 주세요."

"알겠습니다, 아가씨."

"이제 나가보세요. 남은 서류를 처리해야 하니까요."

소녀는 다시 서류로 눈을 돌리며 축객령을 내렸다. 소리가 나지 않게 조심스레 몸을 일으킨 은 총사는 뒷걸음질로 물러났다.

탁!

문이 닫히는 소리가 살짝 들렸지만 소녀는 아랑곳하지 않고 서류에 집중했다. 한참의 시간이 지나 살짝 열린 창으로 저녁놀이 짓쳐 들 무렵, 소녀는 나직이 한숨을 내쉬며 마지막 서류를 왼쪽에 쌓여 있는 서류 더미에 툭 올려놓았다.

"하아……."

두어 시진 동안 서류를 살펴본 것뿐이었지만 소녀의 이마는 식은땀으로 흠뻑 젖어 있었다. 뿐만 아니라 혈색도 창백해져 있었다.

"흡!"

갑작스레 밀려오는 심장의 격통에 소녀는 짧은 신음을 들이쉬며 손으로 가슴을 움켜쥐었다. 심장이 찢어질 것 같은 지독한 통증이었다. 가쁜 숨을 몰아쉬며 입술을 꽉 깨물었다. 소녀는 바들바들 떨리는 손길로 책상 옆에 있는 작은 상자에서 환약을 꺼내 들었다.

콩알만 한 작은 크기의 환약이었지만 지금의 소녀에게는 천근처럼 무겁게만 느껴졌다. 소녀는 힘겹게 환약을 입안으로 밀어 넣었다. 환약은 혀에 닿자마자 그대로 녹아내려 식도를 타고 몸속으로 흘러들었다.

스아아—

환약의 따스한 기운은 순식간에 몸 전체로 퍼져 나갔다. 조금씩 심장의 통증이 잦아들기 시작했다. 이내 약 기운이 심장의 통증을 완전히 몰아내자 소녀는 가쁜 숨을 몰아쉬었다.

어느새 온몸이 식은땀으로 흠뻑 젖어 있었다. 소녀는 손을 들어 이마 가득한 땀을 닦아냈다. 창백해 보이는 얼굴에 조금씩 혈색이 돌아왔다. 몸에 힘이 빠져나간 소녀는 그 자리에 풀썩 주저앉았다. 시간이 조금 지나자 몸에 기운이 돌아오기 시작했다. 천천히 몸을 일으킨 소녀는 조용히 입을 열었다.

"밖에 아무도 없느냐?"

이내 문 너머에서 조심스러운 여성의 음성이 들려왔다.

"부르셨습니까, 아가씨?"

"저녁 식사 전에 좀 씻고 싶으니 준비해 주세요."

"알겠습니다. 물을 데워 놓을 테니 반각만 기다렸다가 들어오세요."

"그럴게요."

소녀의 대답과 함께 문밖의 인기척이 조심스레 물러나는 것이 느껴졌다. 소녀는 어깨를 축 늘어뜨린 채 나직이 한숨을 내쉬며 고개를 돌려 창밖을 가만히 내려다보았다.

"얼마나 더 버틸 수 있으려나……?"

심장의 통증이 느껴지는 주기가 얼마 전부터 점점 짧아지고 있었다. 수많은 영약을 조합해 만든 환약으로 버티고 있긴 하지만 언제 심한 발작이 찾아와 숨이 멎을지 모르는 일이었다. 멍하니 창밖을 내려다보는 소녀의 눈빛은 나이답지 않은 심연을 담고 있었다.

통나무 욕조에 몸을 푹 담근 채 소녀는 나직이 한숨을 내쉬었다. 따뜻한 물속에 들어오자 피로가 사르르 녹아내리는 것 같았다. 나른함이 밀려왔다. 그대로 계속 있고 싶었지만 오래 있을수록 심장에 큰 부담이 왔다. 반각도 채 지나지 않아 소녀는 아쉬움이 가득한 얼굴로 천천히 욕조 밖으로 나왔다.

촤악!

뼈만 남은 앙상한 나뭇가지 같은 소녀의 나신이 드러났다. 소녀가 욕조를 나오자 대기하고 있던 시비 두 사람이 다가가 몸에 묻은 물기를 닦아내고 옷을 입히기 시작했다. 소녀는 양팔을 좌우로 뻗은 채 시비들의 손을 거절하지 않고 가만히 서 있었다.

"어디로 뫼실까요, 아가씨?"

어느새 소녀에게 옷을 다 갈아입힌 시비 중 하나가 뒤로 물러나 고개를 깊이 숙이며 물었다. 소녀는 나직이 한숨을 내쉬더니 이내 천천히 걸음을 옮기기 시작했다.

"아버지를 뵈어야겠다."

소녀가 앞장서서 걸음을 옮기자 두 시비가 조용히 그 뒤를 따랐다.

* * *

뇌신각(雷神閣).

천뢰일가의 가장 중심에 위치한 건물로 가주인 양기뢰가 머무르는 가주전이다. 뇌신각의 주위에는 여섯 개의 전각이 방어 진세를 이루고 있어 외부의 침입을 막는 데 용이한 구조였다. 지난 수백 년 간 북방의 마도 세력을 막아온 천뢰일가이기에 그 위용은 굳건한 철옹성(鐵甕城)이라 해도 과언이 아니었다.

하지만 그 단단한 철옹성은 외부의 공격이 아닌 내부에서부터 차츰 흔들리고 있었다. 가주인 양기뢰의 건강 때문이었다.

양기뢰가 원인을 알 수 없는 질병으로 쓰러진 것은 벌써 10년 가까이 전의 일이었다. 처음에는 병상에서도 양기뢰의 기백이 전혀 줄어들지 않아 별다른 문제가 없었다. 하지만 양기뢰의 병은 시간이 갈수록 나아지기는커녕 점점 악화되기만 했다.

수많은 의원이 진맥과 처방을 해도, 귀하디귀한 영약을 복용해도 도무지 나아지지 않았다.

그때부터였다.

천뢰일가의 기틀이 흔들리기 시작한 것은.

감숙(甘肅)을 시작으로 청해(靑海), 신강(新疆), 서장(西藏) 그리고 몽골에까지 그 넓은 영향력을 자랑하던 천뢰일가는 양기뢰라는 강력한 구심점이 사라지자 분열되기 시작했다. 분열의 시작은 천뢰일가의 탄생 무렵부터 든든한 버팀목이 되어왔던 오대봉신가였다. 흔히들 천뢰오주(天雷五柱)라고 불리는 다섯 봉신가는 천뢰일가의 실질적인 무력의 상징이었다.

봉신가의 무력은 그 하나하나가 구파일방에 맞먹을 정도로 강력했다. 마음만 먹는다면 오대봉신가의 무력만으로 무림을 일통할 수 있을 정도였다.

그런 봉신가의 무력은 천뢰일가의 가주, 양기뢰가 존재함으로써 온전히 마도 세력의 견제에 집중할 수 있었다. 오대봉신가가 천뢰일가의 기둥이라면, 양기뢰는 천뢰일가 그 자체라고 볼 수 있었다.

하지만 양기뢰가 거동을 할 수 없을 정도로 병이 악화된 후, 구심점이 사라진 천뢰일가는 내부에서부터 차츰 분열되기 시작했다. 양기뢰의 후계자가 없다는 것이 가장 큰 이유였다.

오대봉신가의 가주들은 양기뢰의 부재를 틈타 천뢰일가를 차지하려는 야심을 품고, 서로를 견제하기 시작했다.

어느 정도 미묘한 차이가 있기는 했지만 오대봉신가의 무력은 백중지세(伯仲之勢).

그러다 보니 봉신가의 가주들은 서로의 눈치를 보느라 적극적으로 나서지 못하고 있었다. 자칫 무력 충돌이라도 벌어진다면 공멸은 물론 다른 봉신가가 어부지리로 이득을 얻을 수도 있는 상황이니, 어쩔 수 없었다.

그렇게 묘한 균형을 이루고 있는 오대봉신가 사이를 파고든 것이 바로 양기뢰의 딸인 양지하였다.

천형인 구음절맥(九陰絶脈)을 타고나 열다섯 이전에 죽음에 이를 양지하는 수많은 영약으로 그 생명을 근근이 이어가고 있었지만, 지닌 바 오성(悟性)이 탁월해 가주직을 대행하고 있었다. 본가의 총사인 은규태의 전폭적인 지지와 양지하의 지모(智謀)로 천뢰일가는 간신히 분열을 봉합하고 있었다.

하지만 그것은 언제 무너질지 모르는 사상누각(沙上樓閣)과도 같았다.

"오셨습니까, 아가씨?"

두 시비와 함께 나오는 양지하를 말건한 궁년의 가노(家奴)가 고개를 숙였다. 양지하는 살짝 고개를 까딱하고는 천천히 입을 열었다.

"용태는 좀 어떠신가요?"

"그것이… 탕약을 바꿔봤지만 별다른 차도가 없으십니다."

"하아, 그런가요? 어떠신지 직접 뵈어야겠어요."

"그러시지요."

중년의 가노는 허리를 숙인 채 슬그머니 뒤로 물러났다. 양지하는 자신을 따르는 시비들에게 눈짓으로 밖에서 기다리라는 신호를 보내고는 굳게 닫힌 문 앞에 섰다. 두 손을 들어 천천히 문을 밀자 경첩의 낮은 마찰음과 함께 천천히 문이 열렸다.

덜컹! 끼이익!

짙은 약향(藥香)이 열린 문틈 새로 흘러나왔다. 절로 인상이 찌푸려질 정도의 지독한 약향이었지만 양지하는 눈 하나 깜짝하지 않고 조심스레 방 안으로 들어갔다.

기력 회복에 좋다는 향초로 주위를 밝힌 방 안은 마치 짙은 안개가 낀 것처럼 흐릿하기만 했다. 약재와 향초를 태우는 연기가 방 안 가득했다. 양지하는 천천히 문을 닫으며 침대에 누워 있는 양기뢰를 가만히 쳐다보았다.

양기뢰의 모습은 천하를 호령하는 천뢰일가의 주인이라고 보기에는 믿기지 않을 정도로 초라했다. 목내이처럼 비쩍 말라 뼈가 보일 정도로 초췌한 양기뢰는 가슴이 규칙적으로 오르락내리락하지 않았더라면 시체라고 해도 믿을 수 있을 지경이었다.

"아버지……"

양지하는 나직이 중얼거리며 양기뢰에게 다가갔다. 잠이라도 든 것인지 눈을 감은 양기뢰는 금방이라도 끊어질 듯 미약한 숨을 내쉬고 있었다. 양지하는 침대 옆에 놓인 의자에 앉으며 조심스레 양기뢰의 손을 두 손으로 맞잡았다.

앙상하게 뼈만 남은 거죽의 느낌이 두 손에 전해졌다. 살짝 손에 힘을 주자 양기뢰의 손이 미세하게 부르르 떨렸다. 양지하의 눈가에 어느새 눈물이 살짝 맺혔다.

양지하의 머릿속에 남아 있는 양기뢰는 태산처럼 흔들림 없이 굳건한 모습이었다. 무슨 일이 있어도 절대로 무너지지 않을 것처럼 강인했던 양기뢰였다.

하지만 그때의 모습은 온데간데없이 완전히 사라져 버린 후였다. 양지하의 눈에 담긴 양기뢰의 모습이 크게 일렁였다. 차마 더 이상은 양기뢰를 지켜볼 수 없었다. 격앙된 감정을 이기지 못한 양지하는 고개를 숙인 채 소리 죽여 눈물을 쏟아냈다. 소리를 억누른 울음에 양지하의 등이 들썩였다.

"지, 지하… 냐?"

그때 서의 들리시 않을 징도로 실닡겉은 음성이 양지하의 귓가로 날아들었다. 양지하는 급히 눈가의 눈물을 닦은 후 천천히 고개를 들었다.

"아, 아버지, 깨셨어요? 죄송해요, 저 때문에……."

"아니다. 약 기운이 너무 강해 잠깐 정신을 잃었나 보구나. 그런데… 이 시간에 어쩐 일이다냐?"

"그냥… 아버질 뵙고 싶어서요."

양지하의 말에 양기뢰는 입꼬리를 살짝 말아 올렸다. 미소를 지으려고 한 것 같았지만 워낙에 초췌한 모습이라 오히려 섬뜩하게 느껴졌다. 하지만 양지하는 오히려 더욱 밝게 미소를 지어 보였다.

"미안… 하구나."

"아녜요, 아버지. 다른 생각은 마시고 건강해지셔야 해요."

"알겠다."

양지하는 눈가에 맺힌 눈물을 슬쩍 닦아내며 천천히 몸을 일으켰다. 두 손으로 맞잡은 양기뢰의 손을 조심스레 내려놓으며 양지하는 돌아섰다.

"그럼 주무세요. 또 뵈러 올게요, 아버지."

양지하는 이내 걸음을 옮기기 시작했다. 막 닫힌 문을 열려는 찰나, 양기뢰의 신음처럼 나직한 음성이 조용히 날아들었다.

"자, 장노는… 장노에게서는 아무 소식이 없었더냐?"

막 문을 밀려던 양지하는 순간 멈칫했다. 이내 천천히 양기뢰를 향해 고개를 돌리며 입을 열었다.

"장노가 떠난 후로는 아직……."

"그, 그렇구나……."

어쩐지 양기뢰의 목소리가 더욱 실낱같이 가늘어졌다. 양지하는 저도 모르게 살짝 아랫입술을 깨물었다. 이내 양지하는 아무렇지도 않은 듯 미소를 지으며 말했다.

"혹시라도 소식이 오면 곧바로 알려 드릴게요, 아버지."

"알겠다. 이제… 좀 쉬어야겠구나."

스륵 눈을 감는 양기뢰의 모습을 가만히 쳐다본 양지하는 이내 고개를 돌리고 최대한 소리가 나지 않게 조심스레 문을 열었다. 밖으로 나온 양지하는 저도 모르게 한숨을 푹 내쉬었다.

"무슨 일이라도 있으십니까?"

중년의 가노가 조심스레 물었다. 양지하는 대답 대신 고개를 살짝 내저었다. 이내 양지하는 가노를 스쳐 지나치며 천천히 걸음을 옮기기 시작했다.

"아버질 잘 부탁해요."

뇌신각을 벗어나 자신의 거처로 돌아온 양지하는 저도 모르게 실세 한숨을 내쉬었다. 양기뢰의 상대는 날이 갈수록 점점 심각해져만 갔다. 언제 숨이 끊어져도 이상하지 않을 지경이었다.

강호에서도 내로라하는 의원들을 수소문해 치료를 맡겼지만, 원인을 파악할 수 없는 마당이라 백약이 무용했다. 어쩌면 이제는 정말로 양기뢰의 죽음을 각오해야 할지도 몰랐다.

아직까지 서로의 세력을 견제하느라 오대봉신가가 나서지는 못하고 있었지만, 양기뢰가 죽는다면 천뢰일가는 사분오열

될 것은 뻔한 일이었다.

 양지하와 은규태를 주축으로 어떻게든 버티고는 있었지만 그것은 양기뢰의 이름을 등에 업고 있어서 가능한 일이었다. 양기뢰가 사라지면 오대봉신가의 가주들은 우선적으로 양지하와 은규태를 제거하려 들 것이다.

 그 전에 무슨 방도를 마련해야 했다. 양지하 자신의 목숨은 조금도 아깝지 않았다. 구음절맥으로 인해 언제 목숨이 다해도 이상하지 않는 상황이었으니.

 하지만 제 목숨 하나로 끝날 일이 아니었다. 천뢰일가가 분열되는 것은 물론, 마도의 세력에 중원 전체에 진한 혈풍이 불어 닥칠지도 모르는 일이었다.

 문득 수년 전 천뢰일가를 떠난 장일소의 모습이 머릿속에 떠올랐다. 병상에 누운 아버지, 양진뢰의 밀명을 받고 중원으로 떠난 장일소였다.

 그 밀명이란 바로······.

 '오라버니라······.'

 양진하는 한 번도 만나본 적이 없는 배다른 오빠의 존재를 떠올리며 나직이 한숨을 내쉬었다. 혹시라도 장일소가 그를 찾아 돌아온다면 양기뢰의 자리를 대신할 수 있을지도 모른다.

 하지만 헛된 망상에 불과할 뿐이었다.

태어난 직후, 누군가의 손에 납치되어 사라진 자를 무슨 수로 이 넓은 중원에서 찾아낼 수 있단 말인가. 이내 양진하는 생각을 떨치려 고개를 절레절레 흔들었다. 그러다 퍼뜩 번개같이 한 줄기 생각이 뇌리를 스쳤다.

'잠깐! 어쩌면 가능할지도……'

위험한 생각이었다. 자칫 조그마한 실수라도 한다면 천뢰일가가 내부에서부터 완전히 무너져 내릴지도 모르는 도박에 가까운 생각이었다.

하지만 철저한 계획하에 한 치의 어긋남도 없이 실행되기만 한다면 천뢰일가의 분열을 봉합할 수 있을지도 몰랐다. 혼자서는 불가능한 계획이었다. 양진하는 천천히 몸을 일으키며 낮은 음성으로 소리쳤다.

"은 총사! 은 총사를 불러주세요. 급한 일입니다!"

* * *

호월객잔(湖月客棧).

화음현 외곽에 위치한 중간 규모의 객잔으로, 요리와 술이 맛있기로 유명한 곳이었다. 얼마 전까지만 해도 화산비검회 덕분에 화음현은 물론, 인접한 지역의 객잔까지 전에 없는 호황을 누렸지만, 이제는 대부분의 사람이 빠져나가 객잔에 손님이 꽉 차 있는 경우가 거의 없었다.

하지만 호월객잔은 달랐다.

워낙에 음식이 맛있고 저렴하기로 유명한 터라, 다른 객잔과는 달리 호월객잔에는 손님이 끊이지 않았다. 시간도 때마침 점심 즈음이라 호월 객잔의 일 층 식당은 빈자리가 보이지 않을 정도로 사람이 많았다.

"점소이! 여기 소면 세 그릇!"

"예이! 주문 받았습니다."

"이봐! 사천식 돼지고기 볶음은 언제 나오는 거야?"

"곧 나갑니다요, 곧!"

자리를 꽉 채운 손님들과 분주히 주위를 오가는 점소이들의 커다란 목소리가 식당을 가득 채웠다.

"아아, 이런 곳에서 발목을 잡힐 줄이야."

구석 자리에서 식사를 하고 있던 남궁사혁이 젓가락을 입에 문 채로 투덜거렸다. 소면을 아예 국물째 벌컥벌컥 들이켜던 고태가 그릇을 내려놓으며 말했다.

"사부께서 중태이시니 어쩔 수 없는 노릇이구먼유. 근데 벌써 보름이 다 되어 가는데 사부님은 언제 깨어나실지……."

"그러게나 말이다, 에휴."

한숨을 푹 내쉬며 남궁사혁은 다시 젓가락질을 하기 시작했다. 이내 식사를 마친 두 사람은 누가 먼저랄 것도 없이 몸을 일으켜 계단을 올라 삼 층의 방으로 향했다. 식당에는 사람이 많았지만 방을 빌린 손님은 사진량 일행뿐이라 삼 층을 거의 전세 내다시피 해서 쓰고 있는 중이었다.

두 사람이 막 삼 층에 닿자 진한 탕약 냄새가 코끝으로 전해졌다. 막 달인 탕약을 그릇에 담아 들고 나오는 관지화의 모습이 보였다.

"식사하셨습니까, 형님."

"오냐. 그건 장노께서 드실 거냐?"

"예, 형님. 막 달인 겁니다."

"그건 이 녀석에게 맡기고 너도 내려가서 식사나 하고 와라."

남궁사혁은 자신의 옆에 있는 고태를 슬쩍 가리켰다. 기다렸다는 듯 관지화가 다가와 탕약 그릇을 고태에게 넘겼다.

"안 그래도 뱃가죽이 등에 달라붙을 지경이었습니다. 흐흐. 그럼 식사하고 오겠습니다!"

혹여나 누가 붙잡을세라 관지화는 후다닥 계단을 달려 내려갔다. 계단을 내려가는 관지화를 흘끔 쳐다본 남궁사혁은 가장 가까운 방에 다가가 문을 열었다.

덜컹!

방 안에는 두 사람이 보였다. 파리한 안색을 하고 침대에 누워 나직이 숨을 내쉬고 있는 장일소와 그 모습을 가만히 내려다보는 사진량이었다.

"어디 있나 했더니 여기 있었냐?"

사진량을 본 남궁사혁이 툭하니 말을 던졌다. 사진량은 아무런 대꾸 없이 자리에서 일어났다. 고태가 조심스러운 걸음으로 다가와 침대 옆에 놓인 의자에 앉았다.

"으, 으으……."

장일소는 눈을 감은 채 나직한 신음을 흘리고 있었다. 고태는 조심스레 커다란 손을 들어 장일소의 상체를 부축해 일으켰다.

"사부님, 탕약이구먼유."

고태가 말을 걸어봤지만 장일소는 대답은커녕 눈도 뜨지 못하고 있었다. 고태는 나직이 한숨을 내쉬며 탕약을 후후, 불어 조금 식힌 후에, 조금씩 장일소의 입에 흘려 넣었다. 의식이 없는 상태라 입가를 타고 흘러내리는 탕약이 반 이상이었지만, 고태는 최대한 많이 먹이려고 애썼다.

"언제쯤 눈을 뜨실 것 같냐?"

그 모습을 가만히 지켜보던 남궁사혁이 조용히 물었다. 사진량은 가만히 고개를 내저었다.

"모르겠다. 전혀 본 적이 없는 산공독이라 섣불리 손댈 수가 없더군."

"네가 그럴 정도라면 화타(華佗)나 편작(扁鵲)이 와도 불가능하단 소린데……. 이거야 원, 손가락 하나 까딱할 수가 없구만."

"어쩔 수 없지. 조만간 방법을 찾아보겠다."

사진량과 남궁사혁이 대화를 나누는 사이, 탕약을 다 먹인 고태가 조심스레 장일소를 누이고 몸을 일으켰다. 빈 그릇을 챙겨 조심스레 다가오는 고태의 모습에 남궁사혁은 피식 미소를 지었다. 그러다 퍼뜩 한 사람이 없다는 것을 깨달은 남궁사혁이 물었다.

"아, 참! 근데 이 종복 놈은 대체 어딜 간 거야? 아까부터 머리칼 하나 보이질 않네?"

후비적!

갑작스레 귓구멍이 가려워 오귀는 계지(季指: 새끼손가락)로 귀를 후벼 팠다. 오귀의 맞은편에는 인상을 쓰고 있는 개방주 홍영이 앉아 있었다. 원래 위아래가 없고 비르장미리라고는 찾아볼 수 없던 오귀였지만, 어쩨 못 본 사이에 더 심해진 것 같았다. 홍영은 나직이 한숨을 내쉬며 입을 열었다.

"그동안 왜 연락 한 번 안 한 게냐?"

"그럴 사정이 있었습니다."

"그래도 그렇지 한 번도 연락이 없는 게 말이 된다고 생각하는 거냐?"

"저한테 다 맡기신 거잖아요. 그냥 믿고 기다려 주시면 안 됩니까?"

바락 하고 대드는 홍영의 모습에 오귀의 미간이 왈칵 구겨졌다. 홍영은 저도 모르게 주먹을 그러쥐고 벌떡 일어났다.

"네 이놈! 뚫린 입이라고 함부로 지껄이는 게냐!"

"에이 씨! 제가 뭘 그리 잘못했다고 그러십니까? 하기 싫다는 걸 억지로 떠넘긴 건 사부잖습니까!"

"어허! 이놈이 그래도!"

"됐습니다. 더 하실 말씀 없으시면 그냥 가겠습니다."

벌떡 일어난 오귀는 그대로 돌아서서 걸음을 옮기기 시작했다. 흥분한 홍영이 버럭 소리쳤다.

"게 멈추지 못하겠느냐?"

오귀는 홍영의 외침을 무시한 채 계속 멀어져 갔다. 홍영이 다급히 외쳤다.

"지금 당장 멈추지 않으면 파문인 줄 알거라!"

순간 오귀가 멈춰 섰다. 그럴 줄 알았다는 듯 홍영이 피식 미소를 지었다. 아무리 제멋대로인 오귀라도 파문하겠다는 말을 무시할 수는 없을 거란 생각이었다. 실제로 이전에도 파문을 언급해서 일을 시켰던 홍영이지 않던가.

"뭐 하는 게냐? 어서 가까이 오지 않고!"

가만히 멈춰 선 오귀를 향해 홍영이 낮게 소리쳤다. 하지만 오귀는 다가오지 않았다. 그저 그 자리에서 천천히 홍영에게로 고개를 돌리고 입술을 조용히 달싹였다.

"그럼 이제… 전 개방도가 아닙니다, 사부."

미처 무어라 반응하기도 전에 휙 고개를 돌린 오귀는 순식간에 홍영의 시야에서 사라져 버렸다. 전혀 예상 밖의 반응에 반쯤 넋을 놓은 얼굴로 멍하니 있던 홍영은 이내 퍼뜩 정신을 차리고는 오귀가 사라진 방향을 눈으로 좇았다.

"거, 거기 서라! 네가 정녕 파문을 당해도 좋단 말이더냐!"

홍영의 날카로운 외침은 대꾸하는 이 하나 없이 허무하게 주위로 퍼져 나갈 뿐이었다.

'파문이라… 뭐, 어차피 각오했던 일이었으니.'

오귀는 나직이 한숨을 쉬며 속으로 중얼거렸다. 파문이라는 두 글자가 머릿속에서 맴돌았다. 갓난아이 때부터 평생을 개방에서 자라온 오귀였다. 그린 오귀가 파문을 당한디니 시문에서 쫓겨난다는 일반적인 의미보다는 제 집안에서 버림받는다는 느낌이 더 강했다. 자신을 보호해 주던 울타리가 완전히 사라진 것 같은 기분도 들었다.

하지만 이제 와서 후회해 봐야 아무 소용 없었다. 반쯤 충동적이기는 했지만 이미 내뱉은 말을 주워 담기는 불가능한 일이었으니. 애초에 남궁사혁의 종복을 자처할 때부터 각오하고 있던 일이었다. 오귀는 고개를 절레절레 흔들며 머릿속을 맴도는 생각을 떨치려 했다.

　그러는 사이 오귀는 어느샌가 일행이 머물고 있는 호월객잔 근처에 도착했다. 늦은 오후라 바글바글하던 손님이 빠져 객잔은 조금 한가해 보였다. 오귀는 양손으로 볼을 탁탁 두드린 후 천천히 객잔 안으로 들어갔다.

　"종복 놈이 말도 없이 어딜 그렇게 싸돌아다니는 거야?"

　막 삼 층에 도착한 오귀의 귓가에 누군가의 날카로운 목소리가 날아들었다. 동시에 무언가 날아들어 오귀의 뒤통수를 강하게 후려 갈겼다.

　빠악!

　"우끕!"

　짧은 신음과 함께 그대로 앞으로 엎어지며 오귀는 어느새 부어오른 뒷머리를 양손으로 감싸 안았다. 반쯤 엎드린 채로 고개를 돌리자 남궁사혁이 인상을 찌푸린 채 주먹을 그러쥐고 있었다. 오귀의 뒤통수를 후려친 주먹에는 마치 피시식, 김이 피어오르는 것만 같았다.

　"어딜 갔다 오느냐고 물어본 것 같은데 대답 안 하냐?"

　다시 한 번 주먹을 들어 보이는 남궁사혁의 모습에 오귀는 저도 모르게 움찔하며 벌떡 일어났다.

　"자, 잠시 시내에 볼일이 있었습니다. 이제 다 끝난 일이니 신경 쓰시지 않으셔도 됩니다, 주군."

"다 끝난 일이다?"

"그렇습니다."

남궁사혁은 팔짱을 끼며 오귀를 쳐다보았다. 오귀는 남궁사혁과 눈을 마주치지 않으려고 고개를 숙인 채였다. 나직한 한숨과 함께 남궁사혁의 조용한 음성이 비수처럼 날아와 귓가에 꽂혔다.

"설마하니… 개방에서 탈문한 건 아니겠지?"

예상치 못한 남궁사혁의 말에 오귀는 움찔 놀라며 고개를 번쩍 쳐들었다.

"어, 어떻게……!"

"어라? 그냥 넘겨짚은 건데 진짜냐?"

오귀의 격렬한 반응에 남궁사혁은 의외라는 듯 고개를 갸웃했다. 이내 고개를 다시 숙인 오귀였지만 이미 대답한 것이나 마찬가지였다. 남궁사혁은 어처구니없다는 듯 인상을 쓰며 투덜거렸다.

"뭐야? 그나마 개방의 정보력 때문에 도움이 될까 말까한 녀석이 제 발로 뛰쳐나오면 어쩌자는 거냐?"

"그, 그것이……."

무어라 할 말이 없었다. 처음부터 설명을 하자니 이야기도 길어지는 데다 개방 내부의 일을 함부로 발설할 수도 없었다. 오귀는 어쩔 수 없이 말을 삼키고 입을 다무는 수밖에 없었다.

"에효. 됐다, 됐어. 친구 복도 지지리 없는 놈이 종복이라고 다를까. 난 저녁 먹기 전까지 혼자 있고 싶으니까 방해하지 마라. 알겠냐?"

남궁사혁은 왠지 모르게 지끈거리는 이마를 매만지며 그대로 자신의 방으로 향했다. 그 모습을 물끄러미 지켜보던 오귀는 나직이 안도의 한숨을 내쉬며 부은 뒷머리를 조심스레 문질렀다.

'후우, 생각보다 쉽게 넘어가서 다행이로군.'

캉! 카캉!

날카로운 파열음이 연이어 터져 나왔다. 관지화와 고태는 서로 말없이 공격을 주고받았다. 관지화의 대부와 고태의 곤이 부딪칠 때마다 불꽃이 사방으로 튀었다. 비무라고 하기에는 너무도 격렬했다. 마치 철천지원수(徹天之怨讐)를 앞에 둔 것처럼 서슴없는 맹공이 이어졌다.

파캉! 카카캉!

질끈 이를 악문 두 사람의 공방은 조금도 서로를 해하지 못하고 일진일퇴(一進一退)를 거듭하고 있었다. 얼마 전까지만 해도 고수라고 하기에는 모자람이 보였던 두 사람이었지만, 지금은 달랐다.

화산에서 겪은 일로 두 사람의 무공은 일취월장(日就月將)해 웬만한 일류 고수의 수준에 이르렀다. 생사지경을 오갔던 경험이 무공의 발전으로 이어진 것이다. 그 결과 두 사람의 비무는 여느 일류 고수들의 비무에 못지않은 박력을 선보이고 있었다.

아직 해가 산 중턱에 걸려 있을 즈음 시작된 두 사람의 비무는 어느새 주위가 붉게 물들고 어두워지기 시작할 때까지 계속 이어졌다.

이마가 땀으로 흠뻑 젖은 고태가 빙글 몸을 회전해 날카롭게 날아드는 대부를 피하며 흘끔 관지화를 쳐다보았다. 관지화도 급히 대부를 회수하며 고태와 눈을 마주쳤다.

'이제 끝내야겠구먼.'

'끝냅시다, 고태 형님.'

서로 마주한 눈빛이 그렇게 말하고 있었다. 거의 동시에 뒤로 두어 걸음 물러난 두 사람은 각자의 병장기를 고쳐 쥐고 기수식을 취하며 가만히 서로를 쳐다보았다.

이어지는 침묵에 긴장감이 가득했다. 고태가 갑자기 씨익 미소를 지었다. 관지화도 뒤따라 히죽 웃었다. 다시 눈이 마주친 순간, 누가 먼저랄 것도 없이 두 사람은 동시에 서로를 향해 달려들었다.

파카앙!

동시에 서로를 향해 내쳐지는 대부와 곤이 부딪쳐 커다란 파열음이 터져 나왔다. 부딪치는 힘을 이기지 못하고 두 병장기가 부러져 버린 것이다.

팍! 파곽!

부서진 부분이 튕겨 나가 바닥에 깊이 틀어박혔다. 두 사람은 손잡이만 남은 각자의 병장기를 바닥에 툭 내던지며 서로를 마주 보았다. 관지화가 먼저 벅벅 뒷머리를 긁적이며 말했다.

"역시 형님은 당해낼 수가 없네요."

"아녀, 동생도 대단했구먼."

고개를 절레절레 흔들며 고태가 대꾸했다. 덩치에 어울리지 않게 겸양을 떠는 서로의 모습에 두 사람은 껄껄, 웃음을 터뜨렸다.

"어이구, 잘들 논다, 잘들 놀아. 하여튼 무공도 어설픈 놈들이 꼭 티를 낸다니깐."

갑자기 들려오는 비아냥거리는 목소리에 두 사람은 고개를 돌렸다. 언제 온 것인지 뒷문 난간에 엉덩이를 걸치고 있는 남궁사혁이 보였다. 남궁사혁은 뭐가 그리 불만인지 구겨진 표정으로 고개를 삐딱하게 숙이고 있었다.

"어라? 언제부터 보고 계셨습니까, 남궁 형님?"

관지화가 실없는 미소를 지으며 물었다. 남궁사혁은 벌떡 일어나 휙 돌아서며 퉁명스레 대꾸했다.

"첨부터 보고 있었다. 그것도 모를 정도로 열중하고 있었던 거냐? 만약에 내가 적이었다면 네놈들은 벌써 죽은 목숨이라고, 이 얼빠진 놈들아."

"에이, 설마 이런 시기에 그런 간 큰 놈들이 있을 리가… 어헉!"

관지화는 채 말을 끝내지 못하고 짧은 신음을 토해냈다. 전혀 눈치채지 못한 사이에 다가온 남궁사혁의 날카로운 수도(手刀)가 목에 닿은 탓이었다. 아무것도 없는 맨손이었지만 그대로 목을 베어 넘길 수 있을 정도로 예기가 담긴 수도였다.

"만약 내가 인피면구를 한 자라면 네 목숨은 여기서 끝난 거야. 앞으로 정신 바짝 차리지 않으면 언제 당할지 모른다고."

"며, 명심하겠습니다."

남궁사혁의 싸늘한 목소리에 어깨를 움찔한 관지화는 침을 꿀꺽 삼키며 고개를 끄덕였다. 남궁사혁은 관지화의 목에 살짝 댄 수도를 거둬들이며 고태를 쳐다보았다.

"네 녀석도 명심해."

"아, 알겠구먼유."

고태는 찔끔한 얼굴로 다급히 고개를 끄덕였다. 남궁사혁은 이내 휙 돌아서서 객잔 안으로 들어갔다. 그 모습을 멍하니 쳐다보는 관지화의 목덜미에서 한 줄기 피가 주룩 흘러내렸다.

"뭐냐? 그 눈빛은?"

남궁사혁은 무심한 얼굴로 자신을 쳐다보는 사진량의 모습에 심드렁한 표정으로 툭 말을 던졌다. 사진량은 대답 대신 가만히 남궁사혁을 쳐다보았다. 남궁사혁의 얼굴이 살짝 일그러졌다.

"내 얼굴에 뭐라도 묻었냐? 왜 그렇게 보는 건데?"

이내 사진량은 입꼬리를 살짝 말아 올리며 조용히 대꾸했다.

"아니, 아무것도 아니다."

"뭐야, 인마? 지금 나 비웃은 거냐?"

남궁사혁은 눈에 쌍심지를 켜고 벌떡 일어났다. 금방이라도 사진량에게 뛰어들 것처럼 얼굴이 붉으락푸르락거렸다. 사진량은 대꾸할 생각도 없다는 듯 남궁사혁에게서 고개를 돌렸다. 남궁사혁의 얼굴이 더욱 시뻘겋게 달아올랐다.

"너 인마! 당장 따라 나와! 오늘 정말 끝장을 보자."

남궁사혁은 그대로 성큼성큼 뒷마당으로 걸음을 옮기기 시작했다. 막 뒷문을 통해 객잔 안으로 들어서던 관지화와 고태가 씩씩거리며 다가오는 남궁사혁을 보고 고개를 갸웃거렸다.

"응? 갑자기 왜 그러심까, 형님?"

"시꺼, 인마."

남궁사혁은 관지화의 물음에 퉁명스레 대꾸하고는 획 고개를 돌렸다. 사진량은 조금도 움직일 생각이 없어 보였다. 왈칵 인상을 찌푸린 남궁사혁이 버럭 소리치려는 찰나, 객잔의 입구에서 내공이 실린 조용하지만 묵직한 음성이 날아들었다.

"실례합니다만……."

일행의 시선이 일제히 입구 쪽으로 향했다. 열린 문 사이로 스며드는 황금빛 저녁놀을 등지고 선 사내가 천천히 객잔 안으로 들어오고 있었다.

사내는 흰 무명천 머리띠를 이마에 묶고, 흰 도복을 입고 있었다. 허리춤에는 아무런 장식이 없는 검을 메고 있는 사내의 소매에는 작게나마 매화의 문양이 수놓아져 있었다.

화산의 매화검수.

평소의 차림새와는 달랐지만 소매의 매화 문양으로 보아 매화검수임이 틀림없었다. 소매의 매화 문양을 가장 먼저 발견한 사진량은 기다렸다는 듯 천천히 입을 열었다.

"생각보다 많이 늦었군."

사진량의 말에 매화검수는 면목 없다는 듯 고개를 살짝 숙였다.

"죄송합니다. 장로회의 허락이 늦어지는 바람에……. 하지만 은공께 이것을 드리는 것이 아까워 그런 것이 아님을 이해해 주십시오."

"엥? 대체 무슨 소리냐? 화산에서 뭐 받을 게 있었나?"

어느새 다가온 남궁사혁이 고개를 갸웃거리며 물었다. 사진량은 남궁사혁의 질문에는 대답하지 않고 가만히 매화검수를 쳐다보았다.

사진량과 눈이 마주친 매화검수가 천천히 다가왔다. 사진량의 바로 앞에서 걸음을 멈춘 매화검수는 품속에서 작은 목갑을 꺼내 조심스레 탁자 위에 내려놓았다. 대꾸도 하지 않는 사진량에게 무어라 소리치려던 남궁사혁은 매화검수의 자못 진지한 태도에 저도 모르게 입을 다물었다. 매화검수가 조용히 입을 열었다.

"은공께는 이런 물질로는 갚을 수 없는 은혜를 입었으니 언제든 도움이 필요하면 불러 달라고, 장문인께서 말씀하셨습니다."

"아니, 이것으로도 충분하다."

"그리 말씀하실 줄 알았습니다. 하지만 장문인께서 이것도 함께 꼭 전하라 하셨습니다. 부디 받아주셔야 합니다."

매화검수는 품속에서 검지 정도의 길이의 작은 목패를 꺼내 목갑 옆에 내려놓았다. 목패에는 붉은 글씨 세 글자가 새겨져 있었다.

紅梅花

 목패를 본 남궁사혁의 눈이 휘둥그레졌다. 매화검수가 내려놓은 목패의 의미를 알고 있는 까닭이었다.

홍매화패(紅梅花牌).

그것은 딱 한 번으로 제한되어 있긴 했지만, 유사시에 화산파의 모든 속가제자를 소집해 부릴 수 있는 증표였다. 한시적으로나마 장문지령에 육박하는 권한을 갖게 하는 물건이라, 화산파의 안위와 관련된 중요한 일을 맡은 문중의 사람이 아니라면 구경도 할 수 없는 귀중한 것이었다.

그런 홍매화패를 문외의 인물에게 건네다니. 남궁사혁이 놀라는 것은 당연한 일이었다. 하지만 눈을 휘둥그레 뜬 채 매화검수와 홍매화패를 번갈아 쳐다보는 남궁사혁과는 달리 시진량은 태연하기만 했다.

가만히 탁자 위를 쳐다보던 사진량은 이내 손을 뻗어 홍매화패를 집어 들고, 품속에 갈무리했다. 그러곤 매화검수를 쳐다보며 조용히 말했다.

"적당한 때에 유용하게 잘 쓰도록 하지."

"장문인께도 그리 전하겠습니다."

매화검수는 포권을 취하며 한 차례 고개를 깊이 숙인 후에 천천히 돌아섰다. 이내 객잔을 나서는 매화검수의 뒷모습을 물끄러미 쳐다보던 남궁사혁은 탁자 위에 놓여 있는 목갑을 가리키며 물었다.

"홍매화패는 그렇다 치고 이건 도대체 뭐냐?"

사진량은 대답 대신 천천히 목갑의 뚜껑을 열었다. 순간 알싸한 약향이 순식간에 사방으로 퍼져 나갔다. 코끝으로 전해지는 향기에 굳은 근육이 풀어지고, 피로가 가시는 것 같았다.

남궁사혁은 살짝 놀란 얼굴로 목갑을 쳐다보았다. 목갑 안에는 손가락 한 마디 정도 크기의 자색 환약이 들어 있었다.

"이거 설마……?"

향기만으로 상당한 효과를 보이는 환약, 그것도 화산파에서 가져온 것이라면 상상할 수 있는 것은 하나밖에 없었다. 남궁사혁은 믿을 수 없다는 듯 사진량을 쳐다보았다. 사진량은 가만히 고개를 끄덕였다.

"그래, 자소영단(紫蘇靈丹)이다."

"으힉! 지, 진짜냐?"

이미 예상은 하고 있었지만 사진량의 대답에 남궁사혁은 화들짝 놀라며 신음했다. 자소영단이라면 소림의 비약인 대환단(大還丹)과 비견할 만한 귀하기 그지없는 영약(靈藥)이었다. 화산파 내부에서도 극히 비밀리에 제조되는 것으로 그 재료나 제조법을 알고 있는 사람은 채 세 명도 되지 않았다. 또한 내외상의 치료는 물론이고, 내공을 증진시키는 공능이 있는 터라 자소영단은 화산파 외부로의 유출이 엄금되어 있었다. 이름만 알려져 있을 뿐 실물을 본 사람은 거의 없는 자소영단이 눈앞에 놓여 있으니 당연히 놀랄 수밖에 없었다. 남궁사혁은 저도 모르게 침을 꼴깍 삼키며 자소영단을 가리켰다.

"어, 어쩔 거냐?"

"쓸 데가 있다."

짧은 대답과 함께 사진량은 목갑의 뚜껑을 닫았다. 자소영단이 모습을 감추자 남궁사혁은 왠지 모를 아쉬움에 한숨을 살짝 내쉬었다. 목갑을 품속에 갈무리한 사진량은 천천히 몸을 일으켜 계단으로 향했다. 멍하니 사진량의 움직임을 눈으로 좇던 남궁사혁이 벌떡 일어나며 물었다.

"그거 장노에게 쓸 생각이냐?"

사진량은 대답 대신 고개를 살짝 끄덕인 후, 계단을 오르기 시작했다. 남궁사혁은 그대로 사진량의 뒤를 따라 계단으로 향했다.

"어? 형님, 식사는 안 하실 겁니까?"

어째 심상치 않은 분위기에 끼어들지 못하고 뒷문에 멍하니 서 있던 관지화가 쭈뼛거리며 다가와 물었다. 남궁사혁은 관지화를 쳐다보지도 않고 대충 성의 없이 대꾸하며 이미 삼 층으로 사라진 사진량을 쫓아 계단을 뛰어올랐다.

"니들끼리 대충 먹어!"

사진량은 조용히 문을 열었다. 방 안 가득한 탕약 냄새가 코끝을 자극해 왔다. 사진량은 무표정한 얼굴로 방 안으로 걸어 들어갔다. 침대에 누워 있는 장일소의 모습이 보였다.

미약한 호흡에 창백한 얼굴이었다.

가까이 다가간 사진량은 자소영단이 들어 있는 목갑을 꺼냈다. 뚜껑을 열자 정신이 맑아지는 약향이 퍼져 나갔다. 미약한 변화지만 장일소의 얼굴이 조금은 편안해진 것 같았다.

덜컹!

갑자기 문이 열리고 남궁사혁이 들어왔다. 사진량은 돌아보지도 않고 기다렸다는 듯 천천히 입을 열었다.

"혹시 모르니 호법을 서라."

막 안으로 들어온 남궁사혁은 저도 모르게 왈칵 인상을 찌푸렸다.

"뭐, 인마……!"

말을 마친 사진량은 곧장 한 손으로 장일소를 부축해 상체를 일으키고는 목갑 속의 자소영단을 꺼내 들었다. 버럭 소리치려던 남궁사혁은 움찔하며 입을 다물었다. 자소영단 같은 귀한 영약은 자칫 잘못하면 오히려 독이 될 수도 있는 것이라 복용에 주의를 기울여야 한다. 제대로 준비되지 않은 상태에서 복용한다면 몸이 영약의 강한 기운을 이기지 못해 혈맥이 녹아버리는 경우도 있었다. 특히나 장일소처럼 의식이 없는 상태에서 약 기운을 올바르게 유도할 수 있는 강한 내공의 소유자가 없다면, 영약을 복용하는 것은 죽음을 앞당기게 된다.

게다가 영약의 기운을 유도하는 중에 외부의 자극이 전해지면, 복용자는 사망에 이르고 유도자는 지독한 주화입마에 빠지게 된다. 남궁사혁이 입을 다문 것은 그런 상황을 잘 알고 있는 탓이었다.

스윽!

주위가 조용해지자 사진량은 조심스레 자소영단을 장일소의 입속으로 밀어 넣었다. 한입에 삼키기에는 크기가 꽤 큰 자소영단이었지만 혀에 닿자 그대로 순식간에 녹아내려 식도를 타고 몸속으로 퍼져 나가기 시작했다.

스아아악!

기괴한 소리가 장일소의 몸속에서 퍼져 나왔다. 사진량은 그대로 장일소의 명문혈(命門穴)에 양손을 대고는 조용히 진기를 도인하기 시작했다.

드드드득!

사진량의 내공이 명문혈을 타고 장일소의 몸속으로 흘러들었다. 그 사이 혈맥을 타고 온몸으로 퍼져 나가는 자소영단의 맹렬한 기운이 노도처럼 밀려들었다. 지독한 산공독으로 상할 대로 상한 장일소의 혈맥이 터져 나갈 듯 부풀어 올랐다.

사진량은 내공을 주입해 혈맥을 보호하며 거세게 밀려오는 약 기운을 조금씩 유도해 나갔다. 금방이라도 터져 나갈 것 같던 혈맥은 차츰 안정되어 갔다. 하지만 거센 약 기운을 쉽사리 잡아낼 수 없었다. 사진량은 질끈 이를 악물었다.

투툭! 투두두둑!

질긴 가죽 북을 두드리는 것 같은 소리가 쉬지 않고 터져 나왔다. 사진량이 할 수 있는 것은 오로지 내공으로 혈맥이 터져 나가지 않게 보호하는 것뿐이었다. 어느샌가 사진량의 이마가 식은땀으로 흠뻑 젖었다. 몸에서는 허연 김이 뿜어져 나오기 시작했다.

'괘, 괜찮은 건가?'

처음 보는 이상 현상에 남궁사혁은 미간을 찌푸린 채 가만히 지켜보았다. 할 수 있는 것은 아무것도 없었다. 그저 가만히 지켜보는 수밖에는.

쉬이이익!

시간이 지나자 장일소의 몸에서 갑자기 김이 빠지는 소리와 함께 시커먼 연기가 뿜어져 나오기 시작했다. 그와 함께 절로 코끝이 찡그려지는 악취가 느껴졌다. 남궁사혁은 저도 모르게 뒤로 한 걸음 물러나며 살짝 인상을 찌푸렸다. 지독한 악취에 남궁사혁은 손을 들어 코를 막았다.

 잠시 후, 검은 연기 사이로 진한 약향이 퍼져 나오기 시작했다. 순식간에 악취가 사라지고 검은 연기가 사방으로 깨끗이 흩어졌다.

 파아아아!

 남궁사혁이 조심스레 한 걸음 다가선 순간, 장일소의 몸에서 희미한 빛이 터져 나왔다. 갑작스러운 빛에 남궁사혁이 눈을 감았다가 뜬 순간, 낮은 한숨을 내쉬며 사진량이 장일소의 몸에서 손을 떼어냈다.

 "후우우……."

 얼마나 많은 내공을 소모한 것인지 이마뿐만이 아니라 온몸이 땀으로 흠뻑 젖어 있었다. 강한 내공으로 인한 열기로 인해 젖은 옷에서는 허연 김이 흘러나오고 있었다. 사진량은 지친 얼굴로 천천히 몸을 일으켰다. 남궁사혁이 다가가며 물었다.

 "어떻게 됐냐?"

 사진량은 길게 한숨을 내쉬며 힘없이 나직이 대답했다.

 "글쎄, 자소영단 덕에 산공독을 모두 태워 버리긴 했지만……."

 사진량은 말꼬리를 흐렸다. 내공으로 혈맥을 보호하기는 했지만, 워낙에 약 기운이 강한 데다 산공독을 몰아내기 위한 격렬한 두 기운의 충돌로 몸에 부담이 많이 간 것이다. 이제 남은 것은 장일소의 의지와 체력을 믿는 수밖에 없었다.

"이제 장노를 믿는 수밖에 없는 거로구만."

사진량은 대답 대신 가만히 고개를 끄덕였다. 서로를 마주한 두 사람의 시선이 마치 약속이나 한 듯 누워 있는 장일소에게로 향했다.

"으, 으으음……."

창백하기만 했던 장일소의 낯빛은 며칠이 지나자 생기가 돌아오기 시작했다. 하지만 아직까지 의식을 되찾지는 못하고 있었다. 사진량은 하루에 한 번씩 추궁과혈(推宮過穴)로 장일소의 혈맥에 쌓인 탁기를 깨끗이 씻어냈다. 조금씩이지만 기력이 회복되고 있는 것이 느껴졌다.

그동안은 별다른 변화가 없었지만 오늘은 달랐다. 미약하게 숨을 이어가던 장일소의 입에서 나직한 신음이 흘러나왔다. 막 명문혈에서 손을 떼어내던 사진량의 눈썹이 살짝 꿈틀했다. 등을 보인 채 고개를 축 늘어뜨리고 있는 장일소의 입에서 연신 낮은 신음이 흘러나왔다. 조심스레 손을 떼어낸 사진량은 가만히 장일소를 쳐다보았다.

"정신이 드나?"

"으, 으음……."

자소영단 45

조용히 말을 걸어보았지만 대답 대신 들려온 것은 신음 소리였다. 늘어져 있는 장일소의 어깨가 미세하게 떨리는 것이 사진량의 눈에 들어왔다. 사진량은 짧은 숨을 들이마시며 다시 장일소의 명문혈에 손을 가져다 대고 내공을 주입하기 시작했다. 한 차례 추궁과혈을 끝낸 뒤라 내공의 소모가 많았지만 사진량은 아랑곳하지 않고 아낌없이 내공을 주입했다.

막대한 양의 내공이 명문혈을 타고 장일소의 몸속으로 흘러들었다. 미세한 어깨의 떨림이 온몸으로 퍼져 나갔다. 이내 장일소의 몸에서 희미한 연기가 피어오르기 시작했다. 피부가 마치 화상이라도 입은 듯 붉게 달아오르고, 온몸이 심하게 떨려왔다.

"크, 크으으……"

장일소의 입에서 흘러나오는 신음 소리가 점점 강해졌다. 피부는 붉다 못해 시뻘겋게 달아올랐다. 근육이 금방이라도 터져 나갈 듯 부풀어 올랐다. 온몸에서 피어오르는 허연 연기가 주위 가득했다. 사진량은 조금의 미동도 없이 끊임없이 내공을 주입했다.

얼마 지나지 않아 단전이 텅 비어 허탈감이 느껴졌다. 하지만 사진량은 남은 내공을 모두 쥐어짜내 장일소에게 주입했다. 방 안은 짙은 안개가 낀 것처럼 장일소가 뿜어낸 허연 연기로 가득 했다.

'이제 곧…….'

사진량은 질끈 이를 악물었다. 장일소의 몸에 주입한 내공은 온몸의 혈도를 극도로 활성화시키고 있었다. 근육이 부풀어 오르고, 몸이 붉게 변한 것은 그 때문이었다. 보통 상태였다면 자칫 혈맥이 터져 나갈 수도 있는 일이었지만, 아직까지 남아 있는 자소영단의 기운이 그것을 막아주고 있었다.

장일소의 몸속을 천천히 흐르며 온몸의 혈도를 극도로 활성화시킨 사진량의 내공은 그대로 단전을 향해 흘러들었다. 처음에는 느릿느릿하던 내공의 움직임은 어느샌가 노도 같은 기세로 단전을 향해 내달렸다. 사진량은 피가 배어나올 정도로 이를 악물고 내공의 속도를 조절하려 애썼다. 하지만 이미 흐름을 탄 내공은 더욱 맹렬한 기세로 단전으로 달려들었다.

막을 수 없는 흐름.

명문혈을 통해 장일소의 혈맥으로 흘러든 내공은 수많은 혈맥을 지나 두 줄기의 거대한 파도가 되어 그대로 단전에서 마주했다.

꽈릉!

두 줄기의 내공이 부딪친 순간, 장일소의 몸속에서 커다란 폭발음이 터져 나왔다. 충격으로 장일소의 허리가 활처럼 크게 휘고, 온몸이 터져 나갈 듯 부풀어 올랐다. 강한 반탄력에 사진량은 버티지 못하고 그대로 뒤로 밀려났다.

주르륵! 쿵!

"큭!"

그대로 벽에 등을 호되게 부딪친 사진량은 저도 모르게 낮은 신음을 토해냈다. 입가로 한 줄기 피가 흘러내렸다. 사진량은 아무렇지 않은 듯 피를 닦아 내고는 몸을 일으켰다.

"뭐, 뭐야? 무슨 일이냐?"

갑자기 문이 벌컥 열리며 남궁사혁이 뛰어 들어왔다. 사진량은 별일 아니라는 듯 무표정한 얼굴로 고개를 내저었다.

그 순간.

슈르르륵!

방 안 가득하던 허연 연기가 장일소를 중심으로 와류(渦流)를 형성했다. 천천히 주위를 맴돌던 허연 연기는 이내 맹렬한 기세로 장일소의 몸속으로 빨려 들어갔다.

"크, 크으으……."

장일소의 입에서 낮은 신음이 터져 나왔다. 이전까지와는 달리 생명의 기운이 느껴지는 신음이었다. 눈앞에서 벌어진 놀라운 현상에 남궁사혁은 휘둥그레 눈을 치켜떴다.

"이, 이게 대체……?"

멍하니 장일소를 쳐다보던 남궁사혁은 이내 사진량에게 고개를 돌렸다. 사진량은 아무런 말도 하지 않고 가만히 장일소를 쳐다보고 있었다. 이내 장일소에게서 조용한 음성이 흘러나왔다.

"이게… 어, 어떻게 된 겁니까, 소공……?"

축 늘어진 어깨가 서서히 들리고, 장일소가 천천히 사진량에게 고개를 돌렸다. 굉장히 지친 기색이 역력했지만 이전에 비하면 훨씬 나아 보이는 얼굴이었다. 사진량은 살짝 입꼬리를 말아 올리며 입을 열었다.

"정신 차려서 다행이로군."

"얼마나… 지난 겁니까?"

장일소는 화산에서의 마지막 기억을 떠올리며 물었다. 사진량은 그대로 휙 돌아서며 대답했다.

"글쎄……."

말꼬리를 흐리며 밖으로 나가는 사진량의 모습을 장일소는 한참이나 가만히 쳐다보았다. 그러다 남궁사혁을 쳐다보며 같은 질문을 던졌다.

"얼마니 됐습니까, 남궁 소협?"

"오늘이 딱 스무하루쨉니다, 장노."

퍼뜩 정신을 차린 남궁사혁이 잠시 생각하더니 곧장 대답했다. 들려온 대답에 장일소는 움찔 놀랐다. 화산에서 정신을 잃은 것이 어제 일처럼 생생하기만 한 탓이었다.

"그, 그럴 수가……!"

장일소는 모포를 꽉 그러잡으며 부르르 어깨를 떨었다. 병상에 누워 있을 양기뢰의 모습이 머릿속에 떠올랐다. 한시가 급한 상황에 자신 때문에 보름이 넘는 시간을 허비했다는 것이 그저 죄스러울 뿐이었다.

"어쩔 수 없는 일이었습니다. 장노를 그대로 버려두고 떠날 수 없잖습니까?"

장일소의 격앙된 감정을 느낀 남궁사혁이 어울리지 않는 위로의 말을 던졌다. 하지만 장일소는 가만히 고개를 내저었다.

"아, 아닙니다. 차라리 그냥 떠나셨어야……."

"에이, 그런 말씀 마세……."

고개를 푹 숙인 채 나직이 중얼거리는 장일소의 말에 남궁사혁은 피식 미소를 지으며 대꾸했다. 하지만 말이 채 끝나기도 전에 쿠당탕, 하는 소리와 함께 두 덩치가 안으로 들어왔다. 고태와 관지화였다.

"사, 사부님! 이제 괜찮으신 겁니까?"

"정신 차리셨구먼유! 정말 다행이에유, 사부님!"

아래층에서 전력을 다해 뛰어온 건지 헉헉거리면서도 두 사람은 걱정 가득한 음성을 토해냈다. 그 모습에 남궁사혁은 저도 모르게 왈칵 인상을 찌푸렸다.

"에라이! 니놈들은 환자에 대한 예의도 없냐? 아무리 의식을 차렸어도 이제 막 깨어난 거라고. 절대 안정 해야 되니까 시끄럽게 떠들지 말고 닥치고 있어!"

남궁사혁의 일갈에 움찔한 두 사람은 어깨를 움츠리며 입을 꾹 다물었다. 남궁사혁은 얼어붙은 두 사람의 모습에 피식 미소를 지으며 입을 열었다.

"그러니까 잘 모셔라 알겠냐? 아직 회복되려면 멀었으니까."

"넵! 명심하겠습니다!"

"잘 알겠구먼유."

두 사람의 힘찬 대답을 들으며 남궁사혁은 천천히 방을 나서기 시작했다.

第二章

스스로 길을 택하다

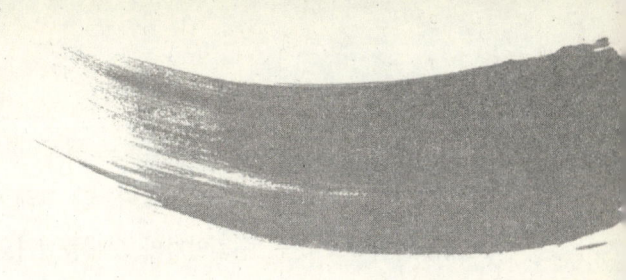

"진심이십니까, 아가씨?"

천뢰일가의 총사 은규태는 놀란 눈으로 눈앞의 소녀 양지하를 쳐다보았다. 양지하는 특유의 무표정한 얼굴로 김이 피어오르는 찻잔을 집어 들고 한 모금 들이켰다.

"진심이시냐고 물었습니다만?"

은규태가 다시 한 번 물었다. 양지하는 천천히 찻잔을 내려놓으며 가만히 고개를 끄덕였다.

"아버지께서 바라시는 일입니다."

"하지만……."

은규태는 어처구니없다는 얼굴로 말꼬리를 흐렸다. 입에서는 그저 깊은 한숨이 흘러나왔다. 안 그래도 양기뢰의 와병으로 흔들리고 있는 천뢰일가와 오대봉신가였다. 그런데 지금 양지하가 하려는 일을 오대봉신가에서 알게 된다면……

"총사께서 무슨 걱정을 하시는지 알아요. 하지만……"

양지하는 말꼬리를 흐리며 나직이 한숨을 내쉬었다. 은규태는 가만히 양지하를 쳐다보며 말이 이어지기를 기다렸다. 양지하는 고개를 숙인 채 아랫입술을 꽉 깨물었다.

"어쩔 수 없어요. 본가의 분열을 막기 위해서라도 반드시 해내야만 하는 일이예요."

"하나……!"

"언제까지 제가 본가를 이끌어 나갈 수 있다고 생각하시나요?"

"그, 그것은……!"

은규태는 신음하듯 낮게 소리쳤다. 대꾸할 말이 없었다. 양지하가 옳았다. 아직까지는 약 기운으로 간신히 버티고 있었지만, 양지하는 언제 터져 나갈지 알 수 없는 폭탄을 끌어안고 있는 것이나 마찬가지였다.

천뢰일가를 유지하고 있는 양지하와 와병 중인 가주 양기뢰, 둘 중 하나라도 사라진다면 오대봉신가는 천뢰일가를 집어 삼키려는 야욕을 드러낼 것이다. 그것만큼은 무슨 일이 있어도 막아야 했다.

"대안이 없습니다, 은 총사. 본가를 위해서, 아니, 무림을 위해서 반드시 해주셔야 해요."

양지하는 거절은 절대 허용치 않겠다는 듯 굳은 얼굴로 가만히 은규태를 쳐다보았다. 은규태는 아무런 말없이 가만히 양지하와 눈을 마주했다.

강인한 의지가 느껴지는 눈빛이었다. 은규태 자신이 무슨 말을 해도 절대로 자신의 뜻을 꺾지 않을 것이다. 은규태는 저도 모르게 나직이 한숨을 내쉬며 고개를 끄덕였다.

"알겠… 습니다. 그런데 구체적인 계획은 있는 겁니까?"

"물론이죠. 일단 은밀히 장노를 찾아야 합니다. 개방과 하오문에 비밀리에 의뢰를 하는 것이 어떨까 싶은데. 괜찮겠죠?"

"비밀 보장이라는 측면에서 보자면 하오문이 좀 더 안전할 듯합니다."

"아뇨. 하오문과 개방에 같은 의뢰를 하도록 하죠. 그편이 좀 더 계획을 진행하는 데 좋을 듯하군요. 하지만 철저히 비밀에 부칠 필요는 없습니다. 정보가 오대봉신가에 흘러가도 상관없어요. 대신 일부러 흘리는 것은 안 됩니다. 자연스럽게 그쪽에서 알아내는 형태가 되어야 해요."

양지하의 말에 은규태는 가만히 고개를 끄덕이며 대꾸했다.

"장노에 대한 정보는 미끼로 두겠다는 말씀이시로군요."

"네, 그래요. 장노에겐 미안한 일이지만 본가를 위해서는 어쩔 수 없죠. 더 중요한 일은 다음 계획이에요. 장노의 행방에 오대봉신가의 이목을 돌리고, 은 총사는 은밀히 찾아와야 할 사람이 있어요."

은규태는 저도 모르게 침을 꿀꺽 삼켰다. 장일소의 행방을 찾는 것을 미끼로 던져줄 정도라면 보통 중요한 일이 아닐 것이다. 짐작 가는 것이 하나 있긴 하지만, 은규태는 설마 그것만은 아닐 거라고 생각하고 있었다. 만약 양지하의 계획이 은규태 자신이 예상한 방법이라면, 자칫하다간 천뢰일가 자체가 붕괴되어 버릴지도 모르는 일이었다.

"설마……."

은규태는 저도 모르게 신음하듯 나직이 중얼거렸다. 이내 양지하가 가만히 고개를 끄덕였다.

"맞아요. 은 총사께서 생각하고 계신 그것입니다."

양지하의 말에 은규태는 대경실색해 찢어져라 눈을 크게 치켜떴다. 하지만 양지하의 표정은 태연하기만 했다. 은규태가 바르르 떨리는 음성으로 입을 열었다.

"그, 그것이 가, 가능할 거라 생각하시는 겁니까?"

"가능합니다. 저와 은 총사가 함께라면 충분히!"

양지하의 대답은 전혀 흔들림이 없었다. 양지하의 모습에 은규태의 떨림이 차츰 잦아들었다. 신기한 일이었다. 금방이라도 쓰러질 것만 같아 보이는 양지하에게서 양기뢰의 기백이 느껴졌다.

'사자의 새끼는 죽어가도 사자라는 건가……'

은규태는 저도 모르게 속으로 중얼거렸다. 양지하의 기백에 눌린 은규태는 이내 고개를 끄덕였다.

"아, 알겠습니다. 아가씨의 계획대로 진행해 보겠습니다."

"그냥 해보는 것만으로는 안 돼요. 반드시 성공시켜야 합니다. 아시겠어요?"

"명심하겠습니다. 제 목숨을 걸고 찾아내겠습니다."

은규태의 대답에 그제야 양지하는 나직이 안도의 한숨을 내쉬었다. 양지하는 어느새 이마에 맺힌 식은땀을 닦아내며 천천히 말을 이었다.

"그러면 좀 더 상세한 계획을 세워보도록 하죠. 우선 가장 먼저 해야 할 일은……"

두 시진이 넘게 지난 후에야 두 사람의 밀담(密談)이 마무리되었다. 오랜 시간 거의 쉬지 않고 말을 한 탓에 양지하는 무척이나 지쳐 보였다. 양지하는 이미 식어버린 차를 한 모금 마신 후에 긴 한숨을 토해냈다. 양지하의 긴 이야기가 끝나자 은규태는 천천히 몸을 일으키며 고개를 숙였다.

"알겠습니다, 아가씨. 최대한 빠른 시일 내에 말씀하신 일을 처리토록 하겠습니다."

양지하의 계획을 실행하려면 해야 할 일이 많았다. 그것 외에도 처리해야 할 일이 산더미처럼 쌓여 있는 터라, 바로 나가 봐야 했다. 급히 돌아서서 밖으로 나가려던 은규태의 귓가에 양지하의 지친 음성이 날아들었다.

"아! 그러고 보니 동북방의 마을 하나가 사라졌다던 건 어떻게 됐나요? 조사대를 파견했다고 하지 않았던가요?"

워낙에 충격적인 이야기를 들은 탓에 까맣게 잊고 있던 사안이었다. 그대로 멈춰 선 은규태는 천천히 양지하를 향해 고개를 돌리며 말했다.

"깜빡 잊을 뻔했군요. 조사대의 보고서를 받아 보긴 했지만 아직 진상을 밝혀내지는 못했습니다."

"아직 밝혀내지 못했다니. 어떤 상황인 거죠?"

"조사대가 도착했을 때는 아무도 없는 버려진 마을처럼 보였다고 합니다. 그런데 좀 이상했다고 하더군요."

"뭐가 말인가요?"

"마치 바로 몇 시진 전에 갑자기 사라진 것처럼 사람들의 흔적이 남아 있었다고 합니다. 저녁 식사를 준비 중인 채 버려진 집도 몇 군데 있었고 말이죠."

대수롭지 않게 생각하던 은규태의 이야기에 양지하가 관심을 보이기 시작했다.

"어떻게 된 거죠?"

"지금 추가 조사대를 파견해 두었습니다. 자세한 진상을 알아내려면 며칠 더 필요할 듯합니다."

"오대봉신가 쪽의 소행은 아닐까요?"

"그렇지는 않을 겁니다."

"그러면 혹시……?"

"그것을 확인하기 위한 조사대입니다. 그러니 며칠만 더 기다려 주십시오. 좀 더 자세한 조사 결과가 전해지면 바로 알려 드리겠습니다."

"그래요. 그쪽도 확실히 조사하도록 하세요."

양지하의 말에 은규태는 대답 대신 고개를 끄덕인 후, 다시 돌아서서 밖으로 나가기 시작했다. 그 모습을 가만히 지켜보던 양지하는 은규태가 완전히 밖으로 사라지자 길게 한숨을 내쉬며 고개를 푹 숙였다.

"부디 계획내도 잘 되어야 힐텐데."

나직이 중얼거리는 양지하의 음성에는 간절한 바람이 담겨 있었다.

　　　　＊　　　　＊　　　　＊

"크크큭! 화산을 무너뜨리긴 했는데 전멸이라……. 실패라

스스로 길을 택하다

고 해야 할지, 아니면 성공인지 헷갈리는군, 이거야 원. 크하하하!"

소름끼치는 섬뜩한 음소가 짙은 어둠을 크게 뒤흔들었다. 한참이나 미친 듯 싸늘한 광소를 터뜨리던 어둠 속의 인영은 언제 그랬냐는 듯 웃음을 멈추고 자신의 앞에 오체투지하고 있는 야행복 인영을 쳐다보았다.

"네 생각은 어떠냐, 영? 이번 일은 실패인가, 아니면 성공인가?"

칼날처럼 날카로운 질문이 날아들었다. 영은 심장이 꿰뚫리는 것 같은 느낌에 저도 모르게 어깨를 움찔 했다. 아무런 대답도 할 수 없었다. 화산을 무너뜨리는 것은 성공했지만, 그것을 위해 투입된 병력이 몰살을 당했다. 지난 수백 년 간 무림에서 구축한 세력의 절반 이상이 사라져 버린 것이다. 남은 병력으로 앞으로의 일을 계속하는 것은 힘들었다.

무리를 한다면 계획을 실행할 수는 있지만 목표한 시기에 맞출 수 있을지가 관건이었다. 때를 놓친다면 또다시 수십, 아니, 어쩌면 수백 년을 기다려야 할지도 몰랐다.

"부, 부주! 아, 아무래도 지원 요청을 하심이……."

더듬더듬 입을 열던 영은 더 이상 말을 잇지 못했다. 부주라 불린 어둠 속의 인영이 날카로운 눈빛으로 영을 쏘아본 탓이었다. 부주의 조용하지만 섬뜩함이 느껴지는 음성이 흘러나왔다.

"지원을… 요청하라……."

부주는 말꼬리를 흐리며 입을 다물었다.

어둠보다 짙은 침묵이 찾아왔다.

답답했다. 마치 공기가 하나도 없는 밀폐된 공간에 홀로 갇혀 있는 것처럼 숨을 제대로 쉴 수 없었다. 어느새 온몸이 식은땀으로 흠뻑 젖었다. 영은 저도 모르게 내공을 끌어올려 간신히 버티고 있었다. 하지만 숨을 제대로 쉴 수 없어 이내 얼굴이 시뻘겋게 달아오르고, 몸이 부들부들 떨리기 시작했다.

"지원을 요청하란 말이더냐. 이 내게?"

다시 조용히 날아드는 부주의 말에 영은 숨이 탁 막혔다.

"컥!"

짧은 신음과 함께 의식이 흐려졌다. 입술을 꽉 깨물어 의식을 되찾으려 했지만 소용없었다. 이대로 정신을 잃었다간 다시는 깨어날 수 없을 것 같은 예감에 영은 사력을 다해 버텨내려고 애썼다. 내공의 소모가 극심했다. 채 반각도 지나지 않아 단전에 허탈감이 느껴졌다.

근근이 이어가던 내공의 흐름이 어느 순간 갑자기 뚝 끊겼다. 의식이 아득해졌다. 영은 신음도 채 뱉어내지 못하고 그대로 눈을 감았다.

"누가 마음대로 죽어도 좋다고 했던가?"

영의 의식이 완전히 끊어지려는 순간, 부주의 싸늘한 음성이 귓가로 날아와 깊숙이 틀어박혔다. 정신이 번쩍 들었다. 답답하던 가슴에 대량의 공기가 밀려들어 왔다.

"커허억!"

영은 저도 모르게 크게 숨을 토해냈다. 마비가 되어 저릿하던 온몸에 갑자기 피가 통하자 머리가 핑글 돌았다. 오체투지를 하고 있지 않았다면 그대로 쓰러져 버렸을 것이다. 억지로 정신을 다잡으며 영은 질끈 이를 악물었다. 이내 부주의 목소리가 다시 귓가로 흘러들었다.

"네놈의 목숨은 나의 것이다. 내가 허락하지 않는 한 죽음조차도 네 멋대로 할 수 없다. 명심하라."

"추, 춤!"

영은 목소리를 쥐어 짜내듯 힘겹게 소리쳤다. 그 모습에 부주는 만족한 듯 입꼬리를 살짝 말아 올렸다. 부주의 싸늘한 음소가 조용히 퍼져 나왔다. 영은 심장이 갑자기 터져 나갈 것 같은 느낌에 내공을 쥐어 짜내 버텼다. 이내 부주의 음소가 멈추고 조용한 음성이 영의 귓가에 흘러들었다.

"본 야로부터의 지원은… 불가하다. 그런 사실은 네놈이 누구보다 잘 알고 있지 않던가?"

"소, 속하가 실언을 하였습니다."

영이 검게 죽은 낯빛으로 대답했다. 부주는 팔짱을 끼며 나직이 한숨을 내쉬었다.

"남은 병력으로는 앞으로의 일을 진행하기 힘든 건가?"

"그, 그것이……."

부주의 질문에 영은 쉽사리 대답하지 못했다. 이전이었다면 모를까, 화산의 일로 급변하는 무림의 정세로 인해 섣불리 장담할 수 없었다. 말꼬리를 흐리는 영의 모습에 부주는 가만히 고개를 끄덕이며 말을 이었다.

"방해만 없다면 어느 정도는 가능하다는 뜻인가?"

"그, 그렇습니다. 하지만……."

"문제는 훼방을 놓는 자들이 늘어나고 있다는 거로군."

부주는 영의 말을 자르며 나직이 중얼거렸다.

정사연합무맹.

화산에서의 일로 생겨난 정파와 사파의 연합 세력. 화산비섬회라는 무림의 내행사에서 일을 벌인 것이니만큼 정사의 연합은 충분히 예상할 수 있는 일이었다. 때문에 그에 대한 대비도 어느 정도 준비되어 있었다. 예상치 못한 변수는 화산에 투입된 병력의 전멸이었다. 최대 칠 할 정도의 희생을 예상하고 차후의 계획을 수립해 둔 터였다.

화산을 습격한 병력이 계획대로 어느 정도 남았다면 정사연합무맹은 그리 큰 위협이 되지 않았을 것이다. 하지만 전멸을 당해 버린 탓에 정사연합무맹은 예상 이상으로 방해가 될 것이 틀림없었다.

게다가······.

"무리를 해서라도 방해꾼들을 먼저 처리했어야 했나?"

부주는 까득 이를 악물었다. 예상치 못한 변수를 그대로 내버려 둔 것이 지금의 결과에 이른 것이다. 다른 누구의 잘못이 아닌 상대의 역량을 제대로 파악하지 못한 자신의 잘못이었다. 척살조 아홉 개 조를 몰살시킨 상대를 가벼이 생각한 책임을 져야 하는 것은 부주였다.

"놈들에 대한 자세한 정보는 아직인가?"

"죄, 죄송합니다. 모든 정보력을 집중하고 있지만······."

영은 말꼬리를 흐렸다. 지금까지 밝혀낸 것이라고는 여섯 명의 일행이 있다는 것과 그들 중 네 사람의 정체였다. 나머지 두 사람은 도무지 그 정체를 알아낼 수가 없었다. 하나는 노인이었고, 다른 하나는 이십 대 중반 정도로 보이는 사내였다. 그 둘의 정체를 밝혀낸다면 어쩌면 일이 쉽게 해결될지도 모른다는 예감이 들었다.

"놈들의 정체를 밝혀내라. 본 야에는 내가 보고할 테니 최우선 사항으로 진행해라."

"존명!"

영의 대답을 들으며 부주는 자리에 몸을 누인 채 가만히 두 눈을 감았다. 순간 뇌리를 번쩍이며 스치는 한 가지 생각에 부주는 저도 모르게 벌떡 몸을 일으켰다. 막 물러나려던 영은 움찔 놀라며 다시 부주의 앞에 오체투지했다.

"가, 갑자기 무슨 일이십니까, 부주."

영은 본능적인 두려움에 바르르 떨리는 목소리로 억지로 입을 열었다. 무언가를 생각하는 듯 가만히 어두운 허공을 응시하고 있던 부주는 천천히 영에게로 고개를 돌렸다. 부주의 시선을 느낀 영은 저도 모르게 어깨를 움찔 떨었다.

"좋은 생각이 하나 떠올랐다. 아마 이 방법이라면 직접 손을 쓰지 않고도 놈들을 해치울 수 있을 것이다, 크크크."

부주는 싸늘한 미소를 지으며 영을 쳐다보았다. 영은 더욱 납작 엎드리며 조심스레 입을 열었다.

"어떤… 방법입니까?"

부주는 입꼬리를 살짝 말아 올리며 천천히 대답했다.

"일전에… 그 빌어먹을 천뢰일가에서 재밌는 소식을 하나 전해 들었다. 네놈이 전해준 것이니 잊지 않았겠지?"

"물론입니다. 하나 그것이 왜……?"

"크, 크크큭! 눈치가 꽤 빠른 줄 알았는데 의외로 둔한 면이 있구나."

"그게 무슨……?"

"놈들이 은밀히 찾는 자가 있다……. 이래도 아직 모르겠나?"

스스로 길을 택하다

부주는 피식 미소를 지으며 조용히 말을 이었다. 순간 영의 머릿속에서 조각조각 끊겨져 있던 수많은 정보 중 몇 가지가 하나로 이어졌다. 그제야 부주의 생각을 알아챈 영은 이마가 바닥에 부딪칠 정도로 고개를 푹 숙이며 소리쳤다.
"부, 부주의 혜안(慧眼)에 감복할 따름입니다!"
"좋아. 그러면 상세한 계획은 네게 맡기겠다."
"충!"
커다란 대답과 함께 영은 그대로 어둠 속에 녹아 사라져 버렸다. 홀로 남은 부주는 여전히 입꼬리를 말아 올린 채 싸늘한 음소를 흘리고 있었다.
"계획대로만 된다면 일석이조, 아니, 일석삼조의 효과를 얻을 수도 있겠어, 크하하핫!"
부주의 음소는 어느새 앙천광소(仰天狂笑)가 되어 주위를 크게 뒤흔들었다.

*   *   *

장일소가 깨어난 후, 닷새가 지났다. 그동안 장일소는 자신의 두 제자, 고태와 관지화의 지극한 보살핌으로 완전히 회복될 수 있었다. 아니, 완전한 회복을 넘어서 오히려 이전보다 내공이 증가하고 얼굴의 주름도 눈에 띄게 줄어들었다. 겉보기에는 이전보다 열 살 이상은 젊어 보일 정도였다.

자소영단.

화산파 최고의, 아니, 무림 전체에서도 세 손가락 안에 꼽을 수 있을 정도의 영약을 복용한 덕분이었다. 장일소가 자리를 떨치고 일어나자, 일행은 길 떠날 준비를 시작했다.

"죄송합니다, 소공. 저 때문에 이리 시간을 낭비하다니……."

면목 없다는 듯 고개를 깊이 숙이는 장일소의 모습에 사진량은 가만히 고개를 내저었다.

"아니, 길잡이를 두고 떠날 순 없지."

"하나……."

"더 이상 그에 대해선 말하지 말았으면 좋겠군."

사진량은 장일소의 말을 일축했다. 머릿속에는 죄스러움이 가득했지만 장일소는 더 이상 말을 이을 수 없었다. 그저 고개를 푹 숙이고 있을 뿐.

따삭! 따삭!

문득 저 멀리서 빠른 속도로 다가오는 말발굽 소리가 들려왔다. 고개를 돌린 장형일의 눈에 마차를 몰고 오는 남궁사혁의 모습이 보였다. 이내 가까이 다가온 마차가 객잔 앞에 멈춰 서고, 남궁사혁이 어자석에서 훌쩍 뛰어내렸다.

"웃차! 이 정도 크기면 짐을 다 싣고도 쾌적하게 떠날 수 있지 않겠냐?"

스스로 길을 택하다

"그렇군."

열 명은 넉넉히 탈 수 있을 것 같은 커다란 사두마차를 한 차례 흘끔 쳐다본 사진량은 가볍게 고개를 끄덕였다. 사진량의 미적지근한 반응에 남궁사혁은 왈칵 인상을 찌푸렸다.

"어, 뭐야? 그 시답잖은 반응은? 인마, 내가 이거 구해오는 데 얼마나 고생한 줄 아냐? 또 들인 돈은 얼만데! 아흐! 내가 이런 놈을 친구라고……! 이거 진짜 너무한 거 아닙니까, 장노?"

남궁사혁은 억울해 죽겠다는 듯 가슴을 탁탁 두드리며 장일소를 쳐다보았다. 장일소는 휘둥그레진 눈으로 콧김을 뿜어내고 있는 말을 쳐다보다가 남궁사혁에게 고개를 돌렸다.

"이, 이게 대체 뭡니까, 남궁 소협?"

"뭐긴 뭡니까? 보시는 대로 마차죠."

"아니, 그건 그렇지만… 이 큰 마차를 도대체 왜?"

장일소는 고개를 갸웃하며 물었다. 남궁사혁은 구겨진 인상을 펴며 피식 미소를 지었다.

"아 참, 장노는 전에 했던 얘기 못 들으셨구나. 이게 다 필요해서 산 겁니다. 간단하게 말하자면 위장술이죠, 위장술."

"위장술?"

"아무래도 우리 일행은 마도 놈들에게 꽤나 알려진 것 같아서 말이죠. 또 언제 습격해 올지 모르는 일이니 대비해야 하지 않겠습니까?"

남궁사혁의 말에 장일소는 그제야 알겠다는 듯 가만히 고개를 끄덕였다.

"마차를 타서 일행이 눈에 띄지 않게 위장하겠다는 뜻이로군요."

"그렇죠. 역시 장노는 눈치가 빠르시다니까."

 남궁사혁은 손바닥을 짝 마주치며 감탄한 얼굴로 히죽 미소를 지었다. 장일소는 푸르륵거리며 콧김을 뿜어내는 말 네 마리를 쳐다보았다. 갈기와 근육에 윤기가 흐르는 것이 꽤나 좋은 말이었다. 장거리를 이동해도 쉽사리 지치지 않을 것 같았다.

"좋은 말이로군요."

"역시 장노는 알아봐 주실 줄 알았어요. 진짜 제가 이 마차 구하느라 얼마나 고생을……."

"저희 왔습니다아!"

 울먹거리는 시늉을 하는 남궁사혁의 말을 등 뒤에서 들려온 커다란 목소리가 뒤덮었다. 왈칵 인상을 찌푸린 남궁사혁이 고개를 돌리자, 엄청나게 큰 등짐을 짊어진 두 덩치 사내의 모습이 눈에 들어왔다. 장거리 여행에 필요한 물품을 사러 갔던 관지화와 고태였다. 헤죽거리며 다가오는 관지화의 모습에 남궁사혁은 저도 모르게 불끈 주먹을 그러쥐었다. 그러곤 곧장 자신의 말을 끊은 관지화를 향해 달려들었다.

빠악!

"우켁!"

갑자기 달려드는 남궁사혁을 보지 못한 관지화는 묵직한 타격음과 함께 비명을 지르며 그대로 고꾸라졌다. 남궁사혁은 분이 가시지 않는 듯 얼굴을 붉으락푸르락하며 버럭 소리쳤다.

"아오! 이 미련 곰탱이 자식은 눈치가 없어, 눈치가!"

*   *   *

"뜨헉! 뭐, 뭐냐 이 의뢰는……!"

홍영은 휘둥그레진 눈으로 자신의 손에 들려 있는 종이봉투의 밀납 봉인을 뚫어져라 쳐다보았다. 전혀 예상치 못한 곳에서 들여온 비밀 의뢰였다. 그것도 개방의 비밀 유지 등급 중 가장 높은 천급(天級) 의뢰였다.

개방에 들어오는 의뢰의 비밀 유지 등급은 천(天), 지(地), 인(人)의 세 단계로 나누어진다. 그중 천급은 의뢰 내용 때문에 개방이 멸문의 위기에 처한다 해도 절대 비밀을 밝혀서는 안 되는 최상급 의뢰였다.

최근 화산으로부터 천급의 의뢰를 받은 적이 있기는 하지만 이번 의뢰를 한 곳이 워낙에 특별한 곳이라 홍영의 놀람은 당연했다.

천뢰일가.

무림과의 교류는 없었지만 지난 수백 년간 북방으로 쫓겨난 마도의 세력을 막아선 방패와도 같은 곳이었다. 지금껏 단 한 번도 무림으로 눈을 돌리지 않은 곳이었지만, 그 세력은 구파일방을 뛰어넘는다고 알려져 있었다. 천뢰일가가 마음만 먹는다면 무림일통도 어렵지 않을 정도였다.

그런 천뢰일가가 개방에 의뢰를 하다니. 홍영이 대경실색하는 것은 당연한 일이었다. 의뢰서를 든 홍영의 손이 파르르 미세하게 떨렸다. 그 천뢰일가가 개방에 의뢰를 할 정도의 일이라면 무림을 크게 뒤흔들 만한 사안일지도 몰랐다.

꿀꺽!

홍영은 저도 모르게 소리 나게 침을 삼켰다. 홍영의 떨리는 손이 밀납 봉인을 뜯어내고 봉투 안의 의뢰서를 꺼내 들었다. 홍영은 접혀 있는 의뢰서를 차마 한 번에 펼치지 못하고, 다시 한 번 침을 삼켰다. 어쩌면 의뢰를 거절하는 것이 나을지도 몰랐다.

하지만 이미 늦었다.

의뢰서의 봉인을 뜯은 이상 어떤 의뢰라도 받아들여야만 했다. 섣불리 봉인을 뜯은 것을 후회하며 홍영은 천천히 의뢰서를 펼쳤다. 깨알같이 쓰여 있는 글씨가 눈에 들어왔다. 홍영은 굳은 얼굴로 눈알만 굴려서 의뢰 내용을 훑었다.

긴장했던 것과는 달리 의뢰 내용은 행방을 알 수 없는 사람을 찾아달라는 것이었다. 모든 거지가 개방도는 아니었지만 전 중원에 거지가 없는 곳이라고는 없다시피 하니 사람 찾기란 개방에 딱 어울리는 의뢰였다. 홍영은 저도 모르게 나직이 안도의 한숨을 내쉬었다.

"후우, 무슨 의뢰인가 했더니……. 괜히 잔뜩 긴장했구만. 그나저나 천뢰일가에서 은밀히 찾는 사람이라. 어떤 자인지 궁금하군."

나직이 중얼거리며 홍영은 의뢰서에 첨부된 용모파기(容貌疤記)를 펼쳤다. 용모파기에 그려진 얼굴을 본 홍영의 눈이 휘둥그레졌다.

"어엇! 이, 이 얼굴은……!"

*   *   *

따각! 따각! 푸르르!

사두마차를 이끄는 네 마리의 말이 콧김을 뿜어내며 대로를 내달렸다. 어자석에 앉은 남궁사혁은 뭐가 그리 불만인지 입술을 삐죽이 내밀고는 구시렁거렸다.

"쌍! 도대체 내가 왜 마부까지 해야 하냐고? 비상금까지 탈

탈 털어서 마차를 사왔구만!"

 말은 그렇게 하면서도 어쩔 수 없다는 것을 남궁사혁은 잘 알고 있었다. 일행 중에 마차를 몰아본 경험이 있는 것은 남궁사혁과 장일소밖에 없었다. 관지화는 조금이나마 말을 다룰 수 있긴 했지만, 덩치가 워낙에 커서 눈에 띄는 바람에 어쩔 수 없었다. 위장을 위해 무리해서 구매한 마차였으니. 그렇다고 연장자인 장일소에게 마부를 시킬 수는 없는 노릇이니, 남은 것은 남궁사혁밖에 없었다.

"제가 교대하겠습니다, 남궁 소협."

 마차 창으로 고개를 내민 장일소가 말했다. 남궁사혁은 언제 그랬냐는 듯 찌푸린 얼굴을 펴고 대꾸했다.

"아닙니다, 장노. 아무리 그래도 연로하신 장노께 마부를 맡길 수는 없죠."

"연로라니요. 전에도 말했지만 한 십 년은 젊어진 것 같습니다. 언제든 괜찮으니 교대해 드리겠습니다."

"하하, 전 괜찮으니 걱정 붙들어 매십쇼. 그나저나 어이, 종복 놈아!"

"넵!"

 부름을 받은 오귀가 바짝 긴장한 얼굴로 고개를 내밀었다. 남궁사혁은 이를 드러내며 히죽 미소를 지었다. 오귀는 저도 모르게 어깨를 흠칫 떨었다. 이내 남궁사혁이 천천히 입을 열

스스로 길을 택하다

었다.

"아무리 그래도 그렇지. 주군께서 땡볕에 밖에 나와 고생하는데 종복이라는 놈이 마차 안에서 빈둥거리면 쓰나. 안 그래?"

입은 웃고 있었지만 어쩐지 살기가 느껴지는 말이었다. 오귀는 그대로 마차 문을 열어젖히며 어자석으로 몸을 날렸다.

"지금 갑니다, 주군!!"

그대로 어자석 옆에 자리를 잡은 오귀는 잔뜩 굳은 자세로 흘끔 남궁사혁의 눈치를 살폈다. 남궁사혁은 씨익 미소를 지으며 말을 몰았다.

"잘 봐둬라. 내일부터 네가 해야 할 일이니까."

"넵! 명심하겠습니닷!"

오귀는 누가 옆에서 찌르기라도 한 듯 움찔하며 허리를 곧게 폈다. 그러곤 눈을 부릅뜬 채 남궁사혁의 행동을 하나라도 놓치지 않겠다는 듯 뚫어져라 쳐다보았다. 남궁사혁은 그런 오귀의 모습에 만족스럽다는 듯 히죽 미소를 지으며 가만히 고개를 끄덕였다.

어느새 날이 저물었다. 날이 밝은 동안은 쉬지 않고 내달린 탓에 지친 말이 푸르륵거리며 거친 호흡을 토해내고 있었다. 관도의 한쪽 구석에 마차를 세운 일행은 바지런히 노숙 준비를 했다. 오랜만의 노숙이었지만 일행의 움직임은 익숙하기 그지없었다.

부글부글!

가장 먼저 불을 피운 장일소는 미리 사둔 식재료를 다듬어 식사를 준비했다. 나머지는 잠자리를 만들고, 장작으로 쓸 나뭇가지를 모아오는 등, 잡다한 일을 하고 있었다. 특히나 눈에 띄는 것은 대부를 휘둘러 장작을 패고 있는 관지화였다. 제 덩치의 두 배는 됨직한 커다란 나무를 단숨에 쓰러뜨리고는 대부를 여러 번 휘두르자, 적당한 크기의 장작이 우수수 떨어졌다.

파파팍! 후두둑!

어느새 산더미처럼 쌓인 장작더미를 보고 관지화는 만족스러운 웃음을 지었다. 그 순간!

"에라이!"

빠익!

둔탁한 충격음과 함께 관지화는 눈앞에서 불똥이 튀는 것 같은 통증을 느꼈다. 어느새 다가온 남궁사혁이 혀를 차며 뒤통수를 후려갈긴 탓이었다.

"우켁!"

짧은 신음과 함께 관지화는 김이 피어오르는 것 같은 뒤통수를 문지르며, 억울해하는 표정으로 남궁사혁에게로 고개를

스스로 길을 택하다

돌렸다.

"뭐, 인마? 짜식이 장작이나 구해오랬더니 쓸데없이 푸닥거리질이야? 그리고 여기서 계속 노숙할 셈이냐? 뭔 놈의 장작을 이렇게 많이 만들어?"

"그거야 남는 건 마차에 실어 놓고 두고두고 쓰면 되잖습니까아. 마차에 자리도 많이 남는데 말입니다."

"그래서? 남는 건 다 마차에 싣고 가겠다고?"

"그래야죠."

"어이구, 그래, 니 맘대로 해라."

답답하다는 듯 가슴을 툭툭 치던 남궁사혁은 한숨을 푹 내쉬며 돌아섰다. 여전히 통증이 가시지 않은 뒷머리를 문지르며 천천히 돌아선 관지화의 눈에 산더미처럼 쌓여 있는 장작더미가 보였다. 관지화는 머쓱해진 얼굴로 나직이 중얼거렸다.

"쩝! 너무 많이 했나?"

육포를 넣은 고기 죽으로 늦은 저녁 식사를 마친 일행은 하나둘, 모닥불 가까이에 자리를 잡고 드러누웠다. 식사 직후에 한바탕 크게 비무를 치른 고태와 관지화는 눕자마자 잠이 들어 코를 골고 있었다.

"드르렁! 쿠울!"

두 사람의 코골이 소리가 마치 천둥소리처럼 커다랗게 밤하늘에 울려 퍼졌다. 자려고 누워 있던 남궁사혁이 짜증을 부리며 벌떡 일어났다.

"아오, 썅! 잠 좀 자자, 잠 좀 자!"

남궁사혁의 외침 덕분인지 두 사람의 코골이가 한순간 멎었다. 그제야 남궁사혁은 모포를 뒤집어쓰며 등을 보인 채 돌아누웠다. 이내 다시 코를 고는 소리가 들려왔지만 남궁사혁은 뒤집어쓴 모포로 귀를 막으며 몸을 잔뜩 웅크렸다. 모닥불 가에 앉아 장작을 던져 넣으며 그 모습을 가만히 지켜보고 있던 사진량이 피식 미소를 지었다.

타닥! 타닥!

모닥불이 타오르는 소리가 코 고는 소리 사이로 조용히 들려왔다. 코 고는 소리 때문에 신경질을 부리던 남궁사혁도 어느새 잠들었다. 사진량은 여전히 모닥불 가에 앉아 가만히 불꽃을 쳐다보고 있었다. 그러다 문득 등 뒤에서 느껴진 인기척에 돌아보지도 않고 조용히 입을 열었다.

"자지 않고 무슨 일인가?"

"허허, 마차에서 편하게 있었던 탓인지 잠이 오질 않는군요."

조심스레 사진량의 곁에 다가온 장일소가 멋쩍은 웃음을 지으며 말했다. 입꼬리를 살짝 말아 올린 사진량은 장작 하나를 모닥불에 던져 넣었다. 갑자기 던져 넣은 장작 때문에 불길이 한 차례 크게 흔들렸다.

"묻고 싶은 게 있다."

일렁이는 불길을 가만히 쳐다보는 장일소의 귓가에 사진량의 나직한 음성이 날아들었다. 장일소는 고개를 돌려 사진량을 쳐다보며 말했다.

"무엇이든 하문하십시오, 소공."

"천뢰일가… 는 어떤 곳이지?"

조용히 날아든 질문에 장일소는 순간 휘둥그레진 눈으로 아무런 대답도 하지 못했다. 지금까지 사진량이 한 번도 천뢰일가에 대해 관심을 가진 적이 없었던 터라 놀란 탓이었다. 이내 놀람을 가라앉힌 장일소가 떨리는 목소리로 입을 열었다.

"이제야 본가로 가실 결심이 드신 겁니까?"

"어차피 가야 한다면 조금이라도 사정을 알아야 하지 않겠나?"

사진량은 무심한 얼굴로 그렇게 말하며 장작을 모닥불에 던져 넣었다. 장일소는 감격한 얼굴로 고개를 끄덕이며 대답했다.

"그렇지요. 그러셔야지요. 앞으로 본가를 이끄셔야 하는데 자세한 사정을 아셔야지요."

"아니, 천뢰일가의 가주가 될 생각은 없다."

감격에 겨워하는 얼굴을 하고 있는 장일소의 귓가에 조용한 사진량의 음성이 송곳처럼 날아와 꽂혔다. 예상치 못한 반응에 장일소의 얼굴이 순간 굳었다. 이내 장일소가 파르르 떨리는 음성으로 입을 열었다.

"그, 그럼 어찌하여……?"

"애초부터 난 못다 한 일을 마무리하기 위해 나온 것일 뿐이다. 천뢰일가는 그저 그 일을 위해 지나가는 곳일 뿐. 그리고 갑자기 불쑥 나타난 자를 가주로 섬길 정도로 천뢰일가가 호락호락한 곳이었나?"

"그, 그건……!"

장일소는 신음하듯 짧은 말을 내뱉었다가 그대로 입을 다물어 버렸다. 거기까지는 생각하지 못했던 것인지 장일소의 표정은 뒤통수를 한 대 얻어맞은 것 같은 얼굴이었다.

사진량의 말이 옳았다. 당연히 생각해 봤어야 하는 문제였지만 양기뢰의 아들인 사신랑을 찾았다는 기쁨과 그동안의 수많은 사건 탓에 깊이 생각할 틈이 없었다. 십수 년 전에 양기뢰의 명을 받고 길을 떠난 장일소였지만, 현재의 천뢰일가가 어떠할 지는 충분히 예상할 수 있었다.

오대봉신가.

오랜 세월 천뢰일가를 떠받치던 다섯 개의 기둥은 뿌리부터 흔들리고 있을 것이다. 아마도 양기뢰의 자리를 차지하기 위해 오대봉신가의 가주들은 서로 치열한 눈치 싸움을 벌이고 있을 터. 그런 상황에 양기뢰의 잃어버린 아들이라며 사진량이 나타난다면 오히려 더욱 큰 혼란을 더하게 될 것은 틀림없었다. 사진량은 바로 그것을 지적한 것이었다.

"소, 소공의 말씀이 옳습니다. 제 생각이 짧았군요."

장일소는 깊은 한숨을 푹 내쉬며 고개를 떨궜다. 사진량이 곧장 조용히 입을 열었다.

"그동안 많은 일이 있었으니 미처 생각지 못했을 거다."

"하, 하나 본가는……!"

"무슨 걱정을 하는지 알고 있다. 하지만 내 일이 무사히 끝난다면 아마도 천뢰일가에는 내가 필요 없을 거다. 아니, 천뢰일가 자체가 필요 없어지겠지."

장일소의 말을 끊으며 사진량이 끼어들었다. 천뢰일가는 지난 수백 년 간 북방의 마도 세력을 막아온 금성철벽(金城鐵壁)과도 같은 무림세가였다. 그런 천뢰일가가 필요 없어질 일이라면 하나밖에 없었다.

마도의 완전한 멸망.

사진량의 말은 그것을 의미했다. 거기까지 생각이 닿은 장일소의 눈이 찢어져라 크게 치켜떠졌다. 천뢰일가가 북방에 자리를 잡은 이래로 누구도 생각지 못한 일을 사진량은 당연하다는 듯 이야기하고 있었다.

"지, 진심이십니까, 소공?"

사진량은 대답 대신 가만히 고개를 끄덕였다. 장일소는 너무도 당연하다는 듯 태연한 사진량의 모습에 경악을 금치 못했다. 천뢰일가가 북방에 자리를 잡은 이래, 어느 누구도 마도의 멸절을 언급한 사람은 없었다. 중원 무림을 일통시킬 수 있는 천뢰일가의 힘으로도 마도를 멸절시키는 것은 불가능한 일이었다. 그만큼 마도의 세력은 뿌리가 깊고, 넓었다.

지금껏 사진량과 함께하며 여러 번 놀랐지만 지금만큼 놀란 적이 없는 장일소였다. 장일소의 경악한 표정에도 아랑곳하지 않고, 사진량은 대수롭지 않다는 듯 입을 열었다.

"나는 그것을 위해 다시 검을 든 것이다. 그 정도는 잘 알고 있을 줄 알았는데."

"하나 소공! 마도멸절이라니… 그것은 불가능……."

"아니, 가능하다. 누구도 하려고 한 적이 없을 뿐."

사진량은 더듬거리며 항변하는 장일소의 말을 일축했다. 사진량의 말에 장일소는 뒤통수를 한 대 강하게 얻어맞은 듯 멍한 얼굴이 되었다.

"그거 재미있겠군. 마도멸절이라……. 크크, 황당하기 짝이 없지만 역시 네 녀석답다고 해야겠어."

갑자기 등 뒤에서 들려온 목소리에 장일소는 화들짝 놀라며 고개를 돌렸다. 어느새 몸을 일으킨 남궁사혁이 입꼬리를 말아 올린 채 두 사람을 쳐다보고 있었다. 잠든 줄 알았던 남궁사혁의 모습에 놀라 휘둥그레 눈을 뜬 장일소와는 달리 사진량은 눈길을 주지도 않고 장작을 모닥불에 던져 넣었다.

"어울리지 않게 쥐새끼처럼 엿듣거나 하니……."

"엿듣기는 개뿔. 다 들으라고 한 소리 아니었냐? 내가 안 자고 있는 건 네 녀석이 더 잘 알고 있었을 텐데?"

사진량의 말에 남궁사혁은 이죽거리며 천천히 다가와 사진량의 맞은편에 자리를 잡고 앉았다. 그러면서 흘끗 뒤를 쳐다보며 낮게 소리쳤다.

"쥐새끼처럼 엿듣지 말고 조용히 나와."

그 순간 모포를 머리끝까지 푹 덮은 채 잠들어 있던 오귀가 벼락이라도 맞은 것처럼 몸을 바르르 떨더니 이내 벌떡 일어났다.

"헤, 헤헤, 알고 계셨습니까, 주군?"

오귀는 애써 침착한 척 멋쩍은 미소를 지으며 뒷머리를 벅벅 긁었다. 남궁사혁이 날카로운 눈빛으로 흘끗 쳐다보자 오귀는 독사 앞의 개구리처럼 어깨를 움츠렸다. 남궁사혁은 별다른 말없이 손을 들어 손가락을 까딱까딱거렸다. 오귀는 다 죽어가는 표정으로 비척비척 모닥불가로 다가와 남궁사혁의 옆에 앉았다.

"파문당했네, 어쩌고 하던 건, 연막이었던 거냐?"

의심 가득한 남궁사혁의 눈빛과 날카로운 음성이 오귀를 향해 날아들었다. 날카로운 비수 같은 남궁사혁의 눈빛에 오귀는 차마 고개를 들지 못하고 우물쭈물하며 입을 열었다.

"아니, 그게… 파, 파문당한 건 사실입니다. 그리고 일부러 엿들으려고 한 것도 아니… 우켁!"

 오귀는 채 말을 끝내기도 전에 짧은 신음을 토해냈다. 남궁사혁이 갑자기 뒤통수를 강하게 후려갈긴 탓이었다. 어느새 부어오르기 시작한 뒷머리를 두 손으로 문지르며 오귀는 끄응, 하고 신음을 토해냈다.

"종복 주제에 어디서 주군께서 말씀하시는데 말대답이나 하고 말이야. 맞아야 정신을 차리지?"

 꽉 그러쥔 주먹을 들어 보이는 남궁사혁의 모습에 오귀는 더욱 몸을 움츠렸다. 무어라 항변하지도 못하는 오귀의 귓가에 사진량의 조용한 음성이 날아들었다.

"석낭이 해줘라. 그나저나 이왕 이렇게 됐으니 디들 께서 애길 해야겠군."

"무슨 얘길 하겠다는 거냐?"

 남궁사혁의 질문에 사진량은 흘끔 코를 골며 자고 있는 나머지 두 사람을 쳐다보며 대답했다.

"앞으로 해야 할 일에 대해서. 언제까지고 막무가내로 끌고 다닐 수는 없는 노릇이니."

스스로 길을 택하다

"하, 하나 소공! 그것은……!"

사진량의 말에 화들짝 놀란 장일소가 낮게 소리쳤다. 사진량은 천천히 장일소에게로 고개를 돌리며 조용히 대꾸했다.

"지금까지도 그랬지만 앞으로는 목숨이 위험한 일이 더욱 많아질 거다. 아무것도 모른 채 무턱대고 함께하기에는 너무한 것 아닌가?"

"그것은……!"

"아무리 제자라지만 자신이 갈 길은 스스로가 선택하게 해야 하는 거다."

사진량의 말에 남궁사혁도 고개를 끄덕이며 끼어들었다.

"이 녀석 말이 옳습니다, 장노. 사내라면 제 목숨 던질 곳은 자기가 선택해야 하는 것 아닙니까?"

남궁사혁도 사진량과 같은 수리를 하자 장일소는 한순간 할 말을 잃었다. 장일소의 시선이 코까지 골며 깊이 잠든 고태와 관지화, 두 사람에게로 향했다. 이내 다시 사진량에게로 고개를 돌린 장일소는 한숨을 폭 내쉬며 고개를 끄덕였다.

"후우, 두 분께서 그렇게 말씀하시니 어쩔 수 없군요. 다들 깨우겠습니다."

천천히 몸을 일으킨 장일소는 조심스레 잠든 두 사람에게 다가가 어깨를 흔들어 깨웠다. 고태는 금세 몸을 일으켰지만, 관지화는 이리 뒤척, 저리 뒤척거리며 쉽게 일어나지 않았다.

그 모습을 지켜보던 남궁사혁이 왈칵 인상을 찌푸리더니 바닥의 작은 돌멩이를 집어 들고는 손가락을 튕겼다.

따악!

곧장 뻗어나간 돌멩이는 그대로 관지화의 뒤통수를 후려갈겼다.

"끄악!"

갑작스러운 돌멩이의 습격에 관지화는 짧은 비명을 내지르며 벌떡 몸을 일으켰다. 뒤통수를 문지르며 놀란 얼굴로 두리번거리는 관지화의 눈에 장일소의 모습이 보였다. 장일소가 먼저 조용히 입을 열었다.

"일어났느냐? 긴히 할 얘기가 있으니 정신 차리거라."

"잉? 이 밤중에 무슨 얘길……?"

"거, 닥치고 빨리 와서 앉아, 이 자식아!"

어리둥절한 표정을 하고 있는 관지화의 귓가에 날카로운 남궁사혁의 음성이 날아들었다. 움찔한 관지화가 어깨를 움츠린 채 홀깃 눈치를 살폈다. 모닥불을 가운데 두고 둘러앉은 일행의 모습이 눈에 들어왔다.

"빨리 안 오냐?"

미간을 찌푸린 남궁사혁의 짜증 섞인 얼굴이 눈에 들어오자, 남궁사혁은 화들짝 놀란 얼굴로 곧장 모닥불가로 몸을 날려 자리를 잡았다.

"부, 부르셨습니까, 남궁 형님!"

이내 고태도 장일소와 함께 관지화의 옆에 자리를 잡고 앉았다. 고태는 눈곱이 끼어 반쯤 감긴 눈으로 눈을 비비고 있었다.

"으하암, 도대체 무슨 일이래유?"

고태는 자못 진지한 분위기에 고개를 갸웃거렸다. 사진량은 대답 대신 가만히 장일소를 쳐다보았다. 자신을 향한 사진량의 눈빛에 장일소는 살짝 고개를 끄덕이며 한숨을 내쉬었다. 이내 장일소는 천천히 입을 열었다.

"조금은 진지한 이야기를 해야겠구나. 앞으로 어찌해야 할지는 이야기를 다 들은 후에 너희가 선택해야 할 게야."

"그게 무슨 소린감유?"

"무슨 선택을 하라는 겁니까, 사부?"

고태와 관지화가 의아한 얼굴로 고개를 갸웃거렸다. 남궁사혁이 미간을 찌푸린 채 낮게 소리쳤다.

"일단 닥치고 얘기나 들어. 장노, 말씀하시죠."

남궁사혁의 일갈에 고태와 관지화, 그리고 오귀까지 어깨를 움찔하더니 굳은 자세로 입을 다물었다. 일행의 시선이 모두 장일소에게로 향했다. 장일소는 낮게 헛기침을 한 차례 하더니 천천히 입을 열어 긴 이야기를 시작했다.

"크흠! 지금부터 하는 얘기는 이 자리에 있는 우리 외에는 누구도 알아서는 안 됩니다. 이후 어떤 선택을 하게 되든 비밀을 철저히 지켜야 할 것입니다. 너희들도 잘 알겠지?"

자못 심각한 표정을 하고 있는 장일소의 말에 고태와 관지화는 긴장한 얼굴로 침을 꿀꺽 삼켰다. 이내 두 사람은 약속이나 한 듯 동시에 고개를 끄덕였다.

"명심하겠구먼유."

"아, 알겠습니다, 사부! 맹세하지요."

두 사람의 대답에 장일소는 오귀를 흘낏 쳐다보았다. 오귀도 대답 대신 굳은 얼굴로 고개를 끄덕였다. 세 사람의 대답을 확인한 장일소는 불꽃이 튀어 오르는 모닥불을 가만히 쳐다보며 말을 이었다.

"나는 사실……."

탁! 타다닥!

모닥불이 거세게 타올랐다. 모든 이야기를 끝낸 장일소는 길게 한숨을 내쉬었다. 사진량은 말없이 장작을 모닥불에 던져 넣었다. 전혀 예상하지 못한 이야기에 관지화는 놀란 얼굴로 아무런 말도 하지 못하고 있었다.

오귀도 관지화와 비슷한 표정이었다. 전혀 예상치 못한 사진량의 정체 때문이었다. 사실 오귀가 처음 일행을 찾아 나섰을 때는 사진량 일행의 정체를 밝히기 위함이었다. 하지만 그런 것은 전혀 중요하지 않았다. 사진량과 직접 대면한 후, 오로지 함께하겠다는 생각만이 들었을 뿐이었다. 게다가 개방에서 파문까지 당한 상황이니, 그런 임무는 이미 까맣게 잊어버린 후였다. 그런데 전혀 예상치 못한 상황에서 개방이 자신에게 맡긴 임무를 완수하게 되었으니, 어이가 없었다. 하지만 지금의 놀람은 그것이 아닌 사진량의 정체에 대한 것이었다.

그에 반면 고태는 별다른 표정의 변화 없이 그저 가만히 앉아 장일소를 쳐다볼 뿐이었다. 천뢰일가가 어쩌고, 마도가 어쩌고 하는 것은 얼마 전까지 평범한 어부였던 고태에게는 그저 먼 나라 이야기나 마찬가지였다.

"이제 너희들의 선택만 남았구나. 그래, 앞으로 어찌할 게냐? 떠나겠다면 굳이 붙잡지는 않을 것이다. 다만, 지금 내가 한 말을 어느 누구에게도 말하지 않겠다는 맹세를 해야 할 테지만."

장일소는 가만히 고태와 관지화, 그리고 오귀를 쳐다보며 천천히 입을 열었다. 장일소의 말이 끝나자 잠시 침묵이 찾아들었다. 가장 먼저 입을 연 것은 고태였다.

"헤헤, 마도니 어쩌니 그런 복잡한 얘긴 저는 잘 모르겠구먼유. 그래도 하나는 확실히 알 수 있어유. 저는 계속 같이 갈 거구먼유."

뒤이어 관지화가 질세라 크게 소리쳤다.

"저, 저도 계속 같이 갑니다! 사내가 칼을 뽑았으면 무라도 썰어야죠!"

두 사람의 대답에 장일소는 놀란 얼굴로 되물었다.

"진심이더냐, 둘 다?"

"물론입니다, 사부!"

"그럼유."

이번에는 관지화가 먼저 재빠르게 대답했다. 곧장 고태가 고개를 끄덕였다. 장일소는 천천히 고개를 들어 고태와 관지화를 쳐다보았다. 흔들림 없는 두 사람의 눈을 마주한 장일소는 저도 모르게 한숨을 내쉬었다. 그 모습을 가만히 지켜보던 남궁사혁이 자신의 옆에 있는 오귀에게 불쑥 물었다.

"근데 넌 왜 대답 안 하는 거냐?"

순간 어깨를 움찔한 오귀는 이내 태연한 얼굴로 대답했다.

"종복 주제에 어떻게 제 맘대로 할 수 있겠습니까. 주군께서 하자는 대로 따르겠습니다."

오귀의 말에 남궁사혁은 살짝 입꼬리를 말아 올리며 손을 뻗어 오귀의 어깨를 툭툭 두드렸다.

"어쭈? 이제야 네 신분을 제대로 이해했나 보지? 기특한 녀석 같으니. 여하튼 네놈은 무조건 날 따라와. 거부권은 없다. 네 목숨도 내꺼야, 크크."

어쩐지 악덕 노예 상인 같은 소리를 하는 남궁사혁이었다.

서늘한 느낌이 드는 남궁사혁의 웃음소리에 오귀는 등골을 타고 흐르는 소름에 어깨를 움찔거렸다.

한참이나 아무런 말도 없이 가만히 앉아 있던 사진량이 천천히 일행을 돌아보더니 입을 열었다.

"모두 끝까지 함께하겠다는 건가?"

"아무래도 그런 것 같은데? 앞으로 가야 할 길이 지옥도가 될 것을 알고 그러는 건지, 모르고 그러는 건지. 크큭, 여하튼 간땡이가 팅팅 부었구만."

남궁사혁이 이죽거리는 투로 킬킬거렸다. 뒤따라 관지화가 키득거리며 고개를 끄덕였다.

"까짓것, 죽기밖에 더 하겠습니까? 키킥!"

히죽 미소를 짓는 관지화의 모습에 고태는 덩치에 어울리지 않는 순박한 미소를 지어 보였다. 두 사람의 그런 모습에 장일소는 조금이나마 마음이 편해진 듯 희미한 미소를 지으며 고개를 끄덕였다.

"얘기 다 끝났으니까. 이제 다들 자라. 괜히 마차에서 꾸벅꾸벅 졸지 말고."

"넵! 알겠습니다, 형님!"

벌떡 일어난 관지화는 그대로 후다닥 자신이 누워 있던 자리로 달려가 그대로 벌렁 드러누웠다.

"그럼 다들 안녕히 주무셔유."

뒤따라 몸을 일으킨 고태도 꾸벅 인사를 한 후, 자신의 자리로 돌아갔다. 눕자마자 금세 코를 골기 시작하는 두 사람의 모습에 남궁사혁은 저도 모르게 살짝 인상을 찌푸렸다. 하지만 이내 찌푸린 얼굴을 풀고, 장일소에게 말했다.

"장노도 어서 주무세요. 종복 놈, 너도 가서 자라."

"넵!"

혹시나 또 얻어맞지는 않을까, 오귀는 곧장 몸을 날렸다. 장일소는 남궁사혁과 사진량을 쳐다보며 조용히 입을 열었다.

"제가 불침번을 설 테니 두 분도 주무십시오."

"아뇨. 저 자식이랑 조용히 할 얘기가 있으니까 장노께서 먼저 주무세요."

남궁사혁은 무표정한 얼굴로 장작을 모닥불에 던져 넣는 사진량을 가리켰다. 장일소의 시선이 남궁사혁의 손가락을 따라 사진량에게로 향했다. 눈이 마주친 사진량이 가만히 고개를 끄덕이자 장일소는 천천히 몸을 일으켰다.

"그럼 먼저 일어나 보겠습니다. 내일도 먼 거리를 가야 하니 두 분 다 너무 늦게까지 있진 마십시오."

꾸벅 두 사람에게 인사를 한 장일소는 자신의 자리를 찾아 드러누웠다. 장일소가 모포를 덮는 것을 본 남궁사혁은 자신의 맞은편에 앉아 있는 사진량을 가만히 쳐다보았다. 피식 미소를 지으며 남궁사혁은 장작 하나를 모닥불에 던져 넣었다.

사진량은 그저 무표정한 얼굴로 가만히 모닥불을 쳐다보고 있을 뿐이었다.

"드르렁! 쿠울!"

두 사람 사이의 침묵을 깬 것은 어느새 잠이 든 관지화의 코 고는 소리였다. 남궁사혁은 피식 미소를 지으며 나직이 중얼거렸다.

"저 자식은 무슨 짐승도 아니고. 머릴 붙이자마자 잠들어 버리네?"

"쉰 소린 적당히 하고, 할 말이 뭐냐?"

사진량은 장작 하나를 손에 쥔 채 흘낏 남궁사혁을 쳐다보았다. 남궁사혁은 살짝 입꼬리를 말아 올리더니 나직이 한숨을 내쉰 후에 천천히 입을 열었다.

"크큭, 처음 볼 때부터 어느 귀한 집 자식이다 싶었는데, 천뢰일가의 후계자라니……. 고작해야 남궁가의 방계에 불과한 내겐 과분한 친구였군그래."

"진심으로 하는 말이냐?"

"진심인 것 같냐?"

남궁사혁은 하얀 이를 드러내며 히죽 미소를 지었다. 그 모습에 사진량은 피식 입꼬리를 말아 올렸다. 그제야 사진량의 얼굴에 감정이 생겨났다. 남궁사혁은 기다란 나뭇가지 하나를 잡고 부지깽이처럼 모닥불을 헤집었다.

화르륵!

불길이 강하게 치솟으며 사방으로 불똥을 튀겼다. 크고 작은 불똥이 튀어 오르는 모닥불을 가만히 쳐다보며 남궁사혁이 불쑥 질문을 던졌다.

"근데 정말로 가능할 거라고 생각하는 거냐?"

"어리석은 자들은 자신이 규정한 한계에 얽매이기만 할 뿐이다."

"뭔 헛소리야?"

"가능하다는 소리지."

사진량은 대수롭지 않은 투로 무심하게 대답했다. 순간 모닥불을 헤집던 남궁사혁의 손이 멈칫했다. 사진량이 지나가듯 한 말이 머릿속을 맴돌았다.

스스로 한계를 규정하고 한계에 얽매인다.

어쩌면 남궁사혁 자신도 스스로의 한계에 얽매여 한 걸음 앞으로 나아가지 못하고 있는지도 몰랐다. 사진량과 무공이 차이가 나는 것도 어쩌면 그런 이유일지도 모르는 일이었다.

머릿속이 갑자기 확 넓어지는 느낌이었다. 전혀 예상치 못한 깨달음의 순간이 찾아온 것이다. 하지만 남궁사혁은 겉으로는 그것을 드러내지 않으려 애썼다. 사진량의 말로 깨달음을 얻었다는 것을 들키고 싶지 않았다. 남궁사혁은 질끈 아랫입술을 깨물고는 손에 들고 있던 나뭇가지를 반으로 쪼개 모닥불에 던져 넣었다.
"에라이, 미친놈."
그대로 벌떡 일어난 남궁사혁은 잠자리로 돌아가 벌렁 드러누웠다. 그 모습을 가만히 지켜보던 사진량은 피식 미소를 지으며 가만히 모닥불을 쳐다보았다. 타오르는 불길 속에서 떠오른 두 사람의 얼굴이 자신을 비웃고만 있는 것 같았다.

"멍청한 녀석! 그게 가능할 거라고 생각하는 거냐?"
"마는 영원히 사라지지 않는다. 무림이 존재하는 한 말이다!"

일렁이는 불길 속의 두 얼굴은 피눈물을 쏟으며 번갈아가며 그렇게 소리쳤다. 사진량은 조금의 동요도 없이 무표정한 얼굴로 가볍게 손을 휘저어 불길 속의 환영을 지웠다. 그러곤 속으로 나직이 중얼거렸다.
'그곳에서 지켜보십시오. 불가능한 것은 없다는 것을 당신들에게 보여 드리겠습니다.'

第三章
둘중하나

천뢰일가 오대봉신가 중 하나, 철혈가(鐵血家)의 가주 곡상천은 자신의 앞에 부복해 있는 흑의 인영을 내려다보며 질문을 던졌다.
 "그래서? 양가 계집과 애송이 총사 놈의 꿍꿍이는 알아보았느냐?"
 곡상천의 앞에 부복한 인영에게서는 성별을 가늠할 수 없는 기괴한 음성이 흘러나왔다.
 "계집의 눈치가 빨라 도중에 빠져나오긴 했습니다만 알아냈습니다, 주군."

"그래? 대체 무슨 수작을 부리고 있더냐?"

"그것이……"

흑의 인영은 목소리를 낮춰 입술을 빠르게 달싹이기 시작했다. 혹시라도 엿듣는 자가 있을지도 몰라 흑의 인영은 전음을 사용했다. 가만히 귓가로 흘러드는 전음을 듣고 있던 곡상천의 눈썹이 이내 꿈틀했다.

"무어라? 그게 사실이냐?"

"그러합니다."

"혹 다른 봉신가에서도 이 사실을 알고 있느냐?"

"아무도 모를 것입니다. 그 자리에 은신한 것은 저밖에 없었습니다."

흑의 인영의 대답에 곡상천은 한 손을 들어 턱수염을 매만지며 나직이 한숨을 내쉬었다. 잠시 무언가를 생각하던 곡상천은 이내 천천히 입을 열었다.

"크큭! 그런 가능성 없는 지푸라기를 잡으려 들다니. 알려진 것보다 그의 상세가 심각한가 보군. 그렇다면 이대로 얌전히 있을 수는 없지."

곡상천은 입꼬리를 말아 올리며 낮은 음소를 흘렸다. 한순간 곡상천에게서 뿜어져 나오는 섬뜩한 살기에 어깨를 움찔한 흑의 인영은 조심스레 고개를 들며 질문을 던졌다.

"무슨 계획이라도 있으십니까, 주군?"

"굳이 본가가 앞장서서 나설 필요는 없을 것 같군. 지금 이 정보를 다른 봉신가에 조용히 흘려라. 절대 일부러 정보를 흘린 것처럼 보여서는 안 될 것이야."

"그 말씀은……!"

"손대지 않고 코를 풀겠다는 거지. 일이 어찌 되든 먼저 나서는 쪽이 손해를 볼 것은 틀림없으니 말이다, 크크큭!"

곡상천은 다시 한 번 싸늘한 음소를 터뜨렸다. 흑의 인영은 바닥에 고개를 깊이 숙이며 낮게 소리쳤다.

"대, 대단한 심계이십니다, 주군!"

한참 동안 음소를 흘리던 곡상천은 자리에서 벌떡 일어나 휙 돌아섰다. 뒷짐을 지고 있는 곡상천의 모습을 흘끔 곁눈질로 쳐다보며 흑의 인영이 속으로 나직이 중얼거렸다.

'무서우신 분……'

흑의 인영에게서 등을 보인 채 돌아선 곡상천은 경력이 실린 가벼운 손짓으로 닫힌 창을 활짝 열었다. 구름 사이로 달빛이 가려져 어두운 밤하늘을 올려다보며 곡상천은 앙천광소(仰天狂笑)를 터뜨리고는 낮게 소리쳤다.

"이제 곧 모든 것이 내 발 아래에 무릎을 꿇게 되리라, 크하하하하!"

덜컹!

문이 거칠게 열리고 은규태가 방 안으로 뛰어 들어왔다. 급히 뛰어든 은규태와는 달리 방 안의 양지하는 태연하게 차를 끓이고 있었다.

"아, 아가씨!"

워낙에 서둘러 달려온 탓에 거친 호흡을 억누르며 은규태가 다급히 입을 열었다. 양지하는 전혀 흐트러짐 없이 끓는 물을 찻주전자에 부으며 은규태에게로 천천히 고개를 돌렸다.

"무슨 일이죠, 은 총사?"

"그, 그들이 우, 움직였습니다."

뜨거운 물을 부은 찻주전자를 천천히 돌리던 양지하의 손길이 멈칫했다. 주전자를 내려놓은 양지하가 고개를 들어 은규태를 쳐다보았다.

"얼마나 움직였죠? 다섯 모두는 아닐 테고……."

간신히 호흡을 고른 은규태가 곧바로 질문에 대답했다.

"열혈가(熱血家)와 진혈가(眞血家) 그리고 적혈가(赤血家)에서 은밀히 병력을 중원으로 보냈다고 합니다. 목적은 불명입니다만 아마도……."

"냉혈가(冷血家), 철혈가에서는요?"

"그 두 곳에서는 아직 아무런 움직임도 없었습니다."

"흐음, 역시 예상했던 대로군요. 아마 그 두 곳은 절대 움직이려 들지 않을 겁니다."

양지하는 주전자를 들어 잘 우러난 차를 찻잔에 따르며 나직이 중얼거렸다. 모두 예상했던 일이었다. 처음부터 최소 두 개의 봉신가만 움직여도 계획은 성공이라고 생각했던 양지하였다. 그런데 오대봉신가 중 절반이 넘는 세 개의 봉신가가 움직였으니, 시작은 성공이었다. 막 따른 차를 한 모금 마신 후, 양지하는 조용히 말을 이었다.

"개방이나 하오문에서는 아무런 연락도 없었나요?"

"아직은 없습니다. 하지만 용모파기를 함께 보냈으니 중원에 있다면 금방 찾을 수 있을 겁니다."

"장노의 행방은 우리가 먼저 알아내야 합니다. 그래야만 봉신가의 움직임을 통제할 수 있을 테니까요."

"잘 알고 있습니다, 아가씨. 설마 오대봉신가의 정보망이 개방이나 하오문보다 뛰어나진 않을 테니, 그런 걱정은 않으셔도 될 겁니다."

"아뇨, 혹시라도 모를 일이니 서둘러 주세요."

양지하는 날카로운 눈빛으로 은규태를 쏘아보며 조용히 말했다. 양지하와 눈이 마주친 은규태는 저도 모르게 어깨를 움찔하며 고개를 숙였다.

"아, 알겠습니다."

"그리고… 지난번에 일러둔 일은 어떻게 되었나요?"

"아아, 그것 말입니까? 은밀히 찾고 있습니다. 하지만 조건에 맞는 자를 찾기 힘들어 시간이 좀 더 걸릴 듯합니다."

"얼마나 걸릴까요? 이번 계획의 핵심입니다. 최대한 빨리 찾아야 해요."

"그건 잘 알고 있습니다만 오대봉신가의 눈을 피해야 하니 어쩔 수 없습니다. 하지만 늦어도 반년 안에는 찾아낼 수 있을 겁니다."

은규태의 말에 양지하는 고개를 내저으며 단호히 말했다.

"아뇨. 두 달, 아니, 한 달 안에 찾아내셔야 합니다. 안 그러면 아무런 의미가 없는 계획이 될 거예요. 시간을 끌수록 불리해지는 건 우리 쪽이니까요."

"하지만 한 달은……!"

"해내셔야 해요."

양지하는 은규태의 말을 끊으며 다시 한 번 강조했다. 위엄 가득한 양지하의 말에 은규태는 순간 할 말을 잃었다. 양지하의 강렬한 눈빛은 도저히 거부할 수 없는 기세를 지니고 있었다.

'여, 역시 가주의 핏줄이란 말인가!'

은규태는 양지하의 눈빛에서 천뢰일가의 가주인 양기뢰의 모습을 보았다. 한순간 양지하의 눈빛에 위압당한 은규태는 저도 모르게 고개를 끄덕였다.

"아, 알겠습니다. 한 달 안에 찾아보겠습니다."

"해보겠다로는 안 돼요. 무조건 해내셔야 합니다. 그러지 못하면 본가는……."

양지하는 말꼬리를 흐렸다. 그 뒤는 말하지 않아도 충분히 알 수 있었다. 은규태는 다시 한 번 고개를 끄덕이며 말했다.

"반드시 해내겠습니다, 아가씨."

은규태의 대답에 그제야 양지하는 굳은 얼굴을 풀었다. 은규태는 속으로 나직이 안도의 한숨을 내쉬며 화제를 전환했다.

"그러고 보니 지난번 그 일에 대해 이차 조사 결과가 나왔습니다."

"마을 하나가 사라졌다던 그 일 말인가요?"

"네. 조사대가 하나하나 면밀히 살펴본 결과, 누군가의 습격이 있었던 것 같다더군요. 우연히 발견한 핏자국이 아니었다면 알아내지 못했을 겁니다."

양지하의 눈썹이 순간 꿈틀했다. 천뢰일가의 영역에서 마을 하나가 누군가의 습격을 받았다니. 있을 수 없는 일이었다.

"좀 더 자세히 설명해 보세요."

"저번에도 얘기했었지만 처음에는 사라진 사람들의 흔적을 아무것도 발견할 수 없었습니다. 그냥 사람들이 한꺼번에 사라져 버린 것 같아 보였지요. 그래서 이차 조사에서는 좀 더 면밀한 조사를 지시했습니다. 최대한 남은 흔적을 재구성해서 어떤 일이 벌어진 것인지 알아보려 했지요. 하지만 그리 큰 소득은 없었습니다. 워낙에 남은 흔적이 많지 않았었죠."

"그래서요?"

"다시 한 번 마을 입구부터 개미 한 마리 빠져나가지 못할 정도로 샅샅이 뒤졌습니다. 그 결과 잘 보이지 않는 어두운 구석에 남아 있는 혈흔(血痕)을 발견했습니다. 혈흔의 크기와 모양 등을 고려해 볼 때 도검류에 베인 상처에서 튄 것으로 보였습니다."

"그래서 습격을 당했다고 한 거로군요. 흉수(兇手)의 정체는 아직이겠죠?"

은규태의 말에 양지하는 가만히 고개를 끄덕이며 질문을 던졌다. 은규태는 나직이 한숨을 내쉬며 고개를 끄덕였다.

"혈흔도 간신히 발견한 터라, 흉수에 대한 것은 알아낼 수 없을 것 같습니다."

"아무리 그래도 조사는 멈추지 마세요. 어쩌면 큰 사건의 전조일지도 모르는 일이니."

"안 그래도 그럴 생각이었습니다, 아가씨."

"그 외에 다른 보고 사항은 없나요?"

양지하의 질문에 한 차례 침을 삼킨 은규태가 조용히 입을 열기 시작했다.

"그 밖에는 지금 당장 처리하셔야 할 일은……."

*   *   *

 홍영은 팔짱을 낀 채 심각한 얼굴로 연신 한숨을 푹푹 내쉬었다. 홍영의 앞에는 어딘지 익숙한 노인의 모습이 그려진 용모파기가 놓여 있었다. 무림의 일세, 아니, 사실상 무림 최강으로 일컬어지는 천뢰일가로부터의 천급 의뢰, 그것을 어찌해야 할지 고민이었다.

 용모파기에 그려진 노인은 분명 오귀가 함께하고 있는 일행 중 하나임에 틀림없었다. 또한 지금은 봉문을 선언한 화산파에서도 은밀히 조사를 의뢰했던 자였다. 게다가 소림에서 벌어진 일에도 깊이 관여한 자이기도 했다. 당금 무림에서 벌어지는 사건의 핵심에 가까운 자들 중 하나라고 할 수 있었다.

 "ㅎㅇ음, 이 일을 어찌해야 할꼬?"

 홍영은 고개를 절레절레 흔들며 나직이 중얼거렸다. 천뢰일가의 의뢰 내용은 간단했다. 첨부한 용모파기의 인물의 행방과 혹시 모를 동행에 대한 정보를 조사해 달라는 것이었다. 하지만 정보를 원하는 이유에 대한 것은 아무것도 쓰여 있지 않았다.

 아무래도 찝찝한 의뢰였다.

그동안 무림에는 어떤 관여도, 관심도 보이지 않았던 천뢰일가였다. 그동안 그저 묵묵히 북방의 마도를 막는 금성철벽의 역할을 자처한 곳이었다. 그런데 어째서 이런 혼란한 시기에 무림에 관심을 갖게 된 것인가.

알 수 없는 일이었다.

무림에서 준동하기 시작한 마도 세력 때문이라고 하기에는 그 근거가 적었다. 지난 수백 년 간 무림은 마도의 세력 때문에 혼란에 빠진 적이 여러 번 있었다. 백여 년 전 파천혈마(破天血魔)라 불리던 희대의 마인과 그를 따르는 세력에 의해 무림 전체가 괴멸 직전에 빠졌을 때에도 나서기는커녕 관심조차 가지지 않았던 천뢰일가였다.

그런 곳에서 사람을 찾아달라고 은밀히 개방에 의뢰를 했다는 것은.

"내부에 문제가 있다는 건가?"

홍영은 저도 모르게 나직이 중얼거렸다. 그러다 퍼뜩 십여 년 전부터 천뢰일가의 가주가 심한 와병 중이라는 사실이 머릿속을 스쳤다. 어쩌면 그 일과 관련이 있을지도 모른다는 생각이 들었다.

"어디 한번… 슬쩍 찔러나 볼까?"

모종의 계획을 떠올린 홍영은 저도 모르게 입꼬리를 살짝 말아 올리며 나직이 중얼거렸다.

* * *

 흠칫!

 갑작스러운 오한에 말고삐를 잡고 있던 오귀는 움찔하며 어깨를 부르르 떨었다. 그 바람에 마차가 한차례 크게 흔들렸다. 급히 고삐를 그러쥐고 움직임을 진정시켰지만, 마차 안에서 남궁사혁의 날카로운 외침이 터져 나왔다.

 "야, 이 자식아! 똑바로 안 몰래?"

 "으힉! 죄, 죄송합니다, 주군!"

 남궁사혁에게 마차 모는 법을 배우는 동안 숱하게 뒤통수를 두드려 맞은 오귀라, 몸이 절로 움찔하며 반응했다. 다시 한 번 마차가 크게 흔들리자, 마차 문이 벌컥 열리고 남궁사혁이 어자석으로 날아들었다.

 빠아악!

 이내 둔탁한 타격음이 터져 나왔다. 몸을 날린 남궁사혁은 허공에서 방향을 전환해 오귀를 어자석에서 밀어내는 것과 동시에 손을 들어 뒤통수를 후려갈겼다. 오귀는 채 신음도 지르지 못하고 조수석에 고꾸라졌다. 얻어맞은 뒤통수는 마치 연기가 뿜어져 나오는 것 같은 착각이 들 정도로 부풀어 오르기 시작했다.

"하여간 가르쳐 줄 때 똑바로 배웠으면 이런 일은 없을 거 아냐? 종복이라는 놈이 도움은커녕 짐짝만 되니. 에잉, 쯧쯔!"

남궁사혁은 노련한 손놀림으로 고삐를 움직이며 마차를 움직이기 시작했다. 오귀가 몰던 것과는 달리 마차는 흔들림이 거의 없이 부드럽게 관도를 내달렸다.

몇 시진 후.

해가 질 무렵 즈음에 일행의 마차는 함양(咸陽)의 외곽에 위치한 마을에 도착했다. 천천히 속도를 늦추며 남궁사혁은 주위를 둘러보았다. 멀리 보이는 객잔과 기루로 보이는 전각들을 보니, 상당히 큰 마을인 것 같았다.

"캬아! 오늘은 꽤나 편하게 잘 수 있겠구나!"

넓은 대로변에 가지런히 줄지어 있는 건물을 쳐다보며 남궁사혁이 낮은 탄성을 터뜨렸다. 어디선가 바람에 실려 식욕을 자극하는 음식 냄새가 날아들었다. 한 손에는 고삐를 쥐고 반쯤 감은 눈으로 고개를 두리번거리며 킁킁 냄새를 맡던 남궁사혁이 한쪽 방향으로 마차를 몰기 시작했다.

"저쪽이다앗!"

워낙에 길이 넓어 사두마차가 지나가고도 사람들이 주위를 오가는 데 아무런 불편이 없었다. 일다경을 더 달린 마차는 오 층짜리 객잔 건물 앞에서 멈춰 섰다. 워낙에 큰 객잔이라

밖에서 호객 행위를 하고 있는 점소이 중 하나가 후다닥 다가왔다.

"어서 옵쇼! 마차는 저 뒤쪽에 제가 세워 놓을 테니 손님들은 안으로 들어가셔도 됩니다."

꾸벅 허리를 숙이는 점소이의 말에 남궁사혁은 기다렸다는 듯 냉큼 어자석에서 뛰어내렸다. 남궁사혁이 자신을 스쳐 지나칠 때까지 허리를 숙이고 있던 점소이는 쪼르르 마차로 다가가 문을 열었다.

"어서 옵쇼오!"

막 밖으로 나오려던 고태와 관지화는 예상 밖의 환대에 저도 모르게 어깨를 움찔했다. 막 객잔 안으로 들어가려던 남궁사혁이 그 모습을 보고 짜증 섞인 음성을 뱉어냈다.

"뭐 하는 거야? 빨랑 들어오라고? 저녁 먹어야 할 거 아냐!"

"예엡! 갑니다, 형님!"

관지화가 가장 먼저 후다닥 뛰어내렸다. 뒤이어 오귀와 관지화, 그리고 나머지 두 사람이 천천히 마차에서 내려섰다. 일행이 모두 내릴 때까지 허리를 숙이고 있던 점소이는 천천히 허리를 펴고 일어나 마차 문을 닫았다.

"마차는 맡겨주십쇼!"

등 뒤에서 들려오는 점소이의 외침을 들으며 일행은 객잔 안으로 들어갔다. 해질 무렵이라 객잔 안은 손님으로 가득 차 있었다. 코끝을 자극하는 음식 냄새에 절로 배가 꼬르륵 비명을 내질렀다.

"어서 옵쇼. 모두 여섯 분이십니까?"

"빈자리는 어디 없나?"

중년의 점소이가 잽싸게 다가와 허리를 숙여 인사를 하자 맨 앞에 있는 남궁사혁이 주위를 슬쩍 둘러보고는 질문을 던졌다. 중년의 점소이는 기다렸다는 듯 고개를 살짝 들며 빠른 속도로 말을 쏟아냈다.

"일 층에는 자리가 없습니다만, 이 층에 단체 손님을 위한 객실이 준비되어 있습니다. 안내해 드리겠습니다. 이쪽으로 오시죠."

혹여나 돌아설까 점소이는 곧장 앞장서서 계단으로 일행을 유도했다. 남궁사혁이 점소이의 뒤를 따라 계단을 오르자 나머지도 조용히 그 뒤를 쫓았다.

'아무래도 낌새가 이상하군.'

일행의 맨 뒤에서 계단을 오르며 사진량은 흘끔 주위를 둘러보며 속으로 나직이 중얼거렸다. 객잔의 일 층을 가득 채운 손님들 중 몇몇의 시선이 마음에 들지 않는 사진량이었다.

점소이를 따라 일행이 완전히 이 층으로 모습을 감추자, 일 층에서 술 마시며 웃고 떠들던 손님 몇몇이 의미심장한 눈빛을 주고받았다. 이내 손님 중 하나가 술에 취한 채 몸을 일으켜 객잔 밖으로 나섰다. 일 층에서는 보이지 않는 이 층의 층계참에서 사진량은 그 모습을 가만히 지켜보고 있었다.

"뭐 하냐? 빨랑 들어오지 않고?"

이미 방 안에 자리를 잡고 앉은 남궁사혁의 재촉하는 소리에 사진량은 나직이 한숨을 내쉬며 천천히 돌아섰다.

막 객잔을 나선 중년 사내는 주위를 두리번거리며 눈치를 살폈다. 주위를 오가는 수많은 사람은 중년 사내에게 전혀 관심을 갖지 않았다. 하지만 중년 사내는 누군가에게 쫓기기라도 하듯 잔뜩 어깨를 움츠린 채 종종걸음으로 사람들 사이를 파고들었다. 그러면서도 사내는 간헐적으로 흘끔흘끔 뒤를 쳐다보며 누군가 쫓고 있지는 않나 계속 확인했다.

한참을 그렇게 이리저리 사람들 사이를 이동하던 중년 사내는 대로 사이에 난 좁은 골목 앞에서 걸음을 멈췄다. 그러곤 몇 번이나 주위를 두리번거리다가 잽싸게 골목 안으로 뛰어들었다.

이미 해가 서산 너머로 모습을 감춘 시간이었지만, 대로는 횃불로 훤히 밝혀져 있었다. 하지만 중년 사내가 뛰어든 좁은 골목은 대로와는 달리 어두컴컴했다. 중년 사내는 골목의 어둠 속에서 수많은 사람이 오가는 밝은 대로를 이리저리 살폈다.

둘 중 하나 113

역시나 아무도 중년 사내에게는 관심을 가지지 않았다. 중년 사내는 그제야 나직이 안도의 한숨을 내쉬며 돌아서서 골목 안으로 걸음을 옮기기 시작했다. 한참이나 골목을 이리저리 오가던 중년 사내는 으슥한 골목 깊은 곳에 위치한 이 층짜리 건물 앞에서 걸음을 멈췄다.

웅성웅성!

굳게 닫혀 있는 문틈으로 희미하게 사람들이 떠드는 소리가 들려왔다. 중년 사내는 천천히 다가가 닫힌 문을 살짝 두드렸다.

똑똑!

이내 문의 중간에 난 작은 덧문이 열리고 왼쪽 눈가에 커다란 흉터가 있는 사내의 모습이 보였다. 흉터 사내는 중년 사내를 흘끔 쳐다보더니 말없이 문을 열었다.

덜컹!

닫혀 있던 문이 열리자 중년 사내는 다시 한 번 주위를 살피더니 조심스레 안으로 들어갔다. 문을 열어준 흉터 사내는 문 옆에 놓인 의자에 앉았다.

"수고하시게."

흉터 사내에게 손을 들어 인사를 건넨 중년 사내는 입구를 지나 중앙으로 길게 난 복도를 따라 안으로 걸어 들어갔다. 복도의 좌우에 난 문 사이로 수많은 사람이 흥분해 떠드는 소리가 들려왔다.

"아윽! 또 잃었구만! 망할!"

"켈켈! 그러니까 아까부터 나한테 걸라고 했잖아! 멍청한 녀석 같으니라고."

"썅! 이거 다 짜고 치는 거 아냐? 어떻게 계속 잃기만 할 수 있지?"

"누, 누가 돈 좀 빌려주슈. 이번에 따면 배로 갚을 테니까!"

누구는 돈을 잃었다며 한숨을 내쉬고, 누구는 돈을 딴 기쁨에 환호성을 내뱉고 있었다.

수많은 사람이 일확천금(一攫千金)의 욕망을 뿜어내는 곳, 하오문의 비밀 도박장이었다. 자륵거리며 패를 섞는 소리와 오가는 금전 소리가 끊임없이 들려오며 발걸음을 붙잡았다. 하지만 중년 사내는 아무것도 들리지 않는 듯 무표정한 얼굴로 복도를 지날 뿐이었다.

드르륵!

중년 사내가 복도 끄트머리에 닿을 즈음, 문이 열리고 반쯤 넋이 나간 얼굴로 한 사내가 터벅터벅 걸어 나왔다.

"마, 망했……."

중년 사내는 어깨를 축 늘어뜨린 채 밖으로 나가는 사내에게 눈길 한번 주지 않고 복도 끝에서 멈춰 섰다. 흘끔 뒤를 돌아본 중년 사내는 복도에 아무도 없는 것을 확인한 후, 벽에

둘 중 하나 115

걸려 있는 가면 장식 중 하나를 잡아당겼다.

쿠구구!

순간 막혀 있던 벽이 좌우로 갈라져 지하로 내려가는 계단이 나타났다. 중년 사내가 그 안으로 들어서자 갈려진 벽은 언제 그랬냐는 듯 금세 원래대로 돌아갔다.

야명주(夜明珠)로 희미하게 주위를 밝혀 놓은 계단을 빠르게 내려선 중년 사내는 지하 복도를 지나 굳게 닫힌 문 앞에서 멈춰 섰다.

"급히 보고 드릴 게 있습니다, 지부장님."

"들어와."

안에서 들려온 굵은 목소리에 중년 사내는 조심스레 문을 열었다. 문을 열자마자 답답한 공기와 함께 무어라 표현할 수 없는 지독한 체취가 코끝을 자극해 왔다. 절로 인상이 찌푸려질 정도였지만 중년 사내는 애써 티내지 않고 안으로 들어가 무릎을 꿇었다.

그리 넓지 않은 방 안에는 커다란 침상이 놓여 있었고, 그 위에는 세 사람이 반라(半裸)의 몸으로 뒹굴고 있었다. 절로 음심(淫心)이 동할 만큼 육감적인 몸매를 드러낸 여성 둘을 좌우에 낀 채 손으로 풍만한 가슴과 둔부를 더듬고 있는 살집이 그득한 장년 사내가 탐욕스러운 얼굴을 한 채 흘끗 자신의 앞에 무릎 꿇은 중년 사내를 쳐다보았다.

"그래? 무슨 일이냐?"

양손으로는 연신 여자의 둔부와 가슴을 주물럭대면서 질문을 던졌다. 중년 사내는 고개를 숙인 채 빠르게 대답했다.

"차, 찾았습니다, 지부장님!"

"찾아? 무얼 말이냐?"

"본 단에 들어온 특급 의뢰의 대상 말입니다. 방금 위치를 확인했습니다."

중년 사내의 대답에 지부장이라 불린 살찐 장년 사내가 여성을 주무르던 두 손을 멈칫했다. 이내 지부장은 여성을 끌어안고 있던 손을 풀고 나가라는 듯 손짓했다. 속이 비치는 얇은 천을 몸에 걸친 두 여성은 무릎을 꿇고 있는 중년 사내를 스쳐 지나 밖으로 나갔다. 문이 닫히자 지부장은 대충 겉옷을 걸치며 자리에 일어나 앉았다.

"본 단의 특급 의뢰라… 그게 사실인가?"

"그, 그러합니다. 조금 늙어 보이긴 했지만 용모파기와 정확히 일치하는 자를 찾았습니다."

"확실한 거겠지?"

"네. 몇 번이나 확인했습니다. 그런데 일행이 좀 있더군요."

"일행?"

"네. 무림인으로 보이는 젊은이 다섯과 함께였습니다."

"무림인 다섯?"

둘 중 하나 117

지부장은 문득 본 단에서 내려온 특급 의뢰 내용을 머릿속에 떠올렸다. 노인 하나를 찾는 의뢰이긴 했지만, 이삼십 대의 청년과 동행하고 있을지도 모른다는 내용이 쓰여 있었다. 동행이 몇 명이든 간에 용모파기와 똑 닮은 노인이라니 아마도 확실할 것이었다.

"크큭! 본 단의 특급 의뢰를 이렇게 완수하다니. 이번 일로 문내에서 내 주가가 치솟겠군그래."

지부장은 입꼬리를 살짝 말아 올리며 나직이 중얼거렸다. 탐욕이 가득한 얼굴이었다. 지부장은 입꼬리를 말아 올린 채, 염소처럼 난 턱수염을 매만졌다.

"본 단에 바로 보고해야 하지 않겠습니까?"

지부장의 눈치를 보던 중년 사내가 조심스레 입을 열었다. 턱수염을 만지며 무언가 생각을 하던 지부장은 음흉한 미소와 함께 대답하려 했다.

"아니, 그건……"

"역시, 하오문이었나?"

순간 누군가의 나직한 음성이 지부장의 목소리를 자르고 날아들었다. 전혀 예상치 못한 정체불명의 음성에 화들짝 놀란 지부장이 벌떡 몸을 일으켰다.

"누, 누구냐!"

지부장의 날카로운 음성이 터져 나왔다. 그 순간 무릎을 꿇고 있는 중년 사내의 바로 뒤에서 처음부터 그 자리에 있었던 것처럼 홀연히 한 사내가 모습을 드러냈다. 갑자기 나타난 사내의 모습에 지부장의 얼굴이 왈칵 일그러졌다.

"멍청한 놈! 미행당한 거로구나!"

지부장의 날카로운 일갈에 무릎 꿇고 있는 중년 사내는 어깨를 움찔 떨었다. 하지만 억울했다. 이곳까지 오는 동안 몇 번이나 누군가 쫓아오지 않나 뒤를 확인하지 않았던가. 무어라 변명을 하려 했지만 어느샌가 혈도를 제압당해 꼼짝도 할 수 없었다.

"지금 누구의 잘잘못을 따질 때가 아닌 것 같은데?"

나타난 사내, 사진량은 나직이 중얼거리며 무릎을 꿇고 있는 중년 사내를 스쳐 지나 지부장의 바로 앞에 섰다. 돼지 지부장은 움찔하며 물러나려 했다. 하지만 어느새 사진량에게 마혈을 점혈당해 몸을 움직일 수 없었다.

"어익!"

지부장은 짧은 신음을 토해내며 온 힘을 다해 몸을 비틀려 했다. 하지만 마혈을 제압당한 탓에 손가락 하나 꼼짝할 수 없었다. 어느새 가까이 다가간 사진량은 반라의 지부장을 내려다보며 무표정한 얼굴로 중얼거렸다.

"취미 한번 고약하시군그래. 그나저나 우리 같이 진지한 얘길 해볼까 하는데… 괜찮겠지?"

둘 중 하나 119

사진량의 무표정한 얼굴에서 느껴지는 강렬한 위압감에 지부장은 무어라 저항할 생각도 하지 못하고 눈동자를 아래위로 빠르게 움직였다.

"무, 무엇이든 마, 말씀하십시오."

더듬거리며 입을 여는 지부장은 어느새 사진량을 존대하고 있었다. 사진량은 입꼬리를 살짝 말아 올리며 천천히 입을 열어 질문을 던졌다.

"우선은 왜 우리, 아니, 장노를 찾고 있는지 말해주실까?"

"그, 그것은!"

놀란 지부장은 신음하듯 낮게 소리쳤다. 일 년에 한 번도 채 들어오지 않는 특급 의뢰였다. 당연히 하오문의 신뢰도를 위해 의뢰 내용과 의뢰인에 대한 비밀은 철저히 해야 했다. 본래라면 지부장인 자신도 정확한 의뢰 내용을 알아서는 안 되는 것이었다. 하지만 본 단의 상부와 줄을 대고 있는 터라 특급 의뢰에 대한 모든 정보를 사전에 입수하고 있었던 지부장이었다.

지부장의 눈동자가 한순간 파르르 떨렸다.

그것을 놓칠 사진량이 아니었다. 사진량은 입꼬리를 말아 올린 채 천천히 입을 열었다.

"역시. 할 얘기가 많은 것 같군?"

탁자 위에는 방금 점소이가 가져온 음식이 가득했다. 먹음직스러운 향신료의 냄새가 코끝을 자극해 왔다.

꼬르륵!

절로 뱃속이 비명을 질러댔다. 하지만 수저를 들지 않는 장노와 남궁사혁의 눈치를 살피느라 다른 일행은 그저 침만 꼴깍 삼키고 있었다. 남궁사혁은 흘끔 밖을 내다보더니 탐탁찮아하는 얼굴로 젓가락을 집어 들었다.

"에이, 짜식이 눈치 없이 꼭 밥 먹을 때 사라진다니까. 언제 올지 모르니까 빨리 먹읍시다. 식으면 맛없어요. 장노, 어서 드세요. 장노께서 가만히 있으니까 애들이 먹고 싶어도 못 먹잖습니까."

남궁사혁의 말에 장일소는 흘끔 맞은편에 앉아 있는 세 사람을 쳐다보았다. 오귀야 개방 거지 출신이라 굶는 데 익숙해져 있어서 별다른 티가 나지 않았지만 나머지 두 사람, 특히나 관지화는 침이 떨어지지 않을까 싶을 정도로 입맛을 다시며 눈치를 살피고 있었다. 장일소는 나직이 한숨을 내쉬며 젓가락을 들었다.

"그렇군요. 식기 전에 얼른 먹어야겠습니다."

장일소가 먼저 소면을 먹기 시작하자 눈치를 보고 있던 관지화가 반색을 하며 그릇을 집어 들었다.

"맛있게들 드십쇼!"

사진량이 일행의 앞에 나타난 것은 모두 식사를 끝내고 차를 마시고 있을 즈음이었다. 처음부터 그 자리에 있던 것처럼 가만히 서 있는 사진량을 가장 먼저 발견한 것은 남궁사혁이었다.

"왔냐?"

찻잔을 내려놓으며 시큰둥한 표정으로 남궁사혁이 한쪽 구석을 쳐다보자, 다른 일행들은 움찔 놀라며 고개를 돌렸다. 사진량은 무표정한 얼굴로 다가와 빈자리에 앉았다. 마침 남궁사혁의 딱 맞은편이었다. 남궁사혁이 다시 물었다.

"그런데… 일은 잘 해결된 거냐?"

사진량은 대답 대신 가만히 고개를 끄덕였다. 관지화가 무슨 소리냐는 듯 끼어들고 싶어 하는 표정이 역력했지만 남궁사혁의 날카로운 눈빛에 어깨를 움찔하고는 고개를 숙였다. 관지화를 슬쩍 째려본 남궁사혁은 다시 사진량에게 고개를 돌리며 입을 열었다.

"하오문이었겠지?"

"그래, 그렇더군."

사진량이 고개를 끄덕이자 옆에서 가만히 이야기를 듣고 있던 장일소가 화들짝 놀랐다.

"하, 하오문이라뇨? 도대체 무슨……?"

흘낏 장일소를 쳐다보며 사진량이 조용히 말을 이었다.

"객잔에 들어오기 한참 전부터 꼬리가 달라붙어 있었다. 하도 노골적이라 모른 척하기도 그렇더군. 게다가 계속 꼬리를 달고 다니는 게 귀찮기도 하고."

"하오문이 대체 왜……?"

장일소는 여전히 의아한 얼굴로 말했다. 저도 모르게 장일소의 시선이 오귀에게로 향했다. 개방이라면 모를까, 하오문이 일행의 뒤를 쫓을 이유는 전혀 없을 거라 생각하는 장일소였다. 장일소의 시선을 느낀 오귀는 저도 모르게 살짝 고개를 숙였다.

"왜긴요. 이 자식이 하도 사고를 치고 다니니까 감시하려나 보죠."

남궁사혁이 사진량을 가리키며 시비 걸듯 이죽거렸다. 하지만 사진량은 대꾸하지 않고 가만히 장일소를 쳐다보았다. 장일소는 사신을 향한 사신탕의 시신에 고개를 갸웃거렸다.

"왜 그러십니까, 소공?"

"그들은 장노, 당신을 찾아온 것이었다."

"뭐? 장노를?"

예상치 못한 사진량의 말에 화들짝 놀란 남궁사혁이 저도 모르게 장일소를 쳐다보았다. 장일소도 휘둥그레진 눈으로 사진량을 쳐다보며 물었다.

"저, 저를 찾아왔다니요. 그게 사실입니까?"

사진량은 가만히 고개를 끄덕였다. 장일소는 여전히 놀란 얼굴로 확인하듯 물었다. 사진량은 다시 한 번 고개를 끄덕이며 천천히 대답했다.

"사실이다. 의뢰인은 천뢰일가. 아마 개방에도 같은 의뢰를 했을 거라고 하더군."

사진량의 말에 순간 남궁사혁의 날카로운 눈빛이 오귀에게로 향했다. 살짝 고개를 숙이고 있던 오귀는 남궁사혁의 칼날 같은 눈빛을 느끼고는 어깨를 움찔 떨었다.

"너도 알고 있었냐?"

이내 조용히 오귀의 귓가로 흘러드는 남궁사혁의 질문. 낮은 음성이었지만 비수로 귀를 찌르는 것처럼 날카롭기만 했다. 남궁사혁에게서 느껴지는 진한 살기에 오귀는 오금이 저려 꼼짝도 할 수 없었다.

"아, 아닙니다, 주군. 전 이미 개방을 떠난 몸. 그런 일을 알 리가 없습니다."

자칫하다간 남궁사혁에게 맞아 죽을 수도 있겠다는 위기감에 오귀는 다급히 고개를 내저으며 소리쳤다. 화산에서 사부이자 방주인 홍영을 만나 스스로 탈문을 선언한 이래로 개방과는 단 한 번도 접촉한 적이 없는 오귀였다. 간혹 길에서 개방도로 보이는 거지가 몇몇 보이기는 했지만 아무런 관심도

가지지 않았었다. 이미 제 발로 떠난 이상, 다시 돌아갈 생각은 추호도 없었다. 그러니 남궁사혁의 의심 가득한 눈빛에 억울하기 짝이 없었다.

"진짜냐?"

"무, 물론입니다! 아니면 제 목을 치십쇼, 주군!"

남궁사혁의 반문에 오귀는 비장한 얼굴로 그 자리에 무릎을 꿇으며 버럭 소리쳤다. 그제야 남궁사혁은 피식 미소를 지으며 오귀에게서 고개를 돌렸다.

"아님 말고."

남궁사혁은 언제 그랬냐는 듯 단매에 쳐 죽일 듯 노려보던 눈빛을 거두고 대수롭지 않은 투로 툭 말을 던졌다. 그 모습을 지켜보던 사진량은 낮게 한숨을 내쉬며 천천히 입을 열었다.

"천뢰일가에서 장노를 찾는다는 건… 둘 중 하나이겠지."

"둘 중 하나라니요?"

사진량의 말에 장일소가 고개를 갸웃했다. 사진량의 조용한 대답이 곧장 이어졌다.

"모르겠나? 지난 수 년 간 아무런 관심도 갖지 않다가 이렇게 갑자기 찾아 나섰다는 건……"

사진량은 말꼬리를 흐리며 장일소를 가만히 쳐다보았다. 사진량과 눈이 마주친 순간, 장일소의 머릿속에 한 줄기 뇌전이 스쳤다. 장일소는 저도 모르게 나직한 탄성을 터뜨렸다.
"아……!"
"이제 알겠나?"
"그렇군요. 그렇게 된 거였어요."
장일소는 크게 고개를 끄덕이며 되뇌었다. 장일소의 모습에 남궁사혁의 눈빛이 한순간 미세하게 흔들렸다. 하지만 이내 태연함을 가장하며 남궁사혁이 입을 열었다.
"인마, 그렇게만 말하면 이 멍청이들이 못 알아듣잖냐? 좀 자세히 설명해 주는 게 어때?"
능청스러운 얼굴을 한 남궁사혁은 멍하니 이야기를 듣고 있는 세 사람을 가리켰다. 그나마 오귀는 조금이라도 알아듣는 것 같아 보였지만 관지화와 고태는 그저 얼빠진 얼굴을 하고 있었다. 사진량은 입꼬리를 살짝 말아 올리며 남궁사혁을 쳐다보았다.
"그렇게 알고 싶다면 자세히 설명해 주지."
"인마! 내가 아니라 이 자식들이 몰라서 그런 거라니까!"
왈칵 인상을 찌푸린 남궁사혁이 버럭 소리쳤다. 사진량은 무표정한 얼굴로 고개를 끄덕이며 말을 이었다.
"뭐, 그렇다고 치고 자세히 설명해 주도록 하지. 지금 와서 천뢰일가가 장노를 찾는 이유는 둘 중 하나라고 할 수 있다. 하나는 가주의 병세(病勢)가 목숨이 경각에 달릴 정도로 심각한 상황에 처해 지푸라기라도 잡는 심정으로 의뢰를 한 것일 수도 있다. 장노가 잃어버린 가주의 후계자를 찾아 중원을 떠도는 것은 천뢰일가에서도 알고 있을 테니."

"또 다른 하나는?"

여전히 구겨진 얼굴로 이야기를 듣고 있던 남궁사혁이 저도 모르게 물었다. 사진량은 흘낏 남궁사혁을 쳐다보더니 이내 말을 이었다.

"또 다른 하나는 미끼로 내던진 것일 수도 있지."

"미끼라면… 오호라? 그런 거였구만!"

나직이 중얼거리던 남궁사혁은 이내 주먹을 쥔 오른손으로 왼 손바닥을 탁, 소리 나게 치며 고개를 끄덕였다. 그 모습에 관지화가 고개를 갸우뚱거리며 물었다.

"도대체 무슨 말입니까, 남궁 형님?"

"아놔, 이 멍청한 놈아. 아직도 모르겠냐?"

남궁사혁은 한숨을 푹 내쉬며 관지화를 쳐다보았다. 관지화는 뒷머리를 벅벅 긁으며 고개를 끄덕였다. 남궁사혁은 흘낏 사진량을 쳐다보며 물었다.

"그 뒤는 내가 얘기해도 되겠냐?"

"그러던지."

무표정한 얼굴로 고개를 끄덕이는 사진량의 모습에 남궁사혁은 어째 살짝 찔끔했지만 애써 무시하고는 관지화를 타박

둘 중 하나 127

하며 말을 이었다.

"하여튼 이 무식한 놈은 도끼나 휘두를 줄 알지 생각이란 걸 몰라요. 일전에 천뢰일가에 대한 건 기억나지?"

"그럼요."

관지화가 고개를 끄덕이자 남궁사혁이 잘 들으라는 듯 차분히 입을 열었다.

"천뢰일가에 지낭(智囊)이 있다면 오대봉신가의 눈을 외부로 돌리고 내부의 혼란을 조금씩 가라앉히려 할 거야. 가주가 병상에서 일어날 때까지 최대한 시간을 끌어야 하니까 말야. 그런 면에 있어서 장노는 아주 유효한 미끼로 써먹을 수 있지. 오대봉신가의 입장이라면 가주의 후계자를 찾으러 중원을 떠돌고 있는 장노는 눈엣가시 같은 존재일 테니 말이다."

"아아……."

관지화는 고개를 끄덕이며 나직이 탄성을 터뜨렸다. 알겠다는 듯 고개를 끄덕이고 있긴 하지만 표정으로 보아 제대로 이해하고 있는 것 같지는 않았다. 관지화의 모습에 남궁사혁은 왈칵 인상을 찌푸리며 혀를 찼다.

"쳇! 이렇게 친절하게 설명해 줘도 못 알아먹을 정도로 돌대가리라니……. 어이구, 괜히 내 입만 아프지, 쯧쯔! 그나저나 이젠 어떻게 할 셈이냐? 어느 쪽이 정답이든 골치 아파질 것 같긴 한데……."

남궁사혁은 말꼬리를 흐리며 사진량에게로 고개를 돌렸다. 무표정한 얼굴로 가만히 남궁사혁의 말을 듣고 있던 사진량은 이내 천천히 입을 열었다.

"어느 쪽이든 곧 답을 알 수 있을 거다."

"그건 무슨 말씀이십니까?"

장일소가 고개를 갸웃하며 물었다. 사진량은 입꼬리를 살짝 말아 올리며 대답했다.

"하오문에 이쪽의 정보를 바로 의뢰인에게 보고하라고 일러뒀다. 만약에 장노를 미끼로 쓴 거라면 미끼의 역할을 확실히 해줘야겠지. 그러니 내일부터는 최대한 천천히, 외부의 눈길을 끌면서 이동하도록 하지."

사진량의 말에 남궁사혁은 씨익 미소를 지으며 대꾸했다.

"어이구, 이 악취미 놈 보소. 그래도 재미있겠네, 크큭! 제발 장노를 미끼로 쓴 것이길 빌어야겠는데?"

남궁사혁은 옆에 기대어 놓은 검을 만지삭거렸다. 희미한 살기마저 풍기는 남궁사혁의 모습에 옆에 앉아 있던 오귀가 놀라 어깨를 움찔 떨었다. 갑자기 뭔가 생각난 듯 남궁사혁이 잔뜩 어깨를 움츠리고 있는 오귀를 쳐다보며 말했다.

"개방 쪽 움직임을 알 수는 없겠나?"

"개, 개방 말입니까?"

"그래. 좀 전에 이 녀석도 말했지만 개방에도 같은 의뢰가 들어갔을 확률이 높아. 그동안 네놈까지 붙여가며 뒤를 쫓던 개방인데, 의뢰를 받자마자 천뢰일가가 찾는 게 우리와 함께 있는 장노란 걸 알아차렸을 거야. 근데 개방에서 아무 움직임도 없는 건 말이 안 되지."

"그, 그래서요?"

"침묵하고 있는 개방의 의도를 알고 싶다는 거다. 네 녀석이라면 충분히 알아낼 수 있겠지?"

"그, 그건……."

오귀는 섣불리 대답하지 못했다. 제 발로 개방을 박차고 나온 오귀가 아니었던가. 타당한 이유 없이 제멋대로 탈문을 한 터라 섣불리 개방도와 접촉했다간 집법부에 의해 단전을 폐하고 사지근맥을 절단당하는 처벌을 당할지도 모르는 일이었다. 때문에 오귀는 개방을 탈문하면서부디 거지 옷을 버리고 보통 사람처럼 차려 입고 있었다. 그런 사정을 오귀가 말한 적은 없었지만 어느 정도는 짐작하고 있는 남궁사혁이었다. 하지만 앞으로의 일을 생각하면 하오문과는 다른 개방의 의중을 반드시 알아야만 했다.

"그래서 하기 싫다는 거냐?"

"그, 그게 아니라……."

"그러면 오늘 중으로 가능하겠지. 믿는다, 종복 놈아."

남궁사혁은 오귀의 대답을 기다리지 않고 제멋대로 결정해 버렸다. 오귀는 무어라 항변하려 했지만 남궁사혁의 날카로운 눈빛에 그저 고개를 끄덕일 수밖에 없었다.

"아, 알겠습니다, 주군."

"그럼 개방은 네게 맡기마."

남궁사혁은 그제야 만족한 미소를 씨익 지으며 오귀의 어깨를 손으로 탁탁 두드렸다. 가볍게 두드리는 남궁사혁의 손길이 수천, 수만 근의 쇳덩이처럼 무겁게만 느껴지는 오귀였다.

다음 날 아침.

이른 시간에 아침 식사를 마친 일행은 길을 떠날 준비를 하고 있었다. 장일소는 관지화, 고태와 함께 장거리 여행에 필요한 보급 물품을 사러 시전으로 향했다. 오귀는 잔뜩 긴장한 얼굴로 개방 지부를 찾아갔다. 남은 남궁사혁은 말을 손질하며 시간을 보내고 있었다.

사진냥의 계획대로 장일소는 시선에서 최대한 남의 눈에 띄는 행동과 함께 앞으로의 행선지에 대해 크게 떠벌릴 것이다. 그것은 하오문에 그대로 흘러들 것이고, 곧장 천뢰일가까지 전해질 것이다.

그러면······.

"네 계획대로 잘 되겠지?"

말갈기를 빗어 넘기며 남궁사혁이 물었다. 남궁사혁의 옆에서 검을 손질하고 있던 사진량은 입꼬리를 살짝 말아 올리며 조용히 대꾸했다.

"어떻게 되든 우리가 손해 볼 건 하나도 없을 거다. 다만 개인적으로는 누군가 오대봉신가를 자극하려고 꾸민 일었으면 한다. 그래야 앞으로 일이 조금 수월해질 것 같으니까."

사진량은 이내 다시 무표정한 얼굴로 돌아왔다. 그 모습을 지켜보던 남궁사혁은 히죽 미소를 지으며 나직이 중얼거렸다.

"은근히 악취미라니까, 크크."

第四章
미끼는 미끼다워야지

"장노의 행방을 찾았다? 그게 사실인가요, 은 총사?"

한 손에 서류를 든 채 고개를 든 양지하의 질문에 은규태는 거친 숨을 몰아쉬며 고개를 끄덕였다. 소식을 듣자마자 달려온 탓에 호흡이 거칠어져 있었다. 간신히 호흡을 고른 은규태가 양지하의 맞은편에 앉았다.

"사, 사실입니다. 함양의 하오문에서 연락이 왔습니다. 그런데……."

은규태가 말꼬리를 흐리자 양지하는 고개를 갸웃거리며 반문했다.

"그런데?"

"장노에게 일행이 있다는군요. 그것도 다섯이나 말입니다."

"일행이 있다면 설마……?"

은규태의 말에 양지하는 놀라 눈을 동그랗게 치켜떴다. 은규태는 나직이 한숨을 내쉬며 말을 이었다.

"아직 모릅니다. 일단 다섯 일행 모두 약관은 넘은 것 같다고 합니다."

"그렇다면……."

양지하는 여전히 놀란 눈을 한 채 나직이 중얼거렸다. 자못 심각한 얼굴로 은규태가 목소리를 낮춰 대꾸했다.

"어쩌면 정말로 장노가 찾아낸 것일 수도 있겠지요."

"좀 더 자세히 알아보도록 하세요. 중요한 문제입니다. 장노가 정말 찾아낸 것이라면……."

양지하는 전에 없이 굳은 얼굴로 말꼬리를 흐렸다. 어떻게 해야 할지 갑자기 머릿속이 복잡해졌다. 만약 진짜로 양기뢰의 아들을 장일소가 찾은 것이라면 지금까지 양지하와 은규태가 비밀리에 진행해 오던 일이 허사로 돌아가게 된다.

뿐만 아니라, 천뢰일가가 안정을 찾기는커녕 오히려 더욱더 큰 혼란에 빠지게 될 것이 뻔했다. 갑자기 불쑥 등장한 후계자를 오대봉신가가 순순히 인정할 리가 없었다. 지금도 위태위태한 천뢰일가와 오대봉신가 간의 균형은 순식간에 깨지고 내분으로 이어질 것이다. 그것만큼은 무슨 일이 있어도 막아야 했다.

"어찌해야 할까요?"

은규태 역시 심각한 얼굴로 조용히 질문을 던졌다. 한동안 아무런 대답도 없이 깊은 생각에 잠겨 있던 양지하가 천천히 입을 열었다.

"어쩔 수… 없군요. 오대봉신가에 정보를 흘리세요. 이전에 계획했던 대로 계속 진행합니다."

"괜찮으시겠습니까? 혹시라도 장노가 정말로 도련… 님을 찾은 거라면……."

"그래도 달라질 것은 없습니다. 만약 진짜라 해도 지금으로선 본가에 오히려 해가 될지도 모르는 일이니. 그리고 오대봉신가의 병력을 뚫지 못할 정도라면 아무런 도움이 되지 않아요. 이후의 일은 오대봉신가 쪽에 맡기는 게 좋을 거예요. 이쯤해서 우리 쪽은 발을 빼도록 하죠."

양지하의 말에 은규태는 고개를 끄덕였다.

"그렇군요. 그렇게 되면 어느 쪽이든 본가에는 크게 도움이 되겠군요. 역시, 아가씨의 혜안에는 언제나 감탄하게 됩니다."

"그보다 그 일은 어떻게 되었나요?"

양지하는 이내 원래의 무표정한 얼굴로 돌아와 조용히 질문을 던졌다. 은규태는 혹시나 누가 듣고 있지는 않나 주위를 살피며 더욱 목소리를 낮춰 속삭이듯 대답했다.

"후보자 셋을 찾아뒀습니다. 다들 가주와 겉모습은 비슷하게 생겼습니다만… 제대로 남의 눈을 속이려면 시간이 좀 더 필요할 듯합니다. 가르쳐야 할 것도 많으니……."

"얼마나 걸릴까요?"

"빠르면 한 달 반, 최대한 시간을 들인다면 거기에 한 달 정도 더 걸릴 겁니다."

"최대 두 달 반이라……. 생각보다 시간이 많이 걸리는군요. 무조건 한 달 안으로 끝낼 수는 없을까요?"

"글쎄요……. 노력은 해보겠습니다만 워낙에 가르쳐야 할 것이 많아서 어떻게 될지 모르겠군요."

"부탁드릴게요."

"알겠습니다. 해보지요. 그런데 말입니다……."

대답과 함께 은규태는 더 할 말이 있다는 듯 말꼬리를 흐렸다. 양지하가 고개를 갸웃하며 물었다.

"뭐죠?"

"시간을 들인다면 겉모습과 행동은 가주와 비슷하게 만들 수 있습니다만… 무공은 어떻게 하실 생각이십니까? 아무리 보기에 비슷하다고 해도 무공만큼은……. 가주께서 건재하다는 것을 보이지 않는다면 오대봉신가는 속지 않을 겁니다."

은규태의 지적은 옳은 것이었다. 아무리 얼굴이 닮은 대역을 세운다 해도 특유의 존재감이 없다면 금방 가짜라는 것을 들키고 말 터였다. 처음 양지하에게서 계획을 들을 때에도 은규태는 그 부분이 걱정이 되긴 했었다. 하지만 달리 방법이 없기에 계획대로 일을 진행할 수밖에 없었다. 대역으로 쓸 인물을 찾은 마당이니, 불안 요소는 최대한 정리해야 했다.

"그건 제가 따로 생각이 있으니 걱정 말아요, 은 총사."

"어떻게 하시려고……?"

은규태가 고개를 갸웃하며 물었다. 순간 양지하의 눈빛이 칼날처럼 날카로워졌다.

"그것까지 미리 말해둘 필욘 없을 것 같군요."

양지하의 싸늘한 음성이 은규태의 귓가에 날아와 꽂혔다. 양지하와 눈을 마주친 은규태는 저도 모르게 어깨를 움찔하며 고개를 숙였다.

"죄, 죄송합니다, 아가씨. 제가 주제넘게 나섰군요. 용서하십시오."

"됐으니까 은 총사는 대역의 준비나 철저히 하세요. 잘 알겠지만 절대 우리 계획이 외부로 새어 나가서는 안 돼요."

"명심하겠습니다. 그럼 장노에 대한 것은 원래 계획대로 진행하도록 하겠습니다."

"네, 그러세요."

이내 양지하는 더 이상 관심이 없다는 듯 손에 들고 있는 서류로 시선을 돌렸다. 그 모습을 가만히 지켜보던 은규태는 소리 나지 않게 조심스레 몸을 일으켜 돌아섰다. 밖으로 나가 최대한 조용히 문을 닫은 은규태는 어디론가 천천히 걸음을 옮기기 시작했다.

"설마 눈치챈 것은 아니겠지……?"

문득 걸음을 멈춘 은규태가 방금 자신이 나온 방을 향해 고개를 돌리며 나직이 중얼거렸다.

      *   *   *

"에휴우우, 어떻게 해야 하나."

터벅터벅 걸음을 옮기는 오귀는 연신 한숨을 푹푹 내쉬고 있었다. 개방의 동태를 알아오라는 남궁사혁의 억지에 가까운 명령 때문에 나서기는 했지만 그저 막막하기만 했다. 개방의 지부가 어딘지는 금방 찾을 수 있다. 근처의 관제묘만 찾으면 되는 것이었으니.

하지만 사부이자 방주인 홍영 앞에서 제 입으로 탈문을 선언한 오귀이지 않던가. 아무리 개방이 다른 문파에 비해 문규(門規)가 자유분방하다지만 제멋대로 탈문한 자를 가만히 내버려 둘 정도로 개판이지는 않았다. 때문에 오귀는 그동안 개방도들의 눈에 띄지 않기 위해 평범한 차림새를 하고 있었다. 혹시나 자신의 얼굴을 아는 개방도를 만날까 싶어 마차 밖으로 나오지 않으려고도 했지만, 남궁사혁의 반강제적인 가르침으로 어자석에 앉아 주위를 살피곤 했다.

그렇게 피해왔건만 제 발로 다시 개방을 찾아가야 한다니. 어쩐지 목덜미가 서늘하게만 느껴졌다. 저도 모르게 손을 들어 목덜미를 매만지며 오귀는 최대한 천천히 걸음을 옮겨갔다. 이른 시간이었지만 주위를 오가는 사람들은 많았다. 개방도로 보이는 거지가 구걸하는 것도 간간히 보였다. 오귀는 거지의 시선을 저도 모르게 피하며 움직였다.

"젠장! 그냥 확 도망칠까?"

물론 그런다면 골치 아픈 일은 생기지 않을 터였다. 개방 내에서 무공만으로 따졌을 때 오귀를 어찌할 수 있는 사람은 세 손가락 안에 꼽을 정도였으니. 하지만 개방을 제 발로 떠난 의미가 사라지게 된다.

사진량에게서 본 한 줄기 희망의 빛.

그것 때문에 오귀는 남궁사혁의 종복을 자처하면서까지 일행에 합류하지 않았던가. 평생을 지내온 개방을 탈문까지 하며 간신히 일행이 되었는데 아무것도 얻지 못하고 그냥 도망칠 수는 없었다. 결국 오귀가 선택할 수 있는 것은 하나밖에 없었다.

오귀는 한숨을 푹푹 내쉬며 어깨를 축 늘어뜨린 채 관제묘를 찾아 걸음을 옮겨갔다. 주위를 지나는 사람에게 길을 물어가며 관제묘의 위치를 알아낸 오귀는 내키지 않는 걸음을 내디뎌야 했다. 마을의 외곽에 있는 관제묘에 가까워질수록 거지들이 많이 보였다. 관제묘로 향한 오귀의 발걸음은 천근 쇳덩이를 발목에 매단 것처럼 무겁기만 했다.

하지만 이미 결심한 이상 어쩔 수 없었다. 피한다고 피할 수 있는 것도 아니고. 오귀는 질끈 아랫입술을 깨물었다. 여기까지 왔으니 그냥 되돌아갈 수는 없었다. 하지만 그렇다고 대놓고 당당히 들어갈 생각은 없었다.

스슥!

오귀는 내공을 끌어 올리며 바닥을 살짝 박차는 것과 동시에 은신법을 사용했다. 순식간에 오귀의 모습이 사람들 사이로 자연스레 사라져 버렸다. 모습을 감춘 오귀는 곧장 관제묘를 향해 바람처럼 날아들었다.

휘이잉!

모습을 감춘 오귀의 움직임은 한 줄기 바람과도 같았다. 관제묘까지는 상당한 거리가 있었지만 순식간에 도착한 오귀는 모습을 드러내지 않고 안으로 들어갔다. 워낙에 그 움직임이 신속해 관제묘 밖에 아무렇게나 널브러져 있는 거지들에게는 그저 한 줄기 미풍이 지나간 것처럼 느껴질 뿐이었다.

순식간에 관제묘 안으로 들어온 오귀는 가장 큰 기운이 느껴지는 곳으로 향했다. 수많은 거지가 관제묘 안에 있는 데도 오귀의 움직임을 눈치챈 자는 아무도 없었다.

덜컹!

갑자기 관제묘 한쪽 구석의 문이 열리고 상거지 꼴을 한 중년 사내가 밖으로 나와 소리쳤다.

"시끄럽다, 이놈들아! 본 타에서 온 급전을 읽어야 하니 조용히 좀 하거라!"

중년 거지의 날카로운 일갈에 저마다 시끌벅적 떠들어대던 거지 무리가 일제히 입을 다물었다. 주위가 조용해지자 그제야 중년 거지는 만족스러운 얼굴을 한 채, 안으로 들어갔다. 오귀는 문이 열려 있는 틈을 타, 중년 거지를 스쳐 지나 방 안으로 잽싸게 들어갔다.

탕!

소리 나게 문을 닫은 중년 거지가 돌아선 순간, 태연한 얼굴로 사리에 앉아 있는 오귀를 발견했다. 놀란 중년 거지가 막 소리치려는 순간!

"누, 누구……!"

재빨리 손가락을 튕겨낸 오귀의 암경에 순식간에 혈도를 제압당한 중년 거지는 몸이 풀려 그대로 풀썩 주저앉아 버렸다. 오귀는 쓰러지는 중년 거지에게 얼굴이 보이지 않도록 고개를 숙인 채 작은 협탁 위에 놓여 있는 서신을 내려다보며 말했다.

"미안하오. 나중에라도 이 빚은 꼭 갚겠소."

이내 오귀는 협탁 위에 놓인 서신을 펼쳤다. 본 타에서 방주인 홍영이 직접 보낸 서신이었다. 홍영의 서체(書體)를 알아본 오귀의 눈이 이채(異彩)를 띠었다. 오귀는 빼곡하게 쓰인 글자를 빠르게 훑어 내렸다. 한 번이라도 본 것은 절대 잊지 않는 뛰어난 기억력을 지닌 오귀라 슬쩍 훑어보는 것만으로도 충분히 서신의 내용을 파악할 수 있었다.

'도대체 어쩔 생각이신 거지, 사부는?'

서신을 모두 읽은 오귀는 저도 모르게 고개를 갸웃거렸다. 서신에는 천뢰일가의 의뢰 내용과 장일소의 용모파기가 첨부되어 있었다. 뿐만 아니라, 장일소와 함께 있는 자신들의 용모에 대한 설명과 함께 일행을 발견하더라도 그저 은밀히 지켜만 보고 아무것도 하지 말라고 쓰여 있었다. 내용으로 보아 오귀의 탈문에 대한 것은 아직까지 알려지지 않은 것 같았다.

의혹에 가득한 얼굴로 서신을 내려놓은 오귀는 벌떡 일어나 한쪽 벽면을 더듬기 시작했다. 비밀문서 보관고를 찾기 위해서였다.

딸깍!

벽면의 갈라진 틈에 오귀의 손이 닿자 무언가 눌리는 소리가 들려왔다. 이내 벽면의 일부가 저절로 스륵 갈라지고 서류가 가득한 내부 공간이 드러났다. 오귀는 손을 뻗어 서류를 있는 대로 다 꺼내 들고는 하나하나 빠른 속도로 살펴보기 시작했다. 분량이 상당히 많았지만 종이가 낡지 않은 최근의 것만을 찾아 살펴본 덕에 시간이 오래 걸리진 않았다.

'없다. 도대체 어떻게 된 거지?'

시기별로 분류되어 있는 서류를 필요한 만큼 확인한 오귀의 얼굴은 짙은 의혹으로 물들었다. 오귀의 탈문에 대한 것은 어디에도 쓰여 있지 않은 탓이었다.

홍영의 앞에서 오귀가 탈문을 선언한 것은 벌써 달포가 넘어 사십여 일이나 지난 일이었다. 아무리 중원이 넓다지만 개방의 전 분타에 소식이 전해지고도 남을 정도로 긴 시간이었다. 그런데 일반 개방도에게라면 모를까 분타주에게까지 자신의 탈문에 대한 소식이 알려지지 않은 것은 이상한 일이었다.

그렇다는 것은.

문득 한 가지 생각이 떠오른 오귀는 문 앞에 쓰러져 있는 중년 거지에게 다가갔다. 아혈과 마혈을 제압당해 손가락 하나 꼼짝하지 못하고 있는 중년 거지와 눈을 마주한 오귀는 소매를 걷어 팔뚝에 매어 놓은 팔결 매듭을 보이며 조용히 입을 열었다.

"워낙 급한 일이라 이렇게 막무가내로 제압한 점 먼저 사죄드리겠습니다."

온몸이 굳은 채 눈알만 굴리고 있던 중년 거지는 오귀의 팔뚝에 매인 팔결 매듭을 보고 눈을 휘둥그레 떴다. 이내 중년 거지의 눈이 오귀의 얼굴로 향했다. 중년 거지가 놀람을 가라앉히자 오귀는 손을 뻗어 혈도를 풀었다. 중년 거지가 숨을 크게 몰아쉬며 물었다.

"크허억! 도, 도대체 이게 무슨 짓이오? 소, 소방주씩이나 되시는 분이 어찌……?"

말투로 보아 오귀의 탈문을 전혀 모르는 것 같았다. 오귀는 속으로 쾌재를 부르며 겉으로는 태연한 얼굴로 고개를 숙이며 포권을 취했다.

"사부의 명으로 은밀히 하고 있는 일이 있습니다. 필요한 정보를 얻을 길이 없어 이렇게 무례를 범하였으니 부디 용서하시지요."

"도대체 무슨 일을……?"

천천히 몸을 일으킨 중년 거지의 질문에 오귀는 짐짓 심각한 얼굴로 나직이 대꾸했다.

"본 방의 안위와 관련된 일입니다. 자세히 알려 하지 마십시오. 너무 위험하니……."

오귀는 오른손 검지를 입으로 가져가며 말꼬리를 흐렸다. 오귀와 눈을 마주친 중년 거지는 어쩐지 한기가 들어 저도 모르게 어깨를 흠칫 떨었다.

"아, 알겠소이다."

중년 거지가 고개를 끄덕이자 그제야 오귀는 살짝 미소를 지으며 천천히 밖으로 걸음을 옮기기 시작했다. 닫힌 문을 막 열려는 찰나, 오귀는 중년 거지를 돌아보며 말했다.

"아 참! 내가 다녀간 사실을 어느 누구에게도 절대 알려서는 아니 됩니다. 자칫하다간 본 방에 큰 위기가 닥칠지도 모르는 일이니⋯⋯. 아시겠습니까?"

협박에 가까운 오귀의 말에 중년 거지는 잔뜩 긴장한 얼굴로 다급히 고개를 끄덕였다.

"며, 명심하리다."

즉석에서 꾸며낸 거짓말이 제대로 먹히는 것 같자 오귀는 속으로 쾌재를 불렀다.

'이 정도면 당분간 시간 끌기로는 충분하겠지.'

"그럼 이만. 모든 일이 끝나고 난 후 찾아뵙겠습니다."

말을 마침과 동시에 오귀는 문을 열고 몸을 날렸다. 순식간에 시야에서 사라져 버린 오귀의 모습을 눈으로 좇으며 중년 거지는 나직이 중얼거렸다.

"도대체 본 방에 무슨 일이 생겼기에⋯⋯."

저도 모를 호기심이 일었지만 중년 거지는 굳이 알려고 하지 않았다. 경고를 하던 오귀의 모습이 너무도 진지하고 심각했던 탓이었다. 중년 거지는 애써 머릿속에 떠오른 호기심을 지우며 활짝 열린 문을 닫았다.

 오귀가 떠날 준비를 마친 일행에게 돌아온 것은 해가 중천을 지나 서산을 향하고 있는 조금 늦은 오후였다.
 "뭐야, 인마! 빨리 안 튀어 오지?"
 멀리서 다가오는 오귀를 가장 먼저 발견한 남궁사혁이 버럭 소리쳤다. 저도 모르게 어깨를 움찔한 오귀는 그대로 후다닥 내달렸다. 순식간에 말고삐를 쥐고 있는 남궁사혁에게 다가간 오귀는 고개를 깊이 숙이며 소리쳤다.
 "다녀왔습니다, 주군!"
 "시꺼! 나 귀 안 먹었다."
 왈칵 인상을 찌푸린 남궁사혁의 낮은 일갈에 오귀는 찔끔한 얼굴로 금세 사죄했다. 괜히 뻗대다가 몰매를 맞는 것보다는 굽히는 것이 나았다. 오귀의 무공이 낮지 않음에도 이상하게 남궁사혁의 주먹에는 저항할 수가 없는 터라 어쩔 수 없는 일이었다.
 "죄, 죄송합니다."
 "그래. 개방은 어떻더냐?"
 "그것이… 하오문과 같은 의뢰가 들어온 것은 확실합니다. 하지만 본 방, 아니, 개방에서는 당분간은 아무런 대응도 하지 말라는 명령이 내려졌더군요."

"호오? 아무 대응도 하지 않는다고? 의외로군. 넌 어떻게 생각하냐?"

흥미롭다는 듯 입꼬리를 말아 올린 남궁사혁이 불쑥 사진량에게 질문을 던졌다. 사진량은 무표정한 얼굴로 대수롭지 않다는 듯 지나가는 투로 대꾸했다.

"지금까지의 일을 알고 있으니 눈치를 보는 거겠지. 어느 쪽이든 개방이 손해 볼 것은 없으니."

"그런가? 네놈 생각은 어떠냐, 종복 놈아?"

"저도 비슷한 생각입니다. 아마도 천뢰일가의 의도가 무엇인지를 먼저 파악하기 위함일 겁니다."

오귀의 대답에 남궁사혁은 음흉한 미소를 지으며 가만히 고개를 끄덕였다. 그 미소에서 왠지 모를 오한을 느낀 오귀였다.

"흐음, 그러면 개방은 당분간 신경 쓰지 않아도 된다는 거로구만. 뭐, 언제는 신경 썼냐마는. 그럼 미끼의 역할에 충실하게 출발해 볼까나?"

　　　　　　*　　　　*　　　　*

캉! 카캉!
날카로운 금속성과 불꽃이 사방으로 튀었다. 고태의 나무

미끼는 미끼다워야지

곤과 관지화의 날을 세우지 않은 대부가 격렬하게 부딪쳤다. 그 모습을 가만히 지켜보던 남궁사혁은 천천히 몸을 일으키며 사진량을 흘낏 쳐다보았다.

"한동안 마차만 계속 몰았던 몸이 찌뿌드드하구만. 야, 간만에 한판 어때?"

남궁사혁은 한 손으로 검을 집어 들며 말했다. 무표정한 얼굴로 두 사람의 비무를 지켜보던 사진량은 고개를 돌려 남궁사혁과 눈을 마주쳤다.

"글쎄."

"오랜만에 진지하게 한번 붙어보자고. 안 그래도 화산에서 나온 후에 한 번도 제대로 검을 휘둘러 본 적 없잖냐? 자꾸 그러면 아무리 네 녀석이 고수라고 해도 검이 무뎌질 수밖에 없다고. 앞으로 무슨 일이 생길지 모르는데 검을 잘 벼려놔야 할 거 아니냐."

"흐음, 그런가?"

사실 남궁사혁의 말은 옳기도 하고 그렇지 않기도 했다. 절대고수의 반열에 들지 못한 무인이라면 나이가 들거나, 오랫동안 무공을 사용하지 않는다면 실전 감각이 무뎌져 자신보다 하수에게 당하기도 한다. 하지만 사진량이나 남궁사혁 같은 절대 고수는 다르다. 오랜 수련과 깨달음으로 인해 의념과 함께 내공의 수발이 자유로우니, 감각이 무뎌질 까닭이 없었다.

하지만 남궁사혁은 무리(武理)에 맞지 않는 소리를 하면서까지 사진량과 실전에 가까운 비무를 해보고 싶었다. 화산에서의 대규모 집단전의 경험으로 자신의 무공이 어떻게 변화되었는지 확인하고 싶었다. 그리고 사진량과의 차이가 얼마나 좁혀졌는지도 확인해야 했다.

"따라와라. 오다가 보니까 저쪽 야산에서 한판 하면 딱 좋겠더라."

말을 마치자마자 남궁사혁은 대답도 듣지 않고 그대로 앞장서서 몸을 날렸다. 순식간에 멀어져 가는 남궁사혁의 뒷모습을 쳐다보며 사진량은 나직이 한숨을 내쉬었다.

"거참, 제멋대로로군."

그러면서도 사진량은 한 손에 검을 쥐고는 남궁사혁의 뒤를 쫓아 몸을 날렸다.

남궁사혁이 비무 장소로 택한 야산은 일행이 여장(旅裝)을 푼 곳에서 반각 정도 떨어진 곳에 있었다. 나무 하나 없이 뿌리가 얕은 수풀과 이끼가 끼여 있는 바위산으로 야산이라기보다는 조금 높은 언덕이라는 표현이 옳을 것 같았다.

"제법 괜찮은 곳을 고른 것 같군."

사진량은 나직이 중얼거리며 바위산의 구릉을 오르기 시작했다. 남궁사혁은 바위산 정상에 있는 평평하고 넓은 장소에서 사진량을 기다리고 있었다.

"왔냐? 역시 신경 쓰였나 보지?"

사진량이 막 바위산 정상에 도착하자, 먼저 와서 등을 보인 채 서 있던 남궁사혁이 천천히 돌아섰다. 남궁사혁은 한 손에 검을 쥐고 있는 사진량의 모습에 씨익 미소를 지었다.

"그렇게 말도 안 되는 소리까지 해가며 비무를 하고 싶었던 건 네 쪽이 아니었나?"

사진량은 입꼬리를 살짝 말아 올리며 대꾸했다. 남궁사혁은 입가에 미소를 띤 채 천천히 검을 뽑아 들었다.

스릉!

낮은 금속성이 조용한 야산을 뒤흔들었다. 빈 검갑을 자신의 옆에 꽂아 놓은 남궁사혁이 말을 이었다.

"여기까지 쫄래쫄래 쫓아와 놓구선 말이 많구만. 어서 뽑아라. 간만에 신명나게 한판 벌여보자고."

검병을 움켜쥔 손을 타고 흘러든 남궁사혁의 내공이 검면을 감싸 희미하게 빛나기 시작했다. 몸속에 갈무리된 남궁사혁의 내공이 금방이라도 폭발할 듯 혈맥을 빠르게 내달리기 시작했다.

"비무냐, 아니면 생사투(生死鬪)인 거냐?"

"글쎄? 어느 쪽이든 먼저 쓰러지는 쪽이 지는 걸로 하는 게 어때?"

"좋아, 그러지."

송곳니를 드러내 맹수처럼 으르렁거리며 전의를 불태우는 남궁사혁을 조금의 동요도 없는 눈으로 쳐다보며 사진량은 천천히 자신의 검을 뽑아 들었다.

스르릉!

맑은 검명과 함께 사진량의 검이 모습을 드러냈다. 잿빛 검면이 서산 너머로 모습을 반쯤 숨긴 햇빛을 받아 번쩍였다. 사진량은 검첨을 바닥에 닿을 정도로 자연스레 내린 채로 남궁사혁을 쳐다보았다.

이 장의 거리를 두고 두 사람이 마주했다. 남궁사혁은 금방이라도 터져 나갈 듯 끓어오르는 화산 같은 기세를 뿜어내고 있었다. 그에 반면 사진량은 모든 것을 빨아들일 것처럼 차분하기만 했다.

"간다……!"

조용히 입을 연 남궁사혁의 모습이 순간, 흐릿해졌다.

스팍!

낮은 파공성과 함께 순식간에 거리를 좁힌 남궁사혁은 곧장 사진량을 향해 검을 찔러 들어갔다. 조금의 망설임도 없이 남궁사혁의 검은 사진량의 목덜미를 노리고 날아들었다.

슈카악!

섬뜩한 파공성.

미끼는 미끼다워야지 153

남궁사혁의 검은 조금만 더 들어가면 그대로 사진량의 목을 꿰뚫어 버릴 것 같았다.

그 순간!

파악!

사진량의 신형이 마치 먼지가 바람에 날려 사라지듯, 사방으로 흩어져 버렸다. 다른 사람이 보았다면 화들짝 놀랄 장면이었지만, 남궁사혁은 아무런 동요 없이 혀를 차며 곧장 허리를 뒤틀어 검의 궤적을 오른쪽 측면으로 변화시켰다.

"거기냐!"

스칵!

날카로운 일갈과 함께 허공을 찢어발기는 파공성이 터져 나왔다. 하지만 이번에도 남궁사혁의 검이 벤 것은 사진량의 잔영뿐이었다. 검에 베인 사진량의 잔영이 허공으로 흩어지는 순간, 갑작스러운 섬뜩한 느낌에 남궁사혁은 그대로 바닥을 박차고 잽싸게 서너 걸음 물러났다. 질끈 아랫입술을 깨문 남궁사혁의 시선이 향한 곳에 어느샌가 사진량이 처음처럼 태연한 모습으로 서 있었다.

"확실히 전과는 달라졌군."

사진량은 짐짓 감탄한 듯 나직이 중얼거렸다. 그 모습에 남궁사혁의 얼굴이 왈칵 구겨졌다.

"뭐냐? 그 높은 곳에서 내려다보는 것 같은 말투는? 나 정도는 언제라도 쓰러뜨릴 수 있다는 거냐?"

"탐색은 그만하고 이제 진짜를 보여주시지."

"쳇! 벌써 눈치챘냐?"

사진량의 말에 남궁사혁은 능글맞은 미소를 지으며 혀를 찼다. 사진량은 피식 미소를 지으며 말을 이었다.

"그렇게 대놓고 티를 내는데 모르는 게 이상한 일이지."

남궁사혁은 아쉬워하는 얼굴로 나직이 한숨을 내쉬더니 이내 천천히 검을 역수로 고쳐 쥐었다.

"조금은 더 버틸 수 있을 줄 알았는데 어쩔 수 없구만. 이번엔… 진짜로 간다."

말을 마친 남궁사혁에게서는 조금 전까지의 금방이라도 터져 나갈 듯 강맹한 기운이 아닌 차분히 갈무리된 기운이 느껴지기 시작했다. 이내 희미하게 느껴지던 차분한 기운마저도 서서히 사라져 버렸다. 눈앞에 남궁사혁이 서 있음에도 아무런 기운도 느껴지지 않았다.

가만히 남궁사혁을 바라보는 사진량의 얼굴에 희미한 미소가 생겨났다. 조금 전 같았으면 비웃는 거냐며 버럭 소리쳤을 남궁사혁이었지만 이번에는 아무런 반응도 보이지 않았다. 그저 무표정한 얼굴로 가만히 사진량을 쳐다볼 뿐이었다.

휘이이잉……!

어디선가 바람이 불어왔다. 바람에 머리카락이 휘날려 사진량의 시야를 살짝 가린 순간, 남궁사혁의 신형이 눈앞에서 흔적도 없이 사라졌다.

스슷!

기척은 전혀 느껴지지 않았다. 그저 불어오는 바람만이 옷깃을 휘날릴 뿐이었다. 사진량은 조금의 망설임도 없이 그대로 스륵 눈을 감아버렸다. 그 순간, 어느샌가 사진량의 등 뒤에서 모습을 드러낸 남궁사혁의 검이 소리 없이 조용히 날아들었다.

콰릉! 콰쾅!

멀리서 들려오는 커다란 폭음에 격렬한 비무를 하고 있던 두 사람, 관지화와 고태의 움직임이 멎었다. 온몸이 땀으로 흠뻑 젖은 두 사람은 거친 숨을 몰아쉬며 폭음이 들려온 방향으로 고개를 돌렸다. 두 사람의 비무를 구경하고 있던 장일소와 오귀도 마찬가지였다.

"뭐, 뭐여?"

"벼락이라도 떨어진 건감?"

워낙에 비무에 집중하고 있던 터라 관지화와 고태는 사진량과 남궁사혁이 사라진 것을 눈치채지 못하고 있었다. 두 사람은 어리둥절한 얼굴로 폭음이 들린 방향의 하늘을 쳐다보았다. 해가 뉘엿뉘엿 지기 시작한 터라, 붉은 노을이 짙었지만 먹구름은 조금도 보이지 않았다.

장일소와 오귀는 자못 심각한 얼굴로 폭음이 터져 나온 방향을 쳐다보고 있었다. 분명 사진량과 남궁사혁이 사라진 방향에서 들려온 폭음이었다.

"도, 도대체 어떤 비무를 하는 거지……?"

장일소가 저도 모르게 신음하듯 나직이 중얼거렸다. 오귀는 차마 입을 열지 못하고 그저 침만 꿀꺽 삼켰다.

'쪼, 쫓아가 봤어야 했나……?'

왠지 모를 아쉬움이 가득 밀려왔다. 하지만 뒤를 쫓는 것은 어차피 무리였다. 사진량과 남궁사혁의 움직임은 눈으로 좇기에도 힘들 정도였으니. 개방의 온갖 비전절기를 한 몸에 익히고 있을 만큼 무공에 자신이 있던 오귀였지만 두 사람만큼은 도무지 당해낼 수가 없었다.

그나마 남궁사혁은 지닌바 무공의 깊이를 어느 정도 가늠할 수 있었지만, 사진량의 무공은 그 깊이를 헤아릴 수 없을 정도였다. 겉보기에는 자신이 마음만 먹는다면 금방이라도 쓰러뜨릴 수 있을 것 같아 보이는 사진량이었다. 하지만 막상 눈을 마주하면 그런 마음이 전혀 들지 않았다.

살기가 느껴지는 것도, 압도적인 기운이 느껴지는 것도 아니었다. 그런데도 사진량에게는 도저히 덤벼들 마음이 들지 않았다. 사진량과 자신의 차이, 그것을 알기 위해 오귀는 탈문

미끼는 미끼다워야지

까지 하면서 일행에 합류한 것이었다.

 꽈르르릉!

 다시 한 번 조금 전과는 비교도 안 될 정도로 엄청난 폭음이 터져 나왔다. 상당한 거리가 있음에도 바닥에 희미한 진동이 전해질 정도였다. 단순한 비무라고 하기에는 경천동지(驚天動地)할 두 사람의 격돌에 일행은 그저 할 말을 잊었다. 도대체 어떤 비무를 벌이고 있는지 도저히 상상이 가지 않았다.

 장일소와 오귀는 멍하니 폭음이 들려온 방향을 계속 쳐다보았다. 두 사람의 모습에 고태와 관지화가 고개를 갸웃거렸다.

 "도대체 무슨 일이래유?"

 고태의 질문에도 장일소와 오귀는 아무런 대답도 할 수 없었다. 끔찍한 비무의 결과가 머릿속에 떠오른 탓이었다.

 꿀꺽!

 누군가 침을 삼키는 소리가 커다랗게 들려왔다. 그런 채로 잠깐의 시간이 지났다. 더 이상은 폭음이 들려오지 않는 것으로 보아 비무는 끝난 것 같았다.

 "끄, 끝난 것 같군."

 참았던 한숨을 크게 내쉬며 장일소가 나직이 중얼거렸다. 오귀가 고개를 끄덕이며 숨을 몰아쉬었다.

 "그, 그런가 봅니다. 그런데……."

오귀는 차마 뒷말을 잇지 못했다. 하지만 장일소는 잇지 못한 오귀의 말을 짐작할 수 있었다. 장일소의 머릿속에도 오귀와 같은 질문이 떠오른 탓이었다. 장일소는 아무런 대답도 하지 못했다. 그저 멍하니 오귀와 눈을 마주쳤을 뿐이었다.

그 순간!

등 뒤에서 누군가의 낯익은 음성이 조용히 들려왔다.

"다녀왔다."

대경한 장일소가 어깨를 움찔하며 다급히 고개를 돌렸다. 사진량이 아무렇지도 않은 얼굴로 몇 걸음 떨어진 곳에 서 있었다.

"소, 소공. 어, 언제……."

"방금 도착했다."

"나, 남궁 소협은……?"

장일소는 차마 끝까지 말을 잇지 못했다. 사진량은 대수롭지 않다는 듯 무심한 얼굴로 툭 말을 내뱉었다.

"늦어도 한 식경 안에는 돌아올 거다. 놈이 돌아오기 전에 미리 저녁 준비를 하는 게 좋을 것 같군."

비무 전과 별다른 변화 없는 사진량의 모습에 장일소는 저도 모르게 고개를 끄덕였다.

"아, 알겠습니다, 소공. 다들 식사 준비를 하자꾸나."

"예엡, 사부!"

미끼는 미끼다워야지 159

"알겠구먼유."

장일소의 말에 관지화와 고태가 재빨리 대답하며 들고 있던 병장기를 내려놓고 마차로 달려가 분주히 움직였다. 이내 달려든 오귀가 모닥불을 피우고, 관지화와 고태는 그릇과 식재료를 꺼내 다듬기 시작했다.

"크윽!"

짧은 신음을 흘리며 남궁사혁은 천천히 눈을 떴다. 간간히 별빛이 빛나고 있는 어두컴컴한 하늘이 눈에 들어왔다. 온몸이 곤죽이 되도록 두드려 맞은 듯 뻐근했다. 남궁사혁은 가만히 내공을 끌어 올리며 몸 상태를 살폈다. 온몸이 멍이 든 것 같은 타박상 외에는 사소한 내상조차 없었다.

남궁사혁은 내공을 계속 주천시키며 조금씩 몸 상태를 회복시켜 갔다. 통증이 가라앉으며 굳은 몸이 풀리기 시작했다. 반각 정도 시간이 지나자 몸을 움직일 수 있을 만큼 통증이 가라앉았다. 남궁사혁은 내공을 거두지 않은 채로 천천히 상체를 일으켰다.

"하아… 또 졌네."

남궁사혁은 고개를 푹 숙이며 길게 한숨을 내쉬었다. 이전보다 좀 더 버티기는 했지만 고작해야 서너 합 정도 더 버틴 것뿐이었다. 게다가 사진량은 전력을 다한 것 같아 보이지도 않았으니.

 남궁사혁은 힘없이 피식 미소를 지었다. 그래도 조금씩이지만 사진량에게 가까워지고 있다는 기분이 들었다. 한 걸음, 한 걸음씩 부지런히 따라잡는다면 언젠가는 사진량과 같은 경지를 바라볼 수 있으리라.

 남궁사혁은 애써 희망적인 생각을 하며 천천히 몸을 일으켰다. 뻐근한 허리를 이리저리 움직이며 주위를 둘러보던 남궁사혁의 눈에 한쪽 구석의 바위에 깊이 틀어박혀 있는 자신의 검이 보였다. 그쪽으로 다가간 남궁사혁은 손을 뻗어 검병을 움켜쥐었다. 검면이 거의 보이지 않을 정도로 깊이 박혀 있었지만 남궁사혁은 그리 어려움 없이 검을 뽑아냈다.

 스릉!
 바위에서 뽑혀져 나오며 검첨이 미세하게 떨려왔다. 이상하게도 이전보다 검이 손아귀에 딱 들어맞는 것 같았다. 남궁사혁은 저도 모르게 내공을 일으켜 검에 주입했다.

 지잉……!
 파르스름한 검기가 맺히며 맑은 검명이 터져 나왔다. 남궁사혁은 왠지 모를 기이한 느낌에 저도 모르게 천천히 검을 휘두르기 시작했다.

 처음에는 느리게, 느리게…….
 눈을 감고도, 의식하지 않고도 펼쳐낼 수 있는 천풍검법이었다. 하지만 이렇게까지 느리게 초식을 펼쳐낸 적은 지금껏 단 한 번도 없었다. 하지만 왠지 모르게 몸이 그렇게 움직였다. 검의 움직임을 따라 주위의 대기가 흐르는 것이 남궁사혁의 눈에 선명하게 비쳤다.

남궁사혁은 입꼬리를 살짝 말아 올렸다. 온몸에 멍이 든 것 같은 통증은 어느샌가 완전히 사라져 버린 후였다. 남궁사혁은 눈앞에서 흐르는 수많은 대기의 흐름을 무아지경에 빠진 눈으로 지켜보며 천천히 검을 휘둘렀다. 시간이 지나 천풍검법의 마지막 초식을 펼쳐낸 순간, 남궁사혁은 그대로 돌처럼 멈춰 섰다.

얼마나 시간이 지났는지는 알 수 없었다. 남궁사혁은 그저 지금까지와는 다른 충만함을 만끽하며 스륵 두 눈을 감았다. 이내 다시 검을 든 손이 저절로 움직였다. 이번에는 빠르게, 빠르게, 점점 빠르게 천풍검법이 펼쳐졌다.

파파파팍!

보통 사람의 눈으로는 그저 빙글빙글 주위를 맴도는 것으로밖에는 보이지 않은 화려한 검무가 눈을 감은 남궁사혁의 손에서 펼쳐졌다. 순식간에 천풍검법의 모든 초식을 최대한의 속도로 펼쳐낸 남궁사혁은 다시 한 번 피식 미소를 지으며 검을 거둬들였다.

"젠장, 처참하게 깨지고 나서 나 혼자 이게 무슨 달밤의 체

조냐?"

 말은 그렇게 했지만 남궁사혁은 오늘의 비무가 조금도 헛되지 않았다는 것을 온몸으로 실감하고 있었다. 검을 회수한 남궁사혁은 곧장 일행이 있는 방향으로 몸을 날렸다.

 파파팍!

 남궁사혁은 비무를 하기 전보다 몸이 훨씬 가벼워진 것 같은 기분이 들었다. 얼굴을 스치는 바람에 저도 모르게 미소를 지으며 남궁사혁은 일행에게로 돌아갔다. 코끝에 구수한 냄새가 전해졌다.

 꼬르륵!

 잊고 있던 허기가 밀려왔다. 남궁사혁은 순식간에 일행이 있는 곳에 도착했다. 막 식사를 마친 일행 중, 가장 먼저 남궁사혁에게 고개를 돌린 것은 고태였다.

 "좀 늦으셨구먼유. 그래도 남궁 소협의 몫은 남겨뒀으니 곧 데워 드리겠수"

 고태는 한쪽 구석에 따로 빼놓은 소과(小鍋)를 꺼내 모닥불 위에 올렸다. 남궁사혁은 모닥불 주위의 빈자리를 찾아 엉덩이를 붙이고 앉았다. 막 빈 그릇을 내려놓은 사진량이 조용히 말을 걸었다.

 "생각보다 좀 늦었군."

 남궁사혁은 피식 미소를 지으며 대꾸했다.

"머릴 좀 식히느라 말이지. 그래도 다음번엔 오늘처럼 쉽게 당하진 않을 거다."

"기대하지."

사진량의 짧은 대답에 남궁사혁은 씨익 입꼬리를 말아 올렸다. 문득 조심스레 빈 그릇을 내려놓으며 눈치를 보는 오귀의 모습이 눈에 들어왔다.

"뭐야? 종복이라는 놈이 주인보다 먼저 식사를 끝낸 거냐?"

남궁사혁이 지나가듯 툭 내던진 말에 오귀는 어깨를 움찔하며 고개를 숙였다.

"죄, 죄송합니다, 주군!"

금방이라도 남궁사혁의 주먹이 날아올 것 같은 기분에 오귀는 잔뜩 어깨를 움츠렸다. 하지만 남궁사혁은 주먹을 뻗기는커녕 피식 미소를 지으며 고개를 끄덕였다.

"뭐, 배가 고프다 보면 그럴 수도 있지. 됐으니까 다 먹었으면 잠자리나 준비해라."

"넵! 알겠습니다, 주군!"

오귀는 재빨리 대답하고는 후다닥 뒤로 물러났다. 속으로 나직이 안도의 한숨을 내쉬었지만, 어쩐지 남궁사혁의 이유를 알 수 없는 관대함이 불안하기만 한 오귀였다.

* * *

천뢰일가의 오대봉신가 중 하나, 적혈가의 음풍대주(陰風隊主) 척교횡은 마른 갈대를 어금니로 짓이겼다. 아무래도 마음에 들지 않았다. 적혈가의 미래를 위한 가주의 밀명이라고는 하지만 이번 중원행은 내키지 않았다. 척교횡에게 있어서 중원이란 그저 음모(陰謀)와 협잡(挾雜)으로 이루어진 오물로 가득한 땅일 뿐이었다.

 "튓! 빌어먹을. 다시는 중원 땅을 밟지 않으리라 맹세했건만……."

 척교횡은 짓씹은 갈대를 침과 함께 뱉어내며 불만이 가득한 얼굴로 투덜거렸다. 근 이십여 년 만의 중원 땅이었다. 하지만 온갖 나쁜 기억으로 점철된 곳에 다시 돌아온 것이라 기분이 나빠지는 것은 어쩔 수 없었다.

 생각 같아서는 당장에라도 돌아가 버리고 싶었지만 그럴 수는 없었다. 맡은 바 임무를 내던지는 것은 척교횡의 자존심이 용납하지 않았다. 최대한 빨리 일을 처리하고 적혈가로 돌아가겠다는 결심을 하며 척교횡은 말고삐를 꽉 움켜쥐었다.

 "대주님, 괜찮으십니까?"

 척교횡의 뒤를 부지런히 따르던 자들 중 하나가 다가오며 조심스레 물었다. 척교횡은 흘깃 고개를 돌리며 대꾸했다.

 "뭐가 말이냐?"

미끼는 미끼다워야지

"아까부터 계속 심기가 불편하신 듯하여……."

다가온 사내가 말꼬리를 흐렸다. 척교횡은 부하들 앞에서 자신의 감정을 너무 많이 드러낸 것을 속으로 자책하며 아무렇지도 않은 듯 고개를 휘휘 내저었다.

"아니다. 그저 옛 기억이 떠오른 것뿐……. 그나저나 본가로부터 다른 연락은 없었나?"

"반나절 후에 이차 거점에 도착할 예정입니다. 추가적인 정보가 있다면 아마 그곳에서 받아볼 수 있을 겁니다."

"반나절이라……. 전력을 다해 달리면 그보다 빨리 도착할 수 있겠군. 모두 서둘러라! 두 시진 안에 이차 거점에 도착해야 할 것이다. 단 하나라도 낙오하면 용서치 않을 것이다! 간다! 이럇!"

척교횡은 내공을 담아 버럭 소리치는 것과 동시에 말고삐를 내려쳐 말을 내달리게 했다.

히히힝!

따그닥! 따그닥!

척교횡이 탄 흑마는 우렁찬 외침과 함께 먼지구름을 일으키며 빠른 속도로 내달렸다. 척교횡의 뒤를 따르던 음풍대원들도 일제히 그 뒤를 쫓기 시작했다.

"대주님을 쫓아라! 절대 뒤쳐져서는 안 된다! 이랴!"

"이랴! 하압!"

히히히힝!

투두둑! 투두둑!

오십 마리가 넘는 인마(人馬)의 질주는 길게 이어진 먼지구름과 함께 강한 땅울림을 먼 곳까지 퍼뜨려 나갔다.

한 시진 반이 지난 후, 척교횡과 음풍대원들은 목적지에 도착했다. 이차 거점은 도시의 외곽에 있는 객잔이었다. 워낙에 시가지에서 먼 곳이라 주위에는 객잔을 빼고는 이렇다 할 건물이 거의 보이지 않았지만 관도가 지나는 곳에 생겨난 객잔이라 그 규모는 상당히 컸다. 음풍대원이 타고 온 말을 모두 수용하고도 공간이 남을 정도로 마방(馬房)도 넓었다.

주로 서역으로 가는 거대 상단을 단체 손님으로 받는 터라, 갑자기 오십 명이 넘는 음풍대원이 들이닥쳐도 객잔의 직원들은 조금도 당황하지 않고 말을 마방에 옮겨 놓고 손님들을 객잔으로 안내했다.

푸르륵! 푸륵!

마방의 말들이 입가에 거품을 문 채 거친 숨을 몰아쉬고 있었다. 반나절이나 걸리는 거리를 한 시진 반 만에 주파한 직후였으니 아무리 체력이 좋은 전마(戰馬)라 한들 지치지 않을 수 없었다.

지친 것은 말만이 아니었다. 낙오하지 않으려고 전력을 다

미끼는 미끼다워야지 167

해 말고삐를 쥐고 쉬지 않고 내달린 음풍대원들도 지칠 대로 지쳐 녹초가 되어 있었다. 저마다 객잔에 자리를 잡고 앉아 축 늘어져 있는 음풍대원들과는 달리 척교횡은 조금도 지친 기색이 없었다. 그저 한쪽 구석에 자리를 잡은 채 굳은 얼굴로 누군가를 기다리고 있을 뿐이었다.

덜컹!

지친 음풍대원들의 거친 숨소리로 가득한 객잔의 문이 벌컥 열렸다. 시골의 작은 촌락에서나 볼 수 있는 볼품없는 차림새의 중년 사내가 객잔으로 들어왔다. 입구에 선 중년 사내는 천천히 주위를 둘러보다 척교횡에게서 시선을 멈췄다. 이내 사내는 나직이 한숨을 내쉬며 척교횡에게 천천히 다가갔다.

저벅, 저벅!

거친 숨소리 사이로 사내의 걸음 소리가 조용히 들려왔다. 척교횡은 다가오는 중년 사내와 눈을 마주한 채 가만히 가까워지기를 기다렸다. 중년 사내는 척교횡의 바로 앞에서 멈춰 섰다.

"적혈가 음풍대주 척교횡 대협이 맞으신지……?"

"그렇다."

척교횡은 자신의 앞에 가만히 선 중년 사내를 쳐다보며 고개를 끄덕였다. 중년 사내는 그 자리에 무릎을 꿇으며 고개를 숙였다. 그러곤 곧장 품속에 손을 넣어 봉인된 종이봉투를 꺼내 척교횡에게 건넸다.

"본가에서의 전언입니다. 내용을 확인한 후, 곧장 불태우십시오."

"그러지."

중년 사내가 두 손으로 받쳐 내민 서신을 받아든 척교횡은 가만히 고개를 끄덕였다.

"그럼 이만."

천천히 몸을 일으킨 중년 사내는 포권을 취하며 허리를 숙여 인사를 한 후, 돌아서서 객잔 밖으로 걸어 나갔다. 중년 사내의 모습이 완전히 사라지자 척교횡은 손에 든 봉투의 봉인을 뜯고 서신을 꺼내 들었다. 그리 길지 않은 내용이라 금방 서신을 읽은 척교횡은 삼매진화(三昧眞火)의 수법으로 내공을 끌어 올렸다.

화르륵!

손끝에서 피어오른 화기가 순식간에 서신을 불태웠다. 재가루가 후두둑 바닥에 떨어졌다. 척교횡은 가볍게 손을 흔들어 재를 털어냈다. 척교횡의 입가에는 희미한 미소가 생겨나 있었다.

척교횡은 흘끔 주위의 음풍대원들을 쳐다보았다. 다들 지친 표정으로 자리에 앉아 숨을 돌리거나, 음식을 시키고 있었다. 누런 이를 드러내며 씨익 미소를 지은 척교횡이 소리쳤다.

"휴식은 딱 세 시진이다. 그 안에 충분히 피로를 풀어두도록!"

"조, 존명!"

척교횡의 말에 음풍대원들은 움찔 놀라더니 이내 어쩔 수 없다는 듯 한숨을 내쉬며 힘없이 대답했다. 불만이 있는 듯한 음풍대원들의 대답에 척교횡의 눈썹이 살짝 꿈틀했다.

"목소리가 작다. 두 시진이면 충분하다는 뜻인가?"

척교횡의 조용한 음성이 퍼져 나간 순간, 음풍대원들의 낯빛이 하얗게 질려갔다. 누군가 먼저 정신을 차리고 버럭 소리쳤다.

"뭣들 하는 거냐? 다들 정신 차려!"

날카로운 일갈에 음풍대원들은 그제야 눈을 부릅뜨고는 지친 기색을 지우며 소리쳤다.

"용서하십시오, 대주! 두 시진 안에 모든 준비를 마치겠습니다!"

그제야 척교횡은 만족스러운 얼굴로 입을 열었다.

"좋다. 세 시진 후에 출발하도록 한다!"

"존명!"

억지로 쥐어 짜낸 힘찬 음풍대원들의 대답에 척교횡은 가만히 고개를 끄덕였다. 척교횡은 입꼬리를 말아 올린 채 가만히 조금 전에 보았던 서신의 내용을 머릿속에 떠올렸다.

'함양에서 홍평(興平)을 지나 무공(武功) 인근에 이르렀다는 것은, 역시 천뢰일가로 향하고 있다는 거로군. 최대한 빨리 이동한다면 열흘 안에 만날 수 있겠군그래. 가주께서 그리도 신경 쓰여 하다니 어떤 자들인지 궁금하군.'

나직이 중얼거리는 척교횡의 입가에는 싸늘한 미소가 생겨나 있었다.

　　　　　　*　　　　*　　　　*

"흐아아암."

남궁사혁이 말고삐를 쥔 채 길게 하품을 했다. 선선한 바람이 불고 따듯한 햇살이 내리쬐자 졸음이 밀려왔다. 게다가 점심을 먹은 지 채 일다경도 지나지 않은 시간이었으니 식곤증이 오는 것은 당연한 일이었다.

"으히이암, 그냥 저쪽 구석에다 세워 놓고 한숨 푹 자고 일어날까?"

거푸 하품을 하며 남궁사혁은 나직이 중얼거렸다. 마차 안에 있던 오귀가 잽싸게 창으로 고개를 불쑥 내밀며 소리쳤다.

"이 안에서 쉬십시오, 주군. 마차는 제가 몰겠습니다!"

"아니다. 저기 나무 아래에서 좀 쉬었다 가지, 뭐. 으하아암."

평소라면 짜증이나 주먹질과 함께 오귀에게 말고삐를 건네

주었을 남궁사혁이었지만, 워낙에 졸린 탓에 거푸 하품을 하며 반쯤 눈을 감은 채로 꾸벅꾸벅 졸면서 마차를 자신이 가리킨 나무로 몰았다. 이내 커다란 나무 그늘 아래에 마차를 세운 남궁사혁은 어자석에 앉은 채로 곯아떨어졌다.

휘이잉!

어느새 날이 저물어 선선하다기보다 싸늘한 느낌이 드는 바람이 불어왔다. 여전히 어자석에서 고개를 까딱이며 졸고 있던 남궁사혁은 갑자기 번쩍 눈을 떴다. 왠지 모를 서늘한 느낌 때문이었다. 방금 잠에서 깨어났지만 남궁사혁은 날카로운 눈빛으로 주위를 둘러보았다.

마차 근처에 모닥불을 피우고 야숙을 준비하는 일행의 모습이 눈에 들어왔다 마차의 짐칸에서 장작 한 뭉치를 꺼내고 있던 고태가 가장 먼저 남궁사혁이 깬 것을 보고는 말을 걸었다.

"이제 일어나셨구먼유. 마침 식사 준비도 거의 끝났는데 같이 드시쥬."

덩치에 어울리지 않는 고태의 순박한 미소에도 남궁사혁의 날카로운 눈빛은 풀어지지 않았다. 남궁사혁은 고태의 말에 아무런 대꾸도 하지 않고 계속해서 천천히 주위를 살폈다.

"아직 멀었으니 와서 밥이나 먹어라."

경계심 가득한 남궁사혁의 귓가에 사진량의 무뚝뚝한 음성이 날아들었다. 남궁사혁의 날카로운 눈빛이 곧장 사진량에게로 향했다. 사진량은 긴 나뭇가지를 부지깽이 삼아 모닥불을 헤집고 있었다.

"그건 무슨 소리냐?"

남궁사혁은 여전히 날카로운 눈빛을 한 채로 물었다. 사진량은 남궁사혁을 한 차례 흘낏 쳐다보더니 이내 대수롭지 않다는 듯 나직이 대꾸했다.

"미끼는 미끼답게 조용히 기다려야지. 안 그러냐?"

第五章
사냥의 시간

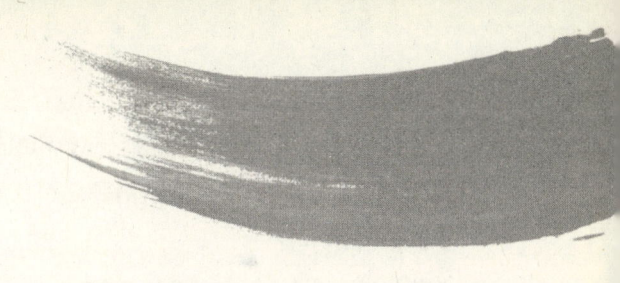

두두둑! 두두둑!!

짙은 먹구름에 달도, 별도 모습을 감춰 어두운 밤.

지나는 사람 하나 없는 넓은 관도에 수십 마리의 말밤굽 소리가 울려 퍼졌다. 말을 타고 있는 자들은 흑색 무복을 입고, 허리에 검을 차고 있는 무인들이었다. 옷에 먼지가 가득하고 머리칼이 흐트러진 모습으로 보아 오랫동안 쉬지 않고 말을 달린 것 같았다.

맨 앞에서 일행을 이끌고 있는 사내는 다듬지 않아 텁수룩한 턱수염이 가득한 호안(虎眼)의 근육질 중년 사내였다. 마치 삼국시대의 관운장(關雲長)과 장익덕(張翼德)을 합쳐놓은 듯한 외양을 한 근육질 사내는 흘끗 뒤를 돌아보며 소리쳤다.

"다들 지쳤더냐?"

"아닙니다, 대주! 아직 팔팔합니다!"

근육질 사내의 바로 뒤를 쫓고 있던 한 사내가 조금도 지친 기색 없이 밝은 얼굴로 대답했다. 뒤이어 다른 사내들도 멀쩡하다는 둥, 열흘은 더 버틸 수 있다는 둥 떠들어댔다. 그 모습에 근육질 사내는 피식 미소를 지으며 소리쳤다.

"조금만 더 참아라. 계산대로라면 두 시진 이내에 목표와 조우할 수 있을 것이다. 그때까진 말을 달리며 간단하게 몸을 회복시켜 두도록!"

"존명!"

근육질 사내의 말에 뒤를 따르는 흑색 무복 사내들은 일제히 커다란 소리로 대답했다. 근육질 사내는 이내 입가의 미소를 지우고 고삐를 꽉 그러쥐며 말을 내달렸다.

"모두 나를 따르라! 이랴!"

*   *   *

저녁 식사를 마친 일행은 일찌감치 잠자리를 펴고 누웠다. 고태와 관지화는 눕자마자 코까지 골면서 깊은 잠에 빠져들었고, 사진량과 남궁사혁은 모닥불을 사이에 두고 서로를 마주고 있었다. 사진량의 옆에는 장일소가, 남궁사혁의 옆에는 오귀가 자연스레 앉아 있었다.

화르륵!

남궁사혁이 기다란 나뭇가지를 부지깽이 삼아 모닥불을 이리저리 쑤시자 한 차례 크게 불길이 치솟았다가 가라앉았다. 모닥불을 몇 번 더 쑤시던 남궁사혁은 이내 지겨워졌는지 들고 있던 나뭇가지를 반으로 부러뜨려 그대로 불길 속으로 던져 넣었다.

"언제 시작될 거 같냐?"

가만히 타오르는 모닥불을 쳐다보며 남궁사혁이 조용히 물었다. 사진량은 장작을 던져 넣으며 지나가듯 조용히 대답했다.

"빠르면 한 시진 반 이후."

"생각보다 시간이 많이 남는구만. 으아아, 그동안 유기조식이라도 좀 해둬야겠군."

길게 기지개를 켜며 몸을 일으킨 남궁사혁은 자신의 잠자리로 돌아가 가부좌를 틀고 앉았다. 남궁사혁이 몸을 일으키자, 오귀는 본능적으로 벌떡 일어나 그 뒤를 따랐다. 이내 무아지경에 빠져 운기조식을 취하는 남궁사혁의 모습을 흘깃 쳐다본 장일소가 사진량에게로 고개를 돌리며 물었다.

사냥의 시간 179

"무슨 말씀이십니까, 소공? 도대체 무엇이 시작된다는 것인지……?"

타오르는 모닥불을 가만히 지켜보고 있던 사진량은 담담한 어조로 입을 열었다.

"이제 곧 장노를 찾는 자들이 들이닥칠 거다. 아무래도 장노를 미끼로 던졌다는 것이 맞는 것 같군."

"그, 그렇다면……!"

사진량의 말에 장일소는 화들짝 놀라 눈을 크게 치켜떴다. 사진량은 가만히 고개를 끄덕이며 말을 이었다.

"아마도 오대봉신가에서 병력을 보낸 것이겠지. 누구보다 장노의 복귀를 바라지 않는 자들일 테니……."

사진량은 말꼬리를 흐리며 입꼬리를 살짝 말아 올렸다. 사실 이번 일이 천뢰일가에서 장일소를 미끼로 삼은 것이기를 내심 바라던 사진량이었다. 그리 내키지는 않았지만 어차피 천뢰일가에 한 번은 가야 하는 상황이었으니, 이번 일로 확실히 자신의 존재감을 드러내는 것이 좋았다. 오대봉신가의 암수를 가볍게 물리치고 천뢰일가로 들어간다면 사진량의 신분에 대해 어느 정도의 불만은 덮을 수도 있을 거라는 계산이었다. 물론 불만이 완전히 사라지지는 않겠지만 무턱대고 천뢰일가로 가는 것보다는 훨씬 나을 것이다.

"설마 모두 도륙(屠戮)하실 생각은 아니시겠지요?"

장일소가 조심스레 눈치를 보며 물었다. 사진량은 피식 미소를 지으며 조용히 입을 열었다.

"내가 그런 살인마로 보이나? 그냥 모두 한동안 제대로 움직이지 못하게 제압할 거다. 내 검에 묻힐 피는 마인들의 것으로도 충분하니."

사진량은 한쪽 어깨에 기대어 놓은 검병을 가볍게 그러쥐었다. 그 모습에 장일소는 가만히 고개를 끄덕이며 말했다.

"그러면 잠깐이라도 쉬시는 것이 좋지 않겠습니까? 제가 그리 도움이 되진 않을 것 같으니 불침번을 서겠습니다. 한 시진이라도 푹 자두십시오, 소공."

"나는 운기조식만 잠깐 하면 된다. 일이 터지기 전에 깨울 테니 잠을 자두는 게 좋을 거다."

"소고……!"

장일소가 무어라 대꾸하기도 전에 사진량은 그대로 눈을 감고 운기조식을 행하기 시작했다. 어쩔 수 없이 장일소는 아무 말도 하지 못하고 입을 다물었다. 괜스레 운기조식을 방해할 수는 없는 일이었으니.

장일소는 나직이 한숨을 내쉬며 소리 나지 않게 조심스레 몸을 일으켰다. 사진량의 말대로 한 시진만이라도 쉬어두는 것이 좋을 것 같았다. 자신의 자리로 돌아간 장일소는 조심스레 담요를 들어 몸에 휘감고는 마차에 등을 기댄 채 그 자리

사냥의 시간 181

에 앉았다. 누워서 자는 것보다는 조금 불편하긴 하겠지만 피로만 잠깐 풀면 된다고 생각하며 장일소는 스륵 눈을 감았다.

"드르렁! 쿠울!"

"크르룽!"

고태와 관지화의 포효하듯 커다란 코 고는 소리가 막사 주위를 뒤흔들었다.

드드드……!

멀리서 전해지는 희미한 땅울림에 사진량은 천천히 눈을 떴다. 거의 동시에 한창 운기조식을 취하던 남궁사혁도 눈을 뜨고 벌떡 몸을 일으켰다.

"왔냐?"

사진량은 가부좌를 튼 자세 그대로 오른손을 펼쳐 비닥에 가져다댔다. 땅울림이 손바닥을 타고 온몸으로 전해졌다. 멀리서 빠른 속도로 다가오는 수많은 인마의 무리가 느껴졌다. 사진량은 땅바닥에 닿은 손을 거둬들이며 말했다.

"두 방향에서 각각 인마 오십 정도가 다가오고 있다. 한쪽은 앞으로 반 시진 이내, 다른 쪽은 한 시진 반 후에 볼 수 있을 것 같군."

"각각 오십에 한 시진 간격이라……. 제법 빡빡하겠네."

남궁사혁은 씨익 미소를 지으며 천천히 몸을 일으켰다. 마차로 다가간 남궁사혁은 어자석 뒤에 놓아둔 자신의 검을 가져와 반쯤 뽑아 검날의 상태를 확인한 후, 허리춤에 찼다. 그 모습을 가만히 지켜보던 사진량이 조용히 입을 열었다.

"네 마음대로 날뛰어도 좋지만 한 가지 주의해야 할 점이 있다."

"뭐? 그게 뭔데?"

"어딜 부러뜨리는 건 괜찮지만, 자르거나 죽이지는 마라."

"왜? 놈들은 죽이자고 달려들 텐데?"

질문을 던지는 남궁사혁의 표정을 보아하니 이미 답을 짐작하고 있는 것 같아 보였다. 하지만 남궁사혁은 꼭 대답을 들어야겠다는 얼굴로 가만히 사진량을 쳐다보았다. 사진량은 나직이 한숨을 내쉰 후에 천천히 대답했다.

"오랫동안 마인을 막기 위해 검을 든 자들이다. 이번에는 검을 겨눌 곳을 잘못 두기는 했지만, 한 번의 실수로 목숨을 거두기에는 너무 과하지 않나?"

"뭐, 듣자 하니 그렇긴 한데……."

남궁사혁이 내키지 않는다는 얼굴로 말꼬리를 흐렸다. 사진량은 피식 미소를 지으며 대꾸했다.

"아니면 설마, 죽이지 않고 제압할 자신이 없는 거냐?"

일부러 하는 도발인 것을 알면서도 그 도발에 걸려들 수밖에 없는 남궁사혁이었다. 남궁사혁은 얼굴을 왈칵 구기며 버

사냥의 시간 183

럭 소리쳤다.

"자신 없긴 누가! 좋아! 제대로 보여주마. 누가 가장 많이 제압하는가 내기다!"

"사지를 자르거나 평생 불구로 만드는 것도 안 된다. 될 수 있으면 최소한의 수단만으로 제압하는 거다. 명심해라."

"오냐, 잘 알겠다!"

남궁사혁은 이를 드러낸 채 마치 맹수처럼 으르렁거리며 대답했다. 남궁사혁이 버럭 소리를 친 탓에 깊이 잠들어 있던 다른 일행이 잠에서 깨어났다.

"뭐, 뭔 소리래유?"

"크어, 뭐가 이리 시끄러?"

놀란 고태와 관지화의 목소리였다. 그에 반면 장일소와 오귀는 놀란 표정이기는 했지만 수란을 피우지는 않았다. 벌떡 몸을 일으킨 장일소는 사진량에게 다가갔고, 오귀는 잽싸게 남궁사혁에게로 다가갔다.

"무슨 일입니까, 소공?"

"미안하군. 아직 반 시진의 여유가 있는데 깨워 버려서."

사진량은 남궁사혁을 흘깃 쳐다보며 장일소의 물음에 대답했다. 남궁사혁의 얼굴이 더욱 크게 일그러졌다. 하지만 남궁사혁은 굳이 무어라 대꾸하지 않고 그대로 자신의 옆에 다가온 오귀를 쳐다보았다. 남궁사혁의 갑작스러운 시선에 오귀는 저도 모르게 어깨를 움찔거렸다. 곧이어 날아들 남궁사혁의 주먹에 대비해 오귀는 내공을 끌어 올리며 잔뜩 몸을 구부렸다. 하지만 예상과는 달리 남궁사혁의 주먹은 날아오지 않았다.

"쳇! 코앞에 도착할 때 깨울 셈이었냐? 미리 준비를 해놔야 할 거 아냐? 정신 차려라, 이 멍청한 놈들아!"

남궁사혁의 날카로운 일갈에 아직 잠이 덜 깬 얼굴로 두리번거리던 고태와 관지화가 화들짝 놀라 벌떡 일어났다.

"네엡!"

"예, 형님!"

두 사람이 잠을 완전히 쫓아낸 것 같아 남궁사혁은 자신의 옆에 있는 오귀의 어깨를 툭 밀어 고태와 관지화에게로 보냈다.

"네놈들 셋은 일이 시작되면 마차와 장노를 지켜라. 괜히 나섰다가 목숨을 잃기라도 하면 귀찮으시니까."

"그게 무슨 말씀이십니까, 남궁 소협!"

남궁사혁의 말에 놀란 장일소가 눈을 휘둥그레 뜬 얼굴로 질문을 던졌다. 남궁사혁은 마뜩잖아하는 얼굴로 사진량을 흘낏 쳐다보며 대답했다.

"이 망할 녀석이 아주 까다로운 조건을 얘기해서 말이죠. 지금부터 상대할 자들을 아무도 죽이지 말고 제압하라더군

사냥의 시간

요. 사지를 자르거나 완전히 병신을 만들어도 안 되구요. 그러니 이 어설픈 녀석들은 절대 나서면 안 됩니다. 뭐, 종복 놈이 그나마 조금 낫긴 하지만 저번에 보니까 난전에서는 요령이 없더라고요. 그러니까 상대는 저와 이 녀석 둘이서만 할 겁니다."

"아, 안 됩니다! 두 분만 상대하신다니요!"

장일소가 고개를 휘휘 내저으며 소리쳤다. 하지만 남궁사혁은 씨익 미소를 지으며 입을 열었다.

"둘만으로도 충분합니다. 설마하니 저흴 못 믿는 건 아니겠죠?"

"그, 그건 아니지만……."

"아니면 상대를 모두 죽여 버려도 좋으십니까? 뭐, 그러는 쪽이 저는 훨씬 편하긴 합니다만."

"그, 그런!"

남궁사혁의 말에 장일소는 아무런 대꾸도 하지 못했다. 아무리 자신을 습격해 왔다고 해도 오대봉신가의 가솔들을 도륙할 수는 없는 일이었다. 게다가 자소영단을 복용한 이후, 이전보다 훨씬 무공이 진일보하긴 했지만, 오대봉신가의 병력을 죽이지 않고 제압할 자신은 없었다. 이제야 갓 삼류의 티를 벗은 고태와 관지화는 말할 것도 없었고. 오귀가 그나마 가장 무공이 강하긴 했지만 그마저도 난전에 빠진다면 상대를 죽이지 않고 제압하기는 힘들 것이다.

거기까지 생각이 닿은 장일소는 이내 고개를 끄덕일 수밖에 없었다. 장일소는 길게 한숨을 푹 내쉬며 조용히 말을 이었다.

"아, 알겠습니다. 그럼 두 분께 맡기지요."

장일소를 쳐다보며 씨익 웃던 남궁사혁은 이내 미소를 지우고 날카로운 눈빛으로 고태와 관지화 그리고 오귀를 쳐다보았다.

"그러니까 네놈들은 무슨 일이 있어도 절대 나서지 말고, 장노를 잘 지켜야 한다. 알겠냐?"

"넵! 알겠습니다!"

"명심하겠구먼유."

"존명!"

남궁사혁과 눈이 마주친 세 사람은 약속이나 한 것처럼 어깨를 움찔 떨더니 이내 큰 소리로 내답했다. 남궁사혁은 그제야 날카로운 눈빛을 풀고 희미한 미소를 지으며 나직이 중얼거렸다.

"그럼 어디… 기다려 볼까?"

콰르릉! 콰쾅!

몇 시진 전부터 먹구름이 드리운 어두운 밤하늘이 뇌성을 뿜어내기 시작했다. 금방이라도 비가 쏟아질 듯 하늘이 시커먼 뇌운으로 가득 찼다.

투두두두!

연신 내리치는 뇌성 사이로 수십 마리 말이 거칠게 내달리는 땅울림이 전해졌다. 커다란 나무에 등을 기댄 채 팔짱을 끼고 있던 남궁사혁이 씨익 미소를 지었다.

"드디어 시작이로구만. 어디 한 번 마음껏 날뛰어볼까나?"

남궁사혁은 팔짱을 낀 팔 사이에 끼고 있던 검을 천천히 뽑아 들었다.

스릉!

낮은 금속성과 함께 날카롭게 날이 벼려진 검이 모습을 드러냈다. 순간 사진량의 낮은 음성이 귓가로 날아들었다.

"잊지 마라. 아무도 죽여서는 안 된다."

남궁사혁의 미간이 왈칵 찌푸려졌다.

"알아, 인마! 검면으로 치면 될 거 아냐!"

남궁사혁이 버럭 소리치자 사진량은 피식 미소를 지으며 가만히 고개를 끄덕였다. 사진량의 미소에 남궁사혁의 얼굴이 더욱 일그러졌다. 남궁사혁이 다시 소리치려는 찰나, 커다란 뇌성과 함께 근처에 낙뢰가 떨어졌다.

콰르릉! 콰쾅!

한순간 어두컴컴하던 주위가 대낮처럼 훤히 밝아졌다. 빠른 속도로 다가오는 인마의 모습이 짧은 순간 선명하게 보였다.

"얼마나 많이 쓰러뜨릴지 내기할까?"

사진량은 전의에 불타오르고 있는 남궁사혁을 흘끔 쳐다보며 말했다. 도발인 것을 뻔히 알면서도 역시나 걸릴 수밖에 없는 남궁사혁이었다.

"좋아! 이기면 뭐 해줄 거냐?"

"글쎄……? 그건 승부가 난 후에 결정하도록 하지."

사진량은 가만히 검병을 그러쥐었다. 하지만 검을 뽑아 들지는 않은 채, 그대로 달려드는 인마를 향해 몸을 날렸다.

파파팍!

"이익! 그렇게 이겨먹고 싶냐, 망할 놈아!"

남궁사혁이 다급히 소리치며 곧장 그 뒤를 쫓았다.

"대주! 목표를 발견한 것 같습니다!"

말 등에 상체를 바짝 붙인 채 빠른 속도로 말을 달리고 있던 척교횡의 귓가에 음풍대원의 낮은 외침이 들려왔다. 음풍대원 중 특별히 눈이 밝아 자신의 바로 뒤를 따르라 명했던 음풍대원이었다.

척교횡은 상체를 살짝 들고 내공을 끌어 올려 안력을 높였다. 하늘을 뒤덮은 먹구름 때문에 짙은 어둠이 가득했지만, 내공을 끌어 올린 척교횡에게는 아무런 방해도 되지 않았다.

내공으로 눈을 밝히자 어둠이 걷히고 시야가 선명해졌다.

"어디냐?"

척교횡의 물음에 조금 전 소리쳤던 음풍대원이 말이 달리는 방향에서 약간 왼쪽을 가리켰다.

"저쪽입니다."

척교횡의 시선이 그가 가리킨 방향으로 향했다. 거리가 상당해 깨알같이 작아 보이긴 했지만 사두마차 하나와 그 옆에서 노숙을 하고 있는 몇몇 사람의 모습이 보였다.

숫자는 모두 여섯.

눈에 확 띠는 것은 보통 사람보다 훨씬 덩치가 커 보이는 두 사내였다. 거기에 멀리서 보기에도 나이가 들어 보이는 노인이 하나 있었다.

노인 하나에 덩치 큰 사내 둘, 거기에 보통 체구의 사내 셋까지. 추가 정보로 알아낸 목표물의 조건과 딱 일치하는 자들이었다. 의심의 여지가 없었다. 목표가 확실했다. 척교횡은 저도 모르게 입꼬리를 살짝 말아 올렸다. 척교횡은 그대로 살짝 고개를 돌려 음풍대원들을 쳐다보았다.

"목표가 눈앞이다! 모두 검을 뽑아라!"

척교횡의 나직한 외침에 음풍대원들은 일제히 커다란 대답과 함께 저마다 검을 뽑아 들었다.

"존명!"

창! 스릉!

일제히 검을 뽑아 드는 날카로운 금속성이 터져 나왔다. 마치 그것을 기다렸다는 듯 먹구름 가득한 하늘이 갑자기 뇌성을 뿜어내기 시작했다.

콰릉! 콰콰!

고막을 찢은 날카로운 뇌성이 계속 이어졌지만 척교횡을 비롯한 음풍대원들은 눈 하나 깜짝하지 않았다. 그저 한 손에는 검을 든 채, 내공을 끌어 올리며 자신들의 임무를 머릿속에 떠올릴 뿐이었다. 검을 쥔 음풍대원들의 눈에 살기가 피어오르기 시작했다.

"가자!"

낮은 외침과 함께 척교횡이 목표를 향해 말 머리를 돌린 순간, 빠른 속도로 다가오는 날카로운 파공성이 귓가로 날아들었다. 소리가 들려온 곳은 목표물이 있는 방향이었다. 급히 고개를 들린 척교횡의 눈에 섬진처럼 쇄도해 오는 두 인영의 모습이 보였다. 순식간에 가까이 다가온 두 인영은 그대로 허공을 박차고 날아올랐다.

파파팍!

두 인영 중 하나가 장난기 어린 음성으로 조용히 말했다.

"어서 옵쇼, 손님. 다들 제정신으로 나갈 생각은 버려주십시오."

빠각! 파캉! 투파악!

뼈가 부러지는 파골음과 날카로운 금속성, 둔탁한 타격음이 어두운 밤하늘을 뒤흔들었다. 척교횡은 자신의 눈앞에서 펼쳐진 장면을 도저히 믿을 수가 없었다.

두 사람, 단 두 사람이었다.

척살 목표로 보이는 자들 중 단 두 사람이 달려들어 오십이 넘는 음풍대원들을 마치 어린아이 손목을 비틀 듯 간단하게 제압하고 있었다.

내키지 않는 임무였지만 적혈가의 미래를 위한 일이라, 총 이백오십에 이르는 음풍대원들 중 정예만을 골라 길을 나선 척교횡이지 않던가. 자신을 포함한 음풍대원 오십이라면 구파일방이라 해도 능히 괴멸시킬 수 있을 만큼 강한 전력이었다. 그런데 고작 두 사람의 손에 속수무책으로 쓰러지고 있으니.

척교횡이 눈앞에서 벌어지고 있는 상황에 반쯤 넋을 놓고 있는 사이, 어느샌가 쓰러진 음풍대원이 스무 명이 넘어섰다. 그제야 퍼뜩 정신을 차린 척교횡은 검병을 꽉 움켜쥐고 노성을 토해냈다.

"멈춰라, 이놈들!"

척교횡은 곧장 자신의 가까이에 있는 사내를 향해 몸을 던졌다. 막 음풍대원 하나를 쓰러뜨린 사내가 짓쳐드는 척교횡을 보고는 씨익 미소를 지었다.

"어이구, 드디어 대장 등장이시네?"

이죽거리는 사내의 말에 척교횡의 얼굴이 더욱 일그러져 분노로 물들었다. 척교횡은 더 이상 말을 하지 않고 내공을 끌어 올리며 뚜렷한 검기가 어린 검을 사내를 향해 내리 그었다.

파콰콰콰!

묵직한 파공성과 함께 척교횡의 검이 사내를 두 조각으로 쪼개 버리려는 찰나, 사내의 신형이 흐릿해졌다. 사내의 흐릿한 잔상만 베어버린 척교횡은 짧은 숨을 들이쉬고는 그대로 빙글 몸을 돌렸다.

파캉!

몸을 돌림과 동시에 검을 휘두르자, 척교횡의 검은 무언가에 가로막혀 날카로운 파열음과 불꽃을 토해냈다. 엄청난 반동에 검병을 쥔 손아귀가 저릿했다. 저릿한 정도가 아니라 손아귀가 찢어진 것인지 피가 흐르고 있었다.

'이, 이럴 수가……!'

척교횡은 적잖이 놀란 눈으로 자신과 검을 마주한 사내를 쳐다보았다. 아무리 많이 봐줘야 이립(而立: 30세)을 갓 넘겼을까 말까 해 보이는 사내였다. 그런데 적혈가 내에서도 세 손가락 안에 드는 무공 수위를 지닌 자신의 검을 손쉽게 막아낸 데다, 손아귀가 찢어질 정도의 충격을 주다니. 도무지 믿기 어려운 일이었다.

뿌득!

척교횡은 부러져라 이를 악물었다. 찢어진 손아귀의 통증에도 아랑곳하지 않고 더욱 강하게 검병을 움켜쥐었다. 검병을 타고 흘러내린 피가 미끄러웠지만 검첨은 조금의 흔들림도 없었다. 꽉 그러쥔 척교횡의 검이 섬전처럼 허공에 수많은 궤적을 그리기 시작했다.

"죽어랏!"

척교횡은 버럭 소리치며 내공을 가득 담은 검을 사내를 향해 내쳤다.

팍! 파파파팍!

섬전십팔검(閃電十八劍).

적혈가에 전해지는 무공 중 가장 빠르고 변화무쌍하다 일컬어지는 검법이었다. 상대를 순식간에 수십 조각으로 갈라 버린다는 섬전십팔검의 마지막 초식, 섬영단천(閃影斷天)이 척교횡의 손에서 펼쳐지고 있었다. 날카로운 파공성과 함께 흩날리는 수십여 개의 검영은 모든 것을 베어버릴 듯 날카로운 검기를 담고 있었다.

"크큭! 그래도 역시 대장이로군. 그나마 제일 나아."

금방이라도 자신을 갈가리 찢어버릴 것처럼 맹렬하게 덮쳐

오는 수많은 검영에도 사내는 눈 하나 깜짝하지 않고 비웃음 섞인 말을 조용히 뱉어냈다. 동시에 사내는 검을 들어 올려 가볍게 휘둘렀다.

땅! 따다다당!

볶은 콩이 사방으로 튀는 소리와 함께 날카로운 검기를 담고 있던 검영이 순식간에 흔적도 없이 흩어졌다. 전력을 다한 섬영단천이 너무도 손쉽게 파훼(破毀)되자 척교횡은 경악했다. 자신의 섬영단천은 주군인 적혈가의 가주라 해도 쉽게 받아내지 못하는 강맹한 초식이었다.

그런데 고작 이립 정도로 보이는 사내가 흘려 넘기는 것도 아니라 힘으로 초식을 파훼시키다니. 평소 자신의 무공에 강한 자부심을 지니고 있는 척교횡으로서는 믿을 수 없는, 아니, 있을 수 없는 일이었다.

"이, 이럴……!"

경악한 척교횡은 신음하듯 나직이 입을 열었다. 하시만 그 말은 뒤이어지지 못했다. 어느새 바짝 다가온 사내의 검이 눈치채지 못하는 사이 척교횡의 명치 어림을 질러 왔다.

투둑!

낡은 가죽 북을 두드리는 것 같은 둔탁한 충격음과 함께 척교횡은 비명조차 지르지도 못하고 숨이 막혀 그대로 앞으로 고꾸라졌다. 척교횡을 쓰러뜨린 사내는 돌아보지도 않고 그대로 다른 음풍대원을 향해 달려들며 소리쳤다.

"대장을 쓰러뜨렸으니 이번에는 내가 이긴 거다."

사내가 척교횡을 상대하는 사이, 남은 음풍대원은 고작 열 명이 채 되지 않았다. 척교횡을 쓰러뜨린 사내, 남궁사혁은 곧장 남은 음풍대원에게 달려들어 순식간에 셋을 쓰러뜨렸다.

퍽! 퍼퍼퍽!

"컥!"

"끄억!"

검면으로 가슴 언저리를 맞은 음풍대원은 짧은 신음을 토해내며 튕겨 나가 바닥을 나뒹굴었다. 조금 떨어진 곳에서 검갑을 휘두르고 있던 사내, 사진량은 남은 음풍대원 여섯을 한꺼번에 쓰러뜨린 후, 나직이 한숨을 내쉬었다.

"후우, 서른하나. 슈자로는 내가 이겼다"

"웃기시네. 대장은 조무래기 스물로 쳐야 된다고. 그러니 내 승리다."

남궁사혁이 쓰러진 척교횡을 가리키며 우겨댔다. 사진량은 피식 입꼬리를 말아 올리며 대꾸했다.

"뭐, 그런 걸로 해두지."

"그런 걸로 해두긴 뭘 해둬. 졌으면 졌다고 시인해야 할 거 아냐."

남궁사혁이 바락 소리쳤다. 하지만 사진량은 귓등으로 흘려 넘기고는 주위에 혼절한 채 널브러진 오십여 인의 음풍대원들을 둘러보며 나직이 중얼거렸다.

"다음이 오기 전에 뒤처리를 먼저 해둬야겠군."

"뭐야? 지금 내 말 무시한 거냐?"

남궁사혁이 얼굴을 구기며 소리쳤지만 여전히 사진량은 아무런 대꾸도 하지 않았다. 그저 쓰러진 음풍대원들의 혈도를 점하고 한자리에 가지런히 누이고 있을 뿐이었다. 사진량과 남궁사혁이 달려들어 생긴 난리 통에 음풍대원들이 타고 있던 말은 이미 뿔뿔이 사방으로 흩어진 후였다.

"끄응!"

낮은 신음과 함께 척교횡은 천천히 눈을 떴다. 제대로 숨을 내쉬지 못할 만큼 가슴이 답답했다. 흐릿한 척교횡의 눈에 자신을 내려다보는 누군가의 모습이 보였다. 순간 척교횡의 머릿속에 정신을 잃기 전의 일이 떠올랐다.

"네, 네놈들……!"

척교횡은 버럭 소리치며 몸을 일으키려 했지만 몸이 제대로 움직여지지 않았다. 마치 온몸이 밧줄 같은 걸로 구속된 것 같았다. 하지만 그런 압박감은 느껴지지 않았다. 그렇다는 것은 마혈을 제압당했다는 뜻이었다. 척교횡은 이를 질끈 깨물고 내공을 끌어 올리려 했다.

사냥의 시간 197

하나 아무런 반응이 없었다.

단전이 완전히 텅 비어 버린 듯 내공은 전혀 움직이지 않았다. 마혈뿐만 아니라 내공에 금제를 가할 정도로 지독한 점혈을 당한 것이다. 척교횡의 얼굴이 흉하게 일그러졌다. 생각 같아선 자신을 내려다보고 있는 두 사내를 단매에 쳐 죽이고 싶었다. 하지만 전혀 몸을 움직일 수 없으니 그저 이를 갈며 으르렁거릴 수밖에 없었다.

"네놈들… 반드시 죽여 버리겠다."

살기 가득한 척교횡의 말에 사내 중 하나, 남궁사혁은 과장되게 겁먹은 척하며 이죽거렸다.

"어이구, 무서워 죽겠네. 마혈에 내공까지 제압당해서 꼼짝도 못 하시는 분이 뭘 어쩌신다고?"

남궁사혁은 이를 갈고 있는 척교횡에게 얼굴을 바짝 들이밀며 씨익 미소를 지었다. 가만히 보고 있던 사진량이 조용히 입을 열었다.

"자극은 정도껏 해라."

"에잉! 조금만 더 하면 안 되냐? 마침 재밌어질 참인데."

남궁사혁은 아쉬움이 가득한 얼굴로 척교횡을 쳐다보며 슬며시 뒤로 두어 걸음 물러났다. 사진량이 그 옆을 스쳐 척교횡에게 다가갔다.

"감히 이런 짓을 하고도 무사할 것 같더냐?"

사진량과 눈이 마주친 척교횡이 살기 가득한 눈빛을 뿜어내며 말했다. 눈빛으로 사람을 죽일 수 있다면 아마도 지금의 척교횡의 눈빛이 그럴 수 있을 것 같았다. 하지만 사진량은 눈 하나 깜짝하지 않고 무표정한 얼굴로 가만히 척교횡을 내려다보았다.

"몇 가지만 묻도록 하지. 오대봉신가 중 어느 곳에서 보낸 건가?"

"……!"

예상치 못한 사진량의 질문에 척교횡의 눈이 커졌다. 하지만 이내 아무런 대답도 하지 않겠다는 듯 척교횡은 굳게 입을 다물어 버렸다.

"오대봉신가 모두가 병력을 보낸 건가?"

다시 사진량의 질문이 날아들었지만 여전히 아무런 대답도 들려오지 않았다. 사진량은 입꼬리를 살짝 말아 올리며 천천히 뒤로 물러났다.

"역시 대답하지 않는군. 그래도 별 상관 없긴 하지만. 가자, 이제 곧 두 번째가 올 거다."

사진량은 흘끔 남궁사혁을 쳐다보며 말했다. 남궁사혁은 그대로 돌아서서 일행이 있는 곳으로 걸음을 옮기기 시작했다. 사진량이 조용히 그 뒤를 따르려는 찰나, 척교횡의 나직한 음성이 귓가로 날아들었다.

"도대체 어쩔… 셈이냐?"

걸음을 멈춘 사진량이 고개를 살짝 돌려 척교횡을 쳐다보며 말했다.

"어쩌긴. 직접 당해보고도 모르겠나?"

"서, 설마?"

"모두 제압한다."

짧은 대답과 함께 사진량은 그대로 남궁사혁의 뒤를 따라 일행을 향해 몸을 날렸다. 순식간에 멀어져가는 사진량의 뒷모습을 찢어져라 치켜뜬 눈으로 쳐다보는 척교횡을 남겨둔 채.

"서른일곱. 이번엔 내 승리다."

사진량은 검병에 묻은 피를 허공에 털어내며 나직이 중얼거렸다. 조금 떨어진 곳에서 남궁사혁은 아무런 말없이 미간을 구기고 있었다.

히히힝!

따그닥, 따그닥!

쓰러져 있던 말 몇 마리가 몸을 일으키며 울부짖다가 비척비척 어딘가로 달아났다. 굳이 말이 필요하지는 않았던 터라 두 사람은 달아나는 말을 그저 가만히 지켜보았다.

"으, 으으……."

바닥에 널브러진 무인들의 신음이 주위 가득했다. 팔다리가 부러진 자들은 많았지만 목숨이 위태로워 보이는 자들은 아무도 없었다.

"젠장, 이번엔 인정한다. 졌다."

남궁사혁은 나직이 한숨을 내쉬며 힘없이 중얼거렸다. 사진량은 피식 미소를 지으며 말했다.

"이제 비긴 셈이니 내기는 없던 걸로 하지."

"칫! 아깝구만. 평생 우려먹을 무시무시한 소원을 하나 빌려고 했는데. 다음이 있다면 내기는 계속 지속되는 거겠지?"

남궁사혁은 아쉬움이 가득한 얼굴로 구시렁댔다. 사진량은 대답 대신 고개를 끄덕인 후, 자신이 가장 먼저 쓰러뜨렸던 무리의 대장으로 보이는 중년 사내에게 다가갔다.

"그럼 또 마무리를 해야겠지."

키는 보통 사람보다 훨씬 크지만 호리호리하고, 날카로워 보이는 인상의 중년 사내는 사진량의 질문에 굳게 입을 다문 척교횡과는 달랐다.

사내의 이름은 공야발.

오대봉신가 열혈가의 삼대 무단 중 하나인 폭열단의 단주를 맡고 있는 자였다. 제법 지위가 높고 무공이 강했지만 사진량에게는 일초지적도 되지 못했다. 마혈을 제압하고 내공에 금제를 가하자 절망에 빠진 공야발은 떨리는 음성으로 입을 열었다.

"여, 열혈가의 폭열단주 고, 공야발이다."

스스로 자신의 신분을 밝힌 공야발은 떨리는 눈으로 사진량을 쳐다보았다. 얼핏 보기에는 무표정한 얼굴이 눈에 띌 뿐, 그리 무공이 강해 보이지는 않았다.

하지만 단 일합.

그저 검을 가로로 내리 긋는 횡소천군(橫掃千軍)의 일합만으로 자신의 공격을 무효화시키고 단숨에 쓰러뜨린 자였다. 지닌 바 무공을 온전히 드러낸 것도 아니었다. 일합에 쓰러져 혼절해 버린 것이 도저히 믿기지 않았다. 하지만 마혈을 제압당한 것뿐만이 아니라 내공까지 금제를 당한 지금, 믿지 않을 수 없는 일이었다.

경악.

사진량을 향한 공야발의 시선에 담긴 감정이었다. 공야발의 눈에는 사진량이 마치 자신의 수십 배는 넘는 엄청난 크기의 거인처럼 보였다. 사진량의 질문이 다시 날아들었다.

"장노를 찾아 나선 다른 오대봉신가는 얼마나 있지?"

흠칫 어깨를 떨더니 공야발의 대답이 금방 이어졌다.

"여, 열혈가 말고도 진혈가와 적혈가에서도 벼, 병력을 은밀히 보냈다고 들었다."

"냉혈가와 철혈가는?"

"그들은 아, 아무런 움직임도 보이지 않았다."

공야발의 말에 사진량은 잠시 생각에 잠겼다. 될 수 있으면 오대봉신가 전부를 상대하려 했었지만, 세 곳밖에 나서지 않았다니 아쉽기만 했다. 하지만 그래도 절반 이상은 나선 것이니 그리 나쁘지 않은 상황이었다.

이제 남은 것은 단 한 곳뿐이었다.

사진량은 한 시진 정도 전에 쓰러뜨린 무리의 대장으로 보이던 중년 사내의 인상 착의를 공야발에게 말해 그의 정체가 적혈가의 음풍단주 척교횡이라는 사실을 알아냈다. 적혈가와 열혈가의 무리를 쓰러뜨렸으니 남은 것은 진혈가뿐이었다.

"진혈가에서 보낸 자들은 지금쯤 어디를 지나고 있나? 설마 하니 모르는 것은 아닐 테지."

사진량의 질문에 공야발은 고개를 끄덕이며 대답했다.

"아, 알고 있다. 그들은 지금쯤이면 감숙과 섬서의 경계 즈음에 도착했을 것이다. 어제 평량(平凉)을 지났다는 정보가 있었다."

오대봉신가 중 중원에서 가장 먼 곳에 자리를 잡고 있는 진혈가이니 가장 늦은 것은 당연한 일일 것이다. 공야발의 대답에 사진량은 다시 질문을 던졌다.

"병력 규모는?"

"본가와 대동소이(大同小異)할 것이다. 많아야 기백은 넘지 않은 것으로 알고 있다."

"그렇군."

별다른 저항 없이 순순히 대답하는 공야발의 모습에 몇 걸음 떨어진 곳에 있던 남궁사혁은 마음에 들지 않는다는 듯 살짝 인상을 쓴 채 이죽거렸다.

"어째 묻는 것마다 술술 부는구만? 아까 그 척 뭐뭐라는 작자는 입이 무겁기만 하던데 말야. 거참, 비교가 확 되는구만."

대놓고 비꼬는 남궁사혁의 말에도 공야발은 아무런 생각도 하지 못했다. 그저 자신의 눈앞에 있는 자, 사진량이 빨리 사라지기를 바랄 뿐이었다. 사진량이 하는 말밖에는 아무런 소리도 들리지 않았다. 조용히 하라는 듯 남궁사혁을 흘끗 쏘아본 사진량은 다시 공야발을 내려다보며 말했다.

"장노가 천뢰일가로 돌아가고 있다는 것은 어떻게 알게 되었지?"

"그, 그것은 철혈가… 에서 얻은 정보로 알고 있다. 함정일지도 몰라 좀 더 알아본 결과, 정보의 출처는 천뢰일가 본가였다."

"역시 그랬군."

공야발의 대답에 사진량은 그럴 줄 알았다는 듯 가만히 고개를 끄덕였다. 천뢰일가가 장일소의 행방을 비밀리에 찾고 있다는 것을 알게 되었을 때부터 예상하고 있던 바였다. 그렇다는 것은 천뢰일가 내부에서 누군가가 무언가 중요한 일을 계획하고 있다는 것이었다.

가주의 잃어버린 아들을 찾고 있는 장일소를 오대봉신가의 눈을 끌기 위한 미끼로 내던질 정도의 일이라면 천뢰일가의 상황을 반전시킬 수 있는 수단을 마련하고 있다는 뜻이었다. 나서지 않은 두 오대봉신가는 아마도 어렴풋이나마 그것을 눈치챈 것일 수도 있었다. 아니면 자신들의 역량을 지켜보려는 것일지도 모르지만.

어찌 되었든 천뢰일가의 내부 상황이 격변(激變)하고 있다는 것은 확실했다. 사진량 자신이 장일소와 함께 천뢰일가로 돌아가면 변화의 불길에 기름을 들이부어 혼란을 가중시킬 수도 있는 일이었다. 하지만 가야만 했다. 천뢰일가의 가주 자리는 조금도 탐나지 않았다. 다만 당금 무림에서 마도에 대해 가장 잘 알고 있는 것이 천뢰일가이기 때문이었다.

마도멸절.

그것을 이루기 위해서는 천뢰일가가 수백 년간 쌓아온 마도에 대한 정보가 필요했다.

공야발에게 더 이상 물어볼 것은 없었다. 사진량은 그대로 천천히 돌아서며 공야발에게 조용히 말했다.

"마혈은 세 시진이 지나면 저절로 풀린다. 하지만 내공을 섣불리 사용하려 했다간 주화입마에 빠지게 될 테니, 조용히 열혈가로 돌아가라."

"그, 그런!"

사진량의 말에 공야발의 눈이 찢어져라 크게 치켜떠졌다. 평생을 검을 쥐고 살아온 무인에게 내공을 쓰지 못한다는 것은 사형선고나 다름없는 일이었다. 이내 사진량을 향한 공야발의 눈빛이 검게 죽어갔다. 하지만 사진량은 돌아보지 않고 천천히 걸음을 옮기며 나직이 중얼거렸다.

"무사히 돌아간다면 다시 만나게 될 거다."

"그, 그게 무슨……?"

거의 들리지 않을 정도로 조용히 귓가로 흘러든 말에 공야발의 눈동자가 급히 사진량을 좇았다. 하지만 이미 사진량의 모습은 흔적도 없이 사라져 버린 후였다.

"아까부터 궁금했는데 말이다. 주화입마가 어쩌고 한 거 사실이냐?"

장일소를 비롯한 일행이 기다리고 있는 곳을 향해 빠른 속도로 이동하던 남궁사혁이 불쑥 물었다. 몇 걸음 앞에 있던 사진량은 걸음을 늦추더니 조용히 대답했다.

"물론."

뒤따라 걸음을 늦추며 남궁사혁이 대꾸했.

"그거… 나도 할 수 있는 거냐?"

예상치 못한 남궁사혁의 말에 사진량은 저도 모르게 고개를 돌렸다. 남궁사혁은 복잡 미묘한 표정을 한 채 사진량과 눈을 마주치지 않으려 애쓰고 있었다. 그 모습에 사진량은 피식 미소를 지으며 고개를 내저었다.

"안 될 거다, 아마."

사진량의 대답에 남궁사혁의 인상이 순간 꽉 일그러졌다. 이내 남궁사혁은 투덜거리기 시작했다.

"쳇! 혹시나 했다. 뭐, 나 혼자 좋자고 물어본 건 줄 아냐? 그래도 한 손보단 두 손이 더 처리하기 빠르니까 자존심까지 굽혀가며 말한 건데. 아오, 내가 미쳤지, 미쳤어!"

남궁사혁은 양손으로 머리칼을 거의 쥐어뜯듯 잡고는 고개를 절레절레 흔들었다. 사진량은 자신이 지닌 무공의 특성 때문에 어쩔 수 없다는 말을 하려다가 그만두었다. 말을 해봤자 이해하기는커녕 변명하네, 어쩌네 하면서 오히려 더 시끄럽게 구시렁댈 남궁사혁이었으니. 그냥 무시하는 게 답이었다. 아직도 무어라 투덜대는 남궁사혁에게서 시선을 돌린 사진량은 그대로 귀를 닫고 걸음을 서둘렀다.

"야, 인마! 할 말 없으니까 도망가는 거냐? 어이구, 저런 걸 친구라고 둔 내가 미친놈이지, 아오!"

남궁사혁이 급히 뒤를 쫓으며 버럭 소리쳤다. 하지만 이미 귀를 닫은 사진량에게는 아무런 소리도 들리지 않았다.

 금세 일행이 있는 곳에 도착한 사진량을 가장 먼저 발견한 것은 긴장한 얼굴로 주위를 두리번거리던 관지화였다.
 "어엇! 오셨습니까, 대형!"
 관지화는 과장되게 허리를 숙이며 소리쳤다. 그 소리에 마차 안에 있던 장일소가 후다닥 달려 나왔다.
 "다녀오셨습니까, 소공. 일은 무사히 잘 처리하셨겠지요?"
 "물론."
 사진량이 고개를 끄덕인 순간, 남궁사혁이 버럭 소리치며 달려들었다.
 "아오! 내 애긴 이제 듣기도 싫다는 거냐아!"
 남궁사혁은 금방이라도 사진량을 잡아먹을 듯 맹수처럼 으르렁거렸다. 그 모습에 장일소가 미소를 지으며 입을 열었다.
 "수고 많으셨습니다, 남궁 소협."
 "어, 예. 아니, 별거 아니었습니다. 그 정도야 뭐 혼자서도 뚝딱 해치울 수 있는 거죠."
 그제야 장일소를 본 남궁사혁이 순식간에 표정을 바꾸며 멋쩍은 듯 뒷머리를 긁적였다. 장일소는 인자한 미소를 지으며 말을 이었다.
 "오늘은 이걸로 끝난 것이겠지요?"

"그런 것 같습니다."

"그러면 이제부터라도 푹 쉬시지요. 밤늦게까지 무리를 하셨으니. 출출하실 것 같은데 야식을 준비하지요."

말을 마친 장일소는 제자 두 사람, 고태와 관지화와 함께 꺼져가는 모닥불의 불씨를 되살리고, 간단한 먹거리를 준비하기 시작했다. 이내 소과가 모닥불 위에 놓이고 건량을 부숴 물을 부어 끓인 간단한 죽이 완성되었다.

꼬르륵!

멍하니 세 사람의 분주한 움직임을 지켜보고 있던 남궁사혁의 코끝에 구수한 죽 냄새가 흘러들자 절로 배가 비명을 질러댔다. 허기가 밀려온 탓에 사진량에게 불평을 토해내려던 마음도 사라져 버렸다.

"다 됐습니다. 이리 오시지요."

장일소는 국자로 뜨거운 김이 피어오르는 죽을 그릇에 퍼 담으며 남궁사혁을 쳐다보았다. 남궁사혁은 기다렸다는 듯 다가가 죽 그릇을 받아들었다.

"잘 먹겠습니다, 장노. 안 그래도 좀 출출했었는데."

남궁사혁은 뜨겁지도 않은지 그릇을 받아들자마자 물 마시듯 죽을 후루룩 마셨다. 장일소는 미소를 지으며 사진량을 향해 고개를 돌렸다.

"소공께서도 이리 오시지요."

사진량은 대답 대신 조용히 다가가 모닥불가에 앉았다. 기다렸다는 듯 장일소가 죽을 가득 퍼 담은 그릇을 내밀었다. 사진량이 손을 뻗어 그릇을 받아든 순간, 어느새 죽을 다 마셔 버린 남궁사혁이 말했다.

"한 그릇 더!"

미소와 함께 빈 그릇을 받아든 장일소는 한 국자 크게 죽을 퍼 담았다. 어느새 다가온 관지화도 허기가 지는지 입가에 침을 흘리며 죽이 반쯤 담겨 있는 소과를 쳐다보았다. 장일소는 관지화를 쳐다보며 말했다.

"너도 먹을 테냐?"

관지화는 기다렸다는 듯 고개를 크게 끄덕였다. 장일소는 피식 미소를 지으며 죽이 끓고 있는 소과에 물을 부어 넣었다.

"이왕 이렇게 된 거 다 같이 먹는 게 좋을 것 같구요. 너희들도 와서 앉거라."

장일소는 건량을 부숴 끓는 물에 넣으며 고태와 오귀를 쳐다보았다. 장작을 한 아름 안아들고 있던 고태가 모닥불 옆에 장작을 내려놓고 조용히 다가왔다. 내색은 하지 않았지만, 아까부터 죽 냄새가 너무 고소해 입안에 침이 가득했던 고태였다. 냉큼 자리를 잡고 앉은 고태는 이가 드러나도록 씨익 웃어보였다. 반면 오귀는 별생각이 없는지 그냥 마차 옆에 가만히 서 있을 뿐이었다.

"뭐 하냐, 인마? 빨랑 와서 앉아!"

어느새 두 번째 그릇을 비운 남궁사혁이 입가에 죽을 약간 묻힌 채 버럭 소리쳤다. 마차 옆에 서 있던 오귀는 벼락이라도 맞은 듯 움찔하더니 이내 번개처럼 몸을 날려 남궁사혁의 옆에 앉았다.

"넵!"

장일소는 모닥불을 중심으로 둥글게 둘러앉은 일행을 지켜보며 빈 그릇에 죽을 담기 시작했다. 야식이라고 하기에는 무언가 본격적인 늦은 시간의 두 번째 저녁 식사가 그렇게 흘러갔다.

"휴식은 두 시진 정도면 충분하겠지? 두 시진 후 날이 밝으면 관도를 타고 곧장 평량으로 향한다. 이전과는 달리 최대한 마차를 빨리 몰아야 할 거야."

붉게 타들어가는 모닥불을 가만히 바라보며 사진량이 조용히 입을 열었다. 맞은편에 앉은 장일소가 조용히 입을 열며 남궁사혁과 사진량을 흘끗 쳐다보았다.

"저희는 그리 할 일도 없으니 그 정도면 충분합니다만… 두 분은 괜찮으시겠습니까?"

장일소와 눈이 마주친 남궁사혁은 씨익 미소를 지으며 말했다.

사냥의 시간 211

"한 시진만 쉬어도 가뿐합니다. 마차야 종복 놈이 몰게 하면 되구요."

남궁사혁이 슬쩍 자신을 가리키자 오귀는 흠칫 어깨를 떨더니 이내 고개를 끄덕였다.

"물론입니다, 주군!"

"짜식, 그래, 많이 좋아졌어. 역시 패가면서 가르친 보람이 있구만."

흐뭇한 미소를 지으며 남궁사혁은 오귀의 어깨를 툭툭 두드렸다. 남궁사혁의 손이 닿을 때마다 오귀의 어깨가 점점 아래로 축 쳐졌다.

"서두르시는 이유를 말씀해 주실 수 있겠습니까?"

장일소가 조용히 질문을 던졌다. 사진량은 장작 하나를 모닥불에 던져 넣고는 천천히 입을 열었다.

"상대할 자들이 하나밖에 남지 않았으니 더 이상은 천천히 이동할 필요가 없다. 어제 평량을 지났다고 하니 늦어도 사나흘 안에는 마주칠 수 있겠지."

"상대할 자들이 하나밖에 남지 않았다는 말씀은……."

"오대봉신가 모두 병력을 보낸 것은 아니라더군. 남은 것은 진혈가뿐이다. 미끼 역할은 여기까지라는 거지. 어느 쪽이 미끼인지는 나중에 알게 되겠지."

"그렇다면……."

장일소는 짐짓 놀란 얼굴로 말꼬리를 흐렸다. 사진량은 가만히 고개를 끄덕이며 말을 이었다.

"더 이상 기다릴 필요가 없다는 것이다. 진혈가의 병력을 상대한 후, 곧장 천뢰일가로 향한다."

사진량의 말에 장일소의 눈이 더욱 커졌다.

"지, 진심이십니까?"

놀란 토끼눈을 한 장일소를 가만히 쳐다보며 사진량은 고개를 끄덕였다.

"물론이다."

일행의 목적지가 완전히 정해진 순간이었다.

"척교횡과 공야발이 당했다? 그것도 하룻밤 만에? 건방 떨 줄이나 알았지 형편없는 자들이었군."

진혈가 질풍대주 마철염은 씨익 미소를 지으며 나직이 중얼거렸다. 거리가 멀어 반년에 한 번씩 천뢰일가에서 모이는 대회합에서 두어 번 본 적이 있는 자들이었다. 볼 때마다 자기 무공이 최고네, 어쩌네 하는 꼴이 마음에 들지 않아 언젠가 버릇을 고쳐주겠다고 생각하던 마철염이었다.

실제로 마철염 자신의 눈으로 보기에 그 두 사람의 무공은 강해보이기는 하지만 자신의 상대는 아니었다. 마철염이 본신의 무공을 드러낸다면 십초지적이 채 되지 않을 터였다. 오대봉신가 내에서의 지위는 같았지만 척교횡과 공야발을 한 수 아래로 생각하던 마철염이었으니, 두 사람이 당했다는 소식에도 별다른 동요는 없었다. 그저 자신이 직접 손봐주지 못해 아쉬울 뿐이었다.

"무시할 수 없는 상대입니다, 대주님."

마철염의 바로 옆에 있던 사내가 조심스레 말했다. 마철염은 고개를 갸웃하며 사내를 쳐다보았다.

"그건 또 무슨 소리냐?"

"적혈가의 음풍대나 열혈가의 폭열단 따위가 우리 질풍대와는 상대도 되지 않는 것은 사실입니다만……."

마철염의 물음에 대답을 하던 사내는 망설이든 말꼬리를 흐렸다. 마철염이 다시 반문했다.

"그런데?"

"그들을 상대한 것은 단둘이었다고 합니다. 그것도 아무도 죽이지 않고 제압했다더군요."

"그게 무슨 대수라고. 그 정도는 마음만 먹으면 나도 할 수 있는 일이다."

마철염은 대수롭지 않다는 듯 코웃음 쳤다. 하지만 옆의 사내는 그렇지 않았다. 여전히 굳은 얼굴로 사내는 말을 이었다.

"그 정도가 아니었습니다."

"그럼 뭐가 더 있다는 거냐?"

"음풍대, 폭열단의 병력 백여 명을 제압한 것과 동시에 내공에 특수한 금제를 가했다는군요."

"내공의 금제라니?"

"섣불리 내공을 끌어 올리려 하면 주화입마에 빠지게 된답니다. 게다가 금제를 건 자가 아니면 풀지를 못한다고……."

"정말이냐?"

사내의 말에 마철염의 눈썹이 꿈틀했다. 사내는 고개를 끄덕이며 대답했다.

"조금 전 지급(至急)으로 전해진 소식입니다. 음풍대와 폭열단이 당한 것이 하루 반 전이었다더군요."

"놈들이 당한 위치는?"

"지금 이곳에서 약 이틀 거립니다."

사내의 대답이 들려온 순간, 마철염의 얼굴이 살짝 일그러졌다. 마철염의 갑작스러운 표정 변화에 사내가 눈치를 살폈다.

"왜 그러십니……."

"이런 멍청한! 여기서 이틀 거리에 하루 반 전에 있었던 일이라면 벌써 놈들과 마주칠 수도 있지 않느냐!"

마철염은 버럭 호통 치며 말을 세웠다. 그의 뒤를 따르던 질풍대원들은 크게 당황하지 않고 일제히 고삐를 당겨 말을 멈춰 세웠다.

히히힝!

푸르르륵!

전력을 다해 달리던 말이 멈춰 서면서 우렁찬 외침과 콧김을 뿜어냈다. 마철염은 슬쩍 뒤를 돌아보며 소리쳤다.

"모두 이 자리에서 목표를 기다린다. 지친 자들은 운기조식을 해 온전한 상태로 회복시켜 둬라. 시간이 없으니 서둘러야 할 것이다!"

"존명!"

커다란 대답과 함께 질풍대원들은 말에서 내려 저마다 운기조식을 취하거나 건량, 육포 등으로 허기를 때우고 있었다. 그 모습을 흘깃 쳐다본 마철염은 말 등에서 그대로 훌쩍 뛰어올랐다.

파파곽!

허공으로 이 장 정도 뛰어오른 마철염이었지만 말은 아무런 충격을 받지 않은 듯 그 자리에 가만히 서 있었다. 허공에서 몸을 한 바퀴 회전시킨 마철염이 막 착지하려는 순간!

"눈치채는 게 늦어도 한참 늦었어."

누군가의 이죽거리는 음성이 마철염의 귓가에 날아듦과 동시에 사방에서 질풍대원의 비명이 터져 나왔다.

"크아악!"

"저, 적이……! 커헉!"

곧장 허리춤의 검을 뽑아 든 마철염의 눈에 막 질풍대원 하나를 쓰러뜨린 후, 자신에게 달려드는 한 사내의 모습이 보였다.

"뭐 하는 놈이냐!"

버럭 소리치며 마철염은 사내를 향해 달려들었다. 주위가 쩌렁쩌렁 울릴 정도로 큰 소리였지만 사내는 눈 하나 깜짝하지 않고, 오히려 피식 미소를 지었다.

"거참, 좀 전에 제 입으로 말하고도 누구냐고 묻는구만?"

순간, 달려들던 마철염이 멈칫했다.

"설마 네놈들……."

그 자리에 멈춰 선 마철염이 말꼬리를 흐렸다. 사내는 자신에게 달려드는 질풍대원 둘을 일합에 쓰러뜨린 후, 빙긋 미소를 지었다.

"정답!"

짧은 대답과 함께 사내의 모습이 마철염의 시야에서 사라졌다. 그와 동시에 날카로운 예기가 날아들었다. 마철염은 그대로 뒤로 물러나며 손에 든 검을 휘둘렀다.

파캉!

순간, 날카로운 파열음이 터져 나왔다. 어느새 달려든 사내의 검이 마철염의 검에 가로막혀 있었다. 사내는 피식 미소를 지으며 나직이 중얼거렸다.

"그나마 제일 낫네. 네가 대장이냐?"

"무어라? 감히!"

자신보다 훨씬 연배가 아래로 보이는 사내의 말에 마철염의 이마에 핏줄이 돋아났다. 으득, 이를 갈며 분기탱천한 마철염은 내공을 끌어 올렸다.

우우웅!

내공을 머금은 마철염의 검에서 희미한 아지랑이가 피어오르며 부르르 검신을 떨었다. 극한으로 내공을 끌어 올리는 마철염의 모습에 사내는 더욱 이죽거렸다.

"어이구, 용쓰시네? 그래 봐야 얼마 못 버틸걸?"

"어디 한 번 받아봐라!"

왈칵 미간을 구긴 마철염은 버럭 소리치며 그대로 검을 내리그었다.

파콰콰! 쿠릉!

검에 실린 검기가 허공을 찢고, 뇌성을 토해냈다. 마철염의 검은 금방이라도 사내를 갈가리 찢어발길 것 같았다. 하지만.

스슷!

반보.

고작해야 반보를 물러나는 것으로 사내는 마철염의 섬전 같은 공격을 가볍게 피해냈다. 뿐만 아니라 살짝 바닥을 박찬 사내는 기척도 없이 뚜렷한 잔영을 남긴 채 마철염의 시야에서 사라져 버렸다. 급히 검을 회수한 마철염이 뒤로 물러나며 사내가 어디서 나타나든 곧장 대응할 수 있도록 검병을 움켜쥐었다.

"소용없다니까."

순간 등 뒤에서 사내의 목소리가 들려왔다. 마철염의 몸이 절로 반응했다. 왼발을 축으로 빙글 몸을 회전시키는 것과 동시에 검을 내리 그었다. 하지만.

빠악!

후두부를 후려갈기는 둔탁한 충격음과 함께 마철염의 의식이 순간 저 멀리 날아가 버렸다. 실 끊긴 연처럼 마철염은 그 자리에 풀썩, 힘없이 쓰러져 버렸다.

"조금만 더 버티지. 힘을 너무 많이 썼나? 쩝."

멋쩍은 듯 입맛을 다시며 사내는 쓰러진 마철염을 버려둔 채 남은 질풍대원들을 향해 달려들었다.

第六章

오해

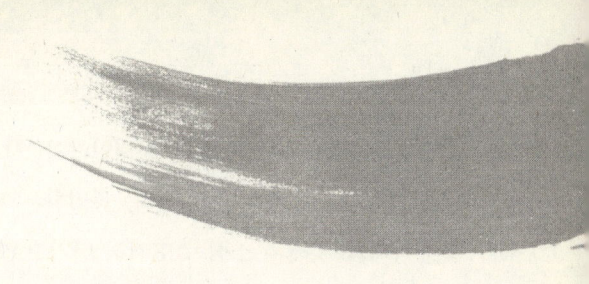

쾅!

단단한 자단목(紫檀木) 탁자가 내려친 주먹질에 산산조각 나 파편이 사방으로 튀었다. 탁자를 내려친 주먹이 부르르 떨렸다.

"그게… 사실이냐?"

노기를 억누른 나직한 음성이 부서진 탁자 앞에 앉은 중년 사내의 입에서 조용히 흘러나왔다. 중년 사내의 앞에 부복해 있는 흑의 사내는 몸을 부르르 떨며 입을 열었다.

"그, 그렇습니다, 가주."

가주라 불린 중년 사내는 천뢰일가의 오대봉신가 중 하나인 진혈가의 가주 등일천이었다. 등일천은 자신의 앞에 있는 중년 사내가 전해온 소식이 도저히 믿기지 않았다.

질풍대는 진혈가의 주력 병력이었다.

숫자는 다른 오대봉신가의 주력에 비해 칠 할 정도로 적었지만, 개개인의 무력은 훨씬 뛰어났다. 오대봉신가의 총 열다섯 개의 무단 중 최강의 무력 집단이라고 알려진 것이 바로 질풍대였다. 그 사실은 다른 오대봉신가에서도 굳이 표현하지는 않았지만 인정하고 있는 바였다.

천뢰일가의 최강의 방패이자 칼.

그것이 바로 진혈가의 질풍대를 일컫는 말이었다.

하지만 그런 질풍대가 당했다니. 있을 수 없는 일이었다. 비록 질풍대 전부는 아니었지만 질풍대주를 포함한 척정예를 선별해 보낸 것이지 않던가. 다른 봉신가가 당했다면 그럴 수도 있다며 웃어넘겼을 터였다. 질풍대 전체가 나선다면 오대봉신가 모두를 제압할 자신이 있는 등일천이었으니.

그만큼 질풍대의 실패는 충격이었다.

등일천은 간신히 분노를 차분히 가라앉혔다. 꽉 쥐고 있던 주먹을 풀어내며 등일천은 조용히 입을 열었다.

"그래서? 어떻게 되었다는 거지?"

등일천의 앞에 부복해 있는 흑의 사내는 고개를 들 생각도 하지 못하고 이마를 바닥에 바짝 붙인 채로 조심스레 말했다.

"다, 다행히도 모두 본가로 돌아오는 중이라고 합니다. 중상자는 없고, 다친 자는 대부분 골절상이라더군요."

"큭! 모두 패배한 개꼴로 돌아온다는 소리로군."

등일천은 이를 드러내며 맹수처럼 으르렁거렸다. 흑의 사내는 꼼짝도 하지 못하고 그저 엎드린 채로 몸을 부르르 떨고 있을 뿐이었다. 생각 같아서는 당장에라도 뛰쳐나가 직접 처리하고 싶은 마음이 밀려왔다. 하지만 진혈가의 가주로서 함부로 자리를 비울 수는 없는 노릇이었다.

아무리 천뢰일가의 수장 자리를 노리고 있다지만, 수백 년간 내려온 자신의 의무를 잊어서는 안 되었다. 질풍대가 임무를 완수하지 못하고 패배한 것은 그냥 넘어갈 수는 없는 일이었지만 지금 당장은 어떻게 할 수가 없었다.

으드득!

등일천은 부러져라 이를 악무는 것으로 충동을 간신히 억눌렀다. 하지만 절로 뿜어져 나오는 강맹한 기세에 방 안이 크게 진동했다. 등일천의 기세에 흑의 사내는 온몸이 무거운 쇳덩이로 짓눌리는 것 같은 충격을 느끼고는 저도 모르게 내공을 끌어 올리며 저항했다.

"크윽!"

흑의 사내는 저도 모르게 짧은 신음을 토해냈다. 심장 언저리에서부터 무언가 화끈한 열기가 치솟아 버틸 수가 없었다. 소리 없이 울분을 토해내던 등일천은 흘낏 흑의 사내를 내려다보더니 낮게 소리쳤다.

"더 전할 소식이 없으면 물러나라."

"조, 존명!"

대답과 함께 흑의 사내는 그대로 바닥에 녹아내리듯 자취를 감췄다. 홀로 남은 등일천은 조금 전 자신이 노기를 참지 못하고 부순 탁자를 가만히 내려다보며 나직이 중얼거렸다.

"대체 어떤 자와 함께 있는 거지, 장노? 설마 정말로 찾아낸 것은 아니겠지?"

철혈가주 곡상천은 깨알 같은 글씨가 빼곡하게 쓰여 있는 밀서를 내려놓으며 싸늘한 미소를 지었다. 모든 일이 예상했던 경우의 수에서 크게 벗어나지 않았다. 다른 봉신가처럼 병력을 차출해 중원에 보내지 않은 것이 역시나 정답이었다. 냉혈가가 병력을 보내지 않은 것은 조금 아쉽긴 했지만 피해를 입은 세 봉신가와는 달리 병력을 온존(溫存)할 수 있었으니 우위를 점한 것이나 마찬가지였다. 게다가…….

"만족스러운 소식이셨습니까?"

성별을 가늠할 수 없는 기괴한 음성과 함께 방 안에 길게 드리워진 책장 그림자 사이에서 무언가 희미한 형체가 꾸물거리며 나타났다. 곡상천은 밀서를 쥔 손에 내공을 주입했다.

화르륵!

손끝에서 일어난 불길이 밀서를 순식간에 재로 만들어 버렸다. 가볍게 손을 떨쳐 밀서가 탄 재를 흩어버린 곡상천은 그림자 사이에 모습을 드러낸 인영을 내려다보며 천천히 입을 열었다.

"그래서? 이런 소식을 들고 날 찾아온 이유는?"

말투는 차분했지만 어둠 속의 인영을 내려다보는 곡상천은 마치 더러운 것이라도 본 듯, 경멸에 찬 눈빛이었다. 자신을 향한 곡상천의 눈빛에 담긴 감정을 알고 있음에도 어둠 속의 인영은 아무렇지도 않은 듯 고개를 들었다.

"이미 짐작하고 계시지 않습니까?"

어둠 속의 인영은 허연 이를 드러내며 미소를 지었다. 보통 사람이 보았다면 섬뜩함에 그대로 얼어버렸을지도 모르는 미소였다. 하지만 곡상천은 그저 미간을 살짝 찌푸릴 뿐이었다.

"감히 누구 앞이라고 함부로 사술을 부리는 거냐? 저급한 섭혼술(攝魂術) 따위를……. 죽고 싶은 모양이로군."

조용한 음성과는 달리 곡상천의 몸에서는 위협적인 기세가 뿜어져 나오기 시작했다. 잘 벼려진 칼날 같은 살기가 어둠 속의 인영에게로 향했다. 어둠 속 인영은 곡상천의 날카로운 살기를 물 흐르듯 자연스레 받아넘기며 입을 열었다.

"용서하십시오, 철혈가주. 저도 모르게 그만……. 부디 노화를 거두어주십시오."

보통 사람이라면 그대로 숨이 끊어졌을지도 모를 살기를 온몸으로 받아내면서도 태연한 어둠 속 인영의 말투에 곡상천은 흥미를 느낀 듯 기세를 거둬들였다.

"내 살기를 흘리다니. 단순한 사자(使者)는 아니로군?"

"그렇게 좋게 봐주시니 감읍(感泣)할 따름입니다, 가주."

은근히 곡상천을 추켜세우는 어둠 속 인영의 말에 곡상천은 찌푸린 미간을 폈다. 하지만 눈빛에는 여전히 경멸감이 가득했다. 곡상천은 어둠 속 인영을 가만히 노려보며 천천히 말했다.

"쓸데없는 소리로 시간 낭비하지 말고 용건을 말해라. 하잘것없는 용건이라면 무사히 돌아가지 못할 것이다."

어둠 속의 인영은 흰 이를 드러내며 씨익 미소를 지었다.

"제안을 듣고도 구미가 당기지 않으신다면 가주 마음대로 하십시오. 제 생살여탈권은 가주께 있습니다."

"쓸데없는 소린 그만하라고 경고했을 텐데?"

곡상천의 미간이 다시 찌푸려졌다. 칼날 같은 살기가 어둠 속의 인영을 향해 뻗어나갔다. 한순간 어깨를 움찔한 어둠 속의 인영은 이내 고개를 깊이 숙이며 사죄했다.

"제가 깜빡하고 또 무례를 범했군요. 바로 용건을 말씀드리겠습니다. 혹 엿듣는 자가 있지는 않겠지요?"

"없다. 본가에서 내 눈을 피할 수 있는 자는 없으니."

곡상천은 언짢은 표정으로 단언했다. 그 말에 어둠 속 인영은 가만히 고개를 끄덕이며 흰 이를 드러냈다. 그 모습이 영 마음에 들지 않는 곡상천은 살짝 미간을 찌푸렸다. 이내 어둠 속 인영의 기괴한 목소리가 곡상천의 귓가로 흘러들었다.

"그럼 안심하고 말씀드리겠습니다. 이렇게 어렵사리 철혈가주께 제가 찾아온 것은 사실……."

등불 하나 켜지 않은 어두운 방 안에서 홀로 앉아 있는 곡상천은 깊은 생각에 잠겨 있었다. 은밀히 자신을 찾아왔던 어둠 속 인영이 돌아간 것은 벌써 세 시진 전이었다. 처음에는 용건을 듣자마자 어둠 속 인영을 바로 죽여 버리려던 곡상천이었다.

하지만 생각이 바뀌었다.

어둠 속 인영의 제안을 들은 순간, 망설임이 생겼다. 단번에 거절하기에는 너무도 구미가 당기는 제안이었다. 손쓰기를 잠시 망설인 순간, 어둠 속 인영은 사흘 후 대답을 들으러 오겠다는 말을 남긴 채 사라져 버렸다.

그리고 그 후, 세 시진.

곡상천은 고민에 고민을 거듭하고 있었다. 제안을 받아들인다면 가문의 오랜 숙원을 손쉽게 이룰 수 있을지도 모른다. 하지만.

 "흐으으음……."

 곡상천은 앓듯이 길게 한숨을 푹 내쉬었다. 쉽사리 결정을 내릴 수 없는 일이었다.

 앞으로 사흘.

 그리 짧지 않은 시간이었지만, 가문의 앞날을 가늠할 중차대한 결정을 내리기에는 부족하기 짝이 없는 시간이었다. 자칫 선택을 잘못했다간 철혈가가 멸문할 수도 있는 일이었으니.

 "괜한… 소릴 들었군. 흐으으음……."

 차라리 아무 말도 듣지 않고 그냥 손을 썼다면 이렇게까지 고민하지 않았을 텐데. 지금 와서 후회해 봤자 이미 늦은 일이었다. 말로는 자신의 선택에 모든 것을 맡기셨다고 했지만, 거절할 때를 대비해 뭔가 함정을 파두었을지도 모른다. 만약 자신이 제안을 하는 입장이었다면 충분히 그랬을 것이다.

 거기까지 생각이 닿자 곡상천은 더 이상의 고민은 의미 없다는 것을 깨달았다. 그렇다면…….

 "젠장… 막다른 골목이로군."

 곡상천은 신음하듯 나직이 중얼거리며 손을 들어 자신의 얼굴을 감싸 안았다. 절로 한숨이 흘러나왔다.

 선택의 여지는 없었다.

제안을 받아들이는 수밖에.

사흘간의 여유. 그것은 선택의 시간이 아니라, 선택에 대한 각오를 다지는 시간이었다. 어둠 속 인영이 모습을 감출 때, 슬쩍 보인 미소의 의미는 바로 그것이었다.

곡상천은 가슴 깊은 곳에서 흘러나오는 한숨을 내쉬며 나직이 혀를 찼다.

"젠장……"

*　　　　*　　　　*

흠칫!

장일소는 갑작스러운 오한에 저도 모르게 어깨를 움찔 떨었다. 길이 고르지 못해 덜컹거리는 마차 때문이라고 생각할 수도 있는 떨림이었지만, 이상함을 느낀 사진량이 조용히 물었다.

"왜 그러지?"

"아, 아무것도 아닙니다, 소공."

장일소는 가만히 고개를 내저었다. 하지만 말과는 달리 장일소의 얼굴은 긴장감이 어려 있었다. 장일소는 자신이 왜 이러는 것인지 도무지 알 수 없었다.

원인을 알 수 없는 불안함.

오해

머릿속을 맴도는 불안함의 정체를 도무지 알 수 없었다. 사진량의 존재로 인한 천뢰일가의 혼란 때문은 아니었다. 어차피 그것은 자신도 어느 정도 예상하고 있는 일이었으니. 그렇다면 도대체 이 불안함은 무엇이란 말인가. 설명할 수 있는 것이 없었다. 장일소는 머릿속을 맴도는 불안감을 떨치려고 고개를 절레절레 내저었다.

"불안한가?"

사진량의 조용한 음성이 불쑥 날아들었다. 고개를 내젓던 장일소의 움직임이 멈칫했다. 이내 장일소는 길게 한숨을 내쉬며 가만히 고개를 끄덕였다.

"뭐가 그리 불안하지?"

다시 날아든 사진량의 질문에 장일소는 아무런 대답도 할 수 없었다. 불안함의 근원을 자신도 알 수 없는 탓이었다. 장일소는 깊은 한숨을 푹 내쉬며 입을 열었다.

"후우우, 잘… 모르겠습니다. 어째서 이리도 불안한 기분이 드는 것인지……."

힘없이 중얼거리며 장일소는 어깨를 축 늘어뜨렸다. 장일소는 무심한 얼굴로 툭 말을 던졌다.

"괜찮을 거다."

별 의미 없이 던진 말이었지만, 그 한 마디가 이상하게도 장일소에게는 큰 위안이 되었다. 불안함이 가시고 조금은 편안

한 마음이 되었다. 장일소의 미세한 표정 변화를 감지한 사진량은 살짝 입꼬리를 말아 올렸다. 어느새 불안함을 완전히 걷어낸 장일소는 저도 모르게 빙긋 미소를 지었다.

"그렇군요. 소공께서 계시니……."

사진량과 장일소는 이내 말없이 서로 눈을 마주하며 희미한 미소를 지었다. 영문을 알 수 없는 두 사람의 대화를 지켜보던 두 사람, 관지화와 고태는 그저 의아해하는 얼굴로 고개를 갸웃거릴 뿐이었다.

*   *   *

"허억! 허억!"

숨이 턱 끝까지 차올랐다. 입가에 단내가 날 정도로 전력을 다해 내달린 탓이었다. 하지만 아직 안심할 수 없었다. 언제 살귀(殺鬼)가 나타날지 모르는 일이었다. 비틀거리며 다시 몸을 일으켜 달리기 시작했다.

터벅! 터벅!

머리로는 달리고 있었지만 너무도 지친 탓인지 다리가 제대로 움직여지지 않았다. 금방이라도 쓰러질 듯 비틀거리면서도 계속해서 앞으로 나아갔다.

달아나야 한다.

악귀들에게서 벗어나야 한다.

그런 생각이 머릿속을 가득 채우고 있었다. 힘겹게 내딛는 걸음은 그만큼 필사적이었다. 하지만 생각과는 달리 벗어날 수 없었다.

타타탓!

누군가 빠른 속도로 달려오는 소리가 귓가를 스쳤다. 억지로라도 움직이던 몸이 덜컥 굳어버렸다. 한 발짝도 움직일 수 없었다. 물밀듯 밀려오는 두려움이 온몸의 근육을 굳게 만들었다.

"허억! 허억!"

거칠어진 호흡이 터져 나왔다. 가쁜 숨을 빠르게 내쉬고 있는데도 물속 깊은 곳에 있는 것처럼 가슴이 갑갑하기만 했다. 얼굴이 시뻘겋게 달아오르고 호흡이 더욱 가빠졌다. 이제는 숨이 제대로 쉬어지지 않고 작은 구멍에서 바람이 빠지는 것 같은 새된 소리가 나올 뿐이었다.

파슉!

순간 무언가 빠르게 스쳐 지나는 파공성이 귓가로 파고들었다. 벼락이라도 맞은 듯 그 자리에 굳어버린 채, 몸을 부르르 떨었다.

뒤이어지는 극심한 고통.

그대로 무릎이 꺾여 그 자리에 풀썩 주저앉아 버렸다. 땅

바닥에 무릎이 부딪친 탓인지 목에 갑자기 붉은 실선이 생겨 났다.

"끄륵!"

푸화아악!

거품을 가득 문 신음이 터져 나옴과 동시에 목에 생긴 붉은 실선에서 대량의 피가 터져 나왔다. 목에 생긴 실선은 어느새 커다란 균열이 되었다. 고통조차 느끼지 못하고 그대로 절명한 부릅뜬 두 눈에 마지막으로 비친 것은 피가 흐르는 검을 쥔 흑의 복면인이 천천히 다가오는 모습이었다.

휘이이잉!

어디선가 불어온 바람이 짙은 혈향을 멀리 날려 버렸다. 삼십여 가구가 모여 살고 있던 작은 마을은 생명의 기운이라고는 조금도 남아 있지 않는 폐촌(廢村)이 되어 버렸다. 이백여 남짓 되던 마을 사람들은 남녀노소 할 것 없이 모두 참혹한 피투성이가 되어 싸늘하게 식어갔다.

흑의 복면인.

고작해야 십 인의 흑의 복면인들이 이백여에 이르는 마을 사람들은 물론, 가축까지 모조리 참살했다. 마을에서 살아 숨 쉬는 것은 흑의 복면인밖에 없었다.

"살아남은 자는 아무도 없겠지?"

마을 중앙의 공터에 모인 흑의 복면인 중 하나가 조용히 입을 열었다. 다른 복면인들은 대답 대신 고개를 끄덕였다. 처음 말을 한 흑의 복면인이 품속에서 호리병을 꺼내 들며 말을 이었다.

"그럼 일다경 내에 뒤처리를 하고 다름 목적지로 향한다."

말을 마침과 동시에 흑의 복면인은 호리병을 열고 가까이에 있는 피투성이 시신에 호리병 안에 든 액체를 쏟아부었다.

피쉬이… 부글부글!

김이 빠지는 소리와 함께 시신이 허연 거품을 내뿜으며 끓어오르더니 순식간에 녹아내렸다.

강력한 화골산(化骨散).

뼈와 살을 녹이는 것은 물론 핏자국까지 없애 버리는 강력한 화골산이 호리병에 가득 들어 있었다. 이내 시신은 완전히 녹아 없어지고, 땅바닥에는 약간 젖은 흔적만이 남았다. 다른 흑의 복면인들도 저마다 호리병을 하나씩 꺼내 들고는 사방으로 흩어졌다.

파파팍!

흑의 복면인들이 흩어진 직후, 마을 곳곳에서 김빠지는 소리와 허연 연기가 피어올랐다.

피쉬익…!

사방에 아무렇게나 널브러져 있던 마을 사람들의 시신은

허연 거품을 뿜으며 삽시간에 녹아 희미한 흔적만을 남긴 채 사라져 버렸다. 마지막은 끝까지 달아나려다 마을 어귀에서 목이 잘린 채 쓰러진 한 사내의 시신이었다.

고작 해야 반 시진.

십 인의 흑의 복면인이 이백여에 이르는 마을 사람들을 몰살시키고 시신까지 완전히 없애는 데 걸린 시간이었다. 화골산으로 학살의 현장을 완전히 지워 버린 흑의 복면인들은 다시 마을 중앙의 공터에 모였다. 그러곤 약속이나 한 듯 일제히 한쪽 방향으로 몸을 날렸다.

파파팟!

마치 강한 바람에 먹구름이 밀려나듯 흑의 복면인들은 순식간에 마을을 벗어나 까만 점이 되어 저 멀리 사라져 버렸다. 그들이 지나간 후 남은 것이라고는 제 주인을 잃고 텅 빈 초옥(草屋) 삼십여 채뿐이었다.

천뢰일가 총사부 소속 밀단(密團) 암영조(暗影組)의 조장 함석빈은 못 심각한 얼굴로 가만히 흙바닥에 남은 젖은 흔적을 살폈다. 얼핏 보기에는 그냥 물이 흘러 생긴 흔적 같았다. 하지만 달랐다. 해가 중천에 떠 있는 시간인데도 흔적은 마르기는커녕 조금의 변화도 없었다. 아무리 많은 물을 쏟아부었다 해도 전혀 변화가 없는 것은 이상했다.

한참 동안 바닥의 젖은 흔적을 쳐다보던 함석빈은 조심스레 손을 뻗어 젖은 흙을 약간 집어 들었다. 그러곤 엄지와 검지를 마주해 흙을 문질렀다. 물에 젖은 흙이라고 하기에는 미끌거림이 심했다. 함석빈은 손끝의 흙을 반쯤 털어버리고는 나머지를 코끝에 가져다 댔다. 희미하지만 시큼한 냄새가 남아 있는 것 같았다.

"초산(硝酸)인가?"

시큼한 냄새라면 식초라고 생각할 법도 하건만 함석빈은 대뜸 초산을 떠올렸다. 초산이라면 사람의 시체도 단번에 녹여 없애는 화골산의 주재료 중 하나였다. 만약 정말로 화골산을 사용한 흔적이라면 문제가 심각해졌다. 화골산을 사용해 시신을 없앨 정도로 용의주도한 자들이 꾸미는 일이 가벼울 리는 없었으니.

"이것과 비슷한 흔적이 얼마나 있는지 모두 흩어져서 찾아봐라."

천천히 몸을 일으킨 함석빈은 자신의 뒤에 서 있는 십여 명의 암영조원들에게 말했다. 암영조원들은 대답 대신 그대로 몸을 날려 마을 곳곳으로 흩어졌다.

"화골산… 이 확실한 것 같군."

함석빈은 굳은 얼굴로 나직이 중얼거렸다. 자신이 마을 초

입에서 발견한 젖은 흔적과 비슷한 흔적은 도합 칠십여 곳에 남아 있었다. 크고 작은 초옥 삼십여 채가 모여 있는 작은 마을에 비정상적으로 산기(酸氣)가 남아 있는 젖은 흔적이 수십 개 있다는 것은 비정상적인 일이었다. 게다가 오래전에 버려진 폐촌도 아니었으니.

지금까지 조사해 온 마을처럼 한순간에 사람들이 모두 사라진 것 같은 폐촌이었다. 그나마 이곳은 지금까지와는 달리, 수상쩍은 흔적이 남아 있었다. 그렇다는 것은.

"홍수가 이곳을 지나간 지 얼마 지나지 않았다는 거로군."

함석빈은 의미심장한 얼굴로 나직이 중얼거렸다. 이내 머릿속에 무언가가 떠오른 듯 함석빈은 가까이에 있는 암영조원 하나를 손짓으로 불렀다. 암영조원이 다가오자 함석빈은 곧장 말을 이었다.

"지금까지 우리가 발견한 폐촌들의 위치는 모두 지도에 표시해 두고 있나?"

"물론입니다, 조장."

암영조원은 품속에서 지도를 꺼내 함석빈에게 건네며 대답했다. 함석빈은 건네받은 지도를 활짝 펼쳐 바닥에 내려놓았다. 천뢰일가의 영역을 빠짐없이 그려져 있는 상세한 지도였다. 지도에는 붉은 원으로 표시를 한 것이 열 군데가 넘었다. 그런데.

"역시……."

함석빈은 자신들이 있는 마을이 있는 위치를 손가락으로 가리키며 가만히 고개를 끄덕였다. 사람들이 갑자기 사라져 폐촌이 되어 버린 곳의 위치가 규칙적인 모양을 만들고 있었다. 발견 순서대로 따진다면 다음에는 지금의 위치에서 서북쪽으로 십 리쯤 떨어진 곳에 있는 마을이 이런 꼴로 발견될 것이다. 그 전에 막아야 했다. 함석빈은 으득 이를 깨물며 지도를 구겨 암영조원에게 휙 던졌다.

"젠장! 왜 지금까지 이걸 눈치채지 못한 거지? 모두 이동한다. 다들 정신 바짝 차리고 쫓아와라!"

그동안 조금만 더 깊이 생각했더라면 알아챌 수 있었던 일을 이제야 깨달은 함석빈은 자책하며 그대로 곧장 몸을 날렸다. 암영조원이 그 뒤를 바짝 쫓았다.

파파파팍!

"화골산?"

가득 쌓여 있는 서류를 사무적으로 살피던 양지하는 은규태의 말에 멈칫하며 살짝 놀란 얼굴로 고개를 들었다. 은규태는 가만히 고개를 끄덕이며 말을 이었다.

"그렇습니다, 아가씨. 아직 흉수를 만나지는 못했지만, 화골산이 사용된 듯한 흔적을 몇 곳에서 발견했다더군요."

"역시 누군가 계획한 일이었나 보군요. 피해 상황은 어느 정도죠?"

이내 놀람을 지운 양지하는 무표정한 얼굴로 물었다. 은규태는 자신이 가지고 온 서류를 뒤적이며 대답했다.

"정확한 자료가 없어서 추정치에 불과합니다만… 남아 있는 가옥들의 숫자나 규모 등으로 미루어보아 지금까지 도합 오백여가 조금 넘는 것으로 추정됩니다."

"오백… 이나 되는 사람들이 사라졌는데. 밀단은 아직도 제대로 된 단서 하나 얻지 못했단 말인가요?"

양지하는 질책하듯 날카로운 눈빛으로 은규태를 쏘아보며 조용히 말했다. 은규태는 양지하와 눈을 마주치지 못하고 고개를 숙였다. 내공은커녕 병약하기 그지없는 양지하였지만 날카로운 눈빛으로 쏘아볼 때는 도무지 눈을 마주할 수 없었다.

"며, 면목 없습니다. 하지만 이제 곧 흉수를 찾을 수 있을 것입니다. 맡겨주십시오."

은규태는 고개를 숙인 채 쩔쩔매듯 더듬거리며 대답했다. 양지하는 이내 날카로운 눈빛을 거두며 서류로 눈을 돌렸다. 그러곤 일부러 서류를 넘기는 소리를 크게 내며 목소리를 낮췄다.

"그나저나 그 '일'은 어떻게 되어가는 중이죠? 기한이 이제 얼마 남지 않은 것 같은데?"

양지하가 거의 들릴 듯 말 듯할 정도로 목소리를 낮추자 은규태도 덩달아 조용히 대답했다.

 "하나는 교육에 너무 시간이 오래 걸릴 것 같아 은밀히 먼 곳으로 보냈습니다. 나머지 둘은 조금의 차이는 있지만 잘 따라오고 있는 편이니 곧 내세울 수 있을 겁니다."

 "좋아요. 그 건은 은 총사만 믿겠어요. 기한 내에 완벽하게 준비해 두세요."

 "네, 알겠습니다."

 대답을 듣자마자 양지하는 넘기는 시늉을 하던 서류로 눈길을 돌렸다. 그 모습을 본 은규태가 곧장 말을 이었다.

 "그리고……."

 다시 멈칫한 양지하가 흘끗 은규태를 쳐다보았다.

 "또 뭐죠? 아직 남은 게 있나요?"

 은규태는 살짝 숨을 들이 쉰 후에 천천히 입을 열었다.

 "장노 일행에 대한 일입니다."

 "그쪽은 봉신가의 움직임에 모든 걸 맡기기로 한 것 아니었던가요? 어떻게 되든 그리 상관없다고 생각합니다만."

 양지하는 대수롭지 않다는 듯 툭 말을 던지고는 다시 서류로 눈을 돌렸다. 하지만 은규태는 고개를 내저으며 말을 이었다.

 "저도 그렇게 생각하고 있었습니다만 자칫하다간 지금 진행 중인 계획을 수정해야 할지도 모르는 일이라……."

은규태가 말꼬리를 흐리자 양지하가 서류를 내려놓으며 고개를 갸웃했다.

"그게 무슨 소리죠?"

은규태는 자못 진지한 얼굴로 거의 속삭이듯 낮은 목소리로 대답했다.

"어느 정도 예상했던 바이긴 합니다만……. 봉신가에서 보낸 병력들이 모조리 당했답니다. 그것도 사망자는 하나도 없고, 기괴한 수법으로 모두 무공까지 금제를 가했다고 하니……."

은규태의 말에 양지하는 자못 놀란 얼굴로 물었다.

"봉신가에서 파견한 병력 구성이 어떻다고 했었죠?"

"적혈가 음풍단주 외 단원 오십사 인, 열혈가 폭렬단주 외 단원 오십일 인, 그리고 진혈가 질풍대주 외 오십팔 인입니다."

"그들이 모두 손 하나 제대로 쓰지 못하고 당했다는 말인가요?"

"그렇습니다. 게다가 적혈가와 열혈가는 하룻밤 사이에 모두 당했다고 하더군요."

양지하가 들고 있던 서류를 내려놓으며 관심을 보이자, 은규태는 조금 흥분한 듯 목소리가 커졌다. 무표정한 양지하의 얼굴에 미세한 변화가 생겼다. 뒤이어 은규태의 귓가에 양지하의 나직한 음성이 날아들었다.

"그런 사실을 은 총사께선 어찌 그리 자세히 알고 계신 거죠? 만약 그게 사실이라면 봉신가에서는 절대로 외부에는 알려지지 않도록 했을 텐데요."

양지하의 눈빛은 흥미가 아닌 의심이 가득했다. 은규태는 속으로 긴장을 삼키며 겉으로는 태연한 얼굴로 조용히 입을 열었다.

"그것이 실은… 가주께도 모르시는 비밀입니다만. 오대봉신가의 각 무단에는 저희 밀단의 요원이 잠입해 있습니다. 제법 우수한 자들이라 이번 출정에도 선발되었다고 하더군요. 그들이 은밀히 소식을 전해온 것입니다."

빠른 속도로 말을 마친 은규태는 혹시나 누가 들을까 주위의 인기척을 살폈다. 아무도 없다는 것을 확인한 후에야 은규태는 나지이 한숨을 내쉬었나. 순간 날카로운 눈빛을 한 양지하와 눈이 마주쳤다. 은규태는 저도 모르게 어깨를 움츠리며 시선을 피했다. 양지하의 입술이 천천히 벌어졌다.

"믿기 힘든 일이로군요. 본가에서 아버지께서도 모르는 일이 있다니."

조용한 말투였지만 명백하게 은규태를 질책하는 말이었다. 은규태는 고개를 숙인 채 항변했다.

"그, 그것은 밀단 창설 당시부터 철저히 지켜져 왔던 암묵적인 밀약이었습니다. 그것이 지금의 천뢰일가를 만들어낸 원동

력임을 아셔야 합니다, 아가씨."

양지하는 대수롭지 않다는 듯 가볍게 고개를 끄덕이며 대꾸였다.

"원래 그렇다고 하니 더 이상 따지지 않겠어요. 그나저나 봉신가가 당한 일이 뭐가 그리 큰 문제가 된다는 거죠? 지난번에도 말했지만 그쪽 상황이 어떻게 되든 아무 상관 없다고 하지 않았던가요?"

"그렇게 말씀하시긴 했습니다만 조금 달리 생각해 보셔야 할 것 같습니다."

"대체 뭐 때문에 그렇게 생각하시는 거죠?"

양지하의 물음에 은규태는 한 차례 헛기침을 하더니 천천히 입을 열었다.

"지금까지 보고된 바로는 장노 일행의 숫자는 모두 여섯이었습니다. 그런데 이번에 봉신가의 병력을 쓰러뜨린 것은 그들 중 두 명이었습니다. 단 두 명이 봉신가의 주력, 그것도 특별히 선발해서 보낸 이들을 아무도 죽이지 않고 제압했다는 것이 말이 된다고 생각하십니까?"

양지하는 아무런 말없이 가만히 은규태를 쳐다보았다. 은규태의 말이 옳았다. 음풍단, 폭렬단, 그리고 질풍대는 각 봉신가에서 자랑하는 주력 병력이 아니던가. 그들 전부가 나선 것은 아니었지만 뛰어난 자들을 선별한 데다 단주, 대주까지 함께한 병력 구성이었다. 단순 무력만 따진다면 정도 무림의 주축이라 알려진 구파일방 중 하나를 무너뜨릴 수도 있는 수준이었다.

그런 병력을 단 두 사람이 모조리 쓰러뜨렸다. 은규태가 한 얘기가 아니라면 믿기 어려운 일이었다. 잠시 침묵하던 양지하는 이내 생각을 정리했다. 장노 일행 중 진짜 양기뢰의 아들이 없다고 해도 그 정도의 무력이라면 이용 가치는 충분했다. 아니, 차고도 넘칠 정도였다. 그렇다면…….

마음의 결정을 내린 양지하는 가만히 은규태를 바라보며 천천히 입을 열었다.

"무슨 얘길 하고 싶은 건지는 잘 알겠어요."

"그러면……?"

은규태는 고개를 갸웃하며 물었다. 가슴이 조금씩 저려 오는 것을 느낀 양지하는 아랫입술을 살짝 깨물며 빠른 속도로 말을 쏟아냈다.

"이쪽으로 회유합니다. 그 정도의 무공이라면 이용 가치는 충분해요. 장노가 함께이니 우리 쪽 사람이라도 봐도 되겠지만 혹시 모를 일이니 사람을 보내세요. 어차피 봉신가와는 척을 진 상황이니 끌어들이기는 손쉬울 겁니다. 하지만 그렇다고 성의 없이 말단을 보내서는 안 됩니다. 그렇다고 이쪽에서 너무 굽히고 들어가는 것처럼 보여서도 안 돼요. 최대한 인선을 신경 써서 선발하도록 하세요."

 말을 끝낸 양지하는 가쁜 숨을 크게 내쉬었다. 심장 부근의 저릿함이 점점 강해졌다. 양지하는 손을 들어 통증이 강해지는 심장을 꾸욱 눌렀다. 무표정한 얼굴에 통증이라는 파문이 일기 시작했다.

 "괘, 괜찮으십니까, 아가씨!"

 양지하의 얼굴이 고통으로 물들자 은규태가 벌떡 일어나며 다가왔다. 하지만 양지하는 손을 뻗어 다가오는 은규태를 제지했다.

 "그만. 나, 난 괜찮으니 계속하죠. 그래서 대답은?"

 가쁜 숨을 몇 번 몰아쉬더니 통증이 조금 가라앉은 것인지 양지하는 이내 원래의 무표정한 얼굴로 돌아왔다. 하지만 심장 언저리를 누르고 있는 손은 다시 내려오지 않았다. 양지하에게 다가가다 멈춰선 어정쩡한 자세로 있던 은규태는 다시 자리에 앉으며 말했다.

 "아, 알겠습니다. 최대한 신경 써서 사람을 보내도록 하지요."

 은규태는 걱정스러운 얼굴로 양지하를 쳐다보았다. 양지하는 애써 태연함을 가장하며 천천히 입을 열었다.

 "더 할 얘기 없으면 가보도록 해요. 달라진 것은 아무것도 없으니 처음 계획대로 진행하는 것 잊지 마세요."

 "명심하겠습니다. 그런데… 괜찮으십니까?"

천천히 몸을 일으킨 은규태는 다시 한 번 물었다. 어느새 낯빛이 하얗게 질린 양지하는 무표정한 얼굴로 대답 대신 고개를 끄덕였다. 금방이라도 쓰러질 것 같아 보였지만 양지하가 도움을 원하지 않는 이상 어쩔 수 없었다. 은규태는 포권을 취하며 고개를 숙인 후, 조용히 물러났다.

"으, 으읍! 하아! 하아!"

은규태의 인기척이 멀어지자 그제야 양지하는 참았던 신음을 터뜨렸다. 어느새 이마는 식은땀으로 흠뻑 젖었다. 굵은 대못으로 심장을 찌르는 듯한 통증이 뒤이었다. 양지하는 부러져라 이를 악물며 통증을 감내했다. 온몸이 사시나무 떨듯 바르르 떨려왔다. 양지하는 억지로 떨리는 손을 뻗어 서랍을 열었다. 그저 서랍을 여는 것뿐이었지만 수천 근의 쇳덩이를 든 것처럼 무겁게만 느껴졌다.

드르륵!

간신히 서랍을 연 은지하는 환약을 꺼내 입안으로 털어 넣었다. 이내 약효가 돌자 통증이 차츰 가라앉기 시작했다. 양지하는 여전히 식은땀이 가득한 얼굴로 긴 한숨을 내쉬었다.

"부디 내게 조금만 더 시간이 남았기를……."

* * *

따각, 따각! 타카카카!

네 마리의 말이 달리는 말발굽 소리와 바퀴 구르는 소리가 조용한 관도를 뒤흔들었다. 진혈가의 질풍대를 쓰러뜨린 지 벌써 닷새가 지났다. 그동안 일행은 천뢰일가가 있는 신강으로 곧장 말을 내달렸다. 천뢰일가 본가의 위치는 신강의 천산 인근에 자리하고 있었다.

"지금 속도라면 늦어도 열흘 안에 천뢰일가에 도착할 수 있겠군요."

장일소는 창밖을 흘낏 내다보며 천천히 입을 열었다. 장일소의 맞은편에서 팔짱을 낀 채 등을 기대고 앉아 있는 사진량은 무표정한 얼굴로 대꾸했다.

"그렇군."

"도착하기 전에 먼저 연락을 해둬야겠습니다. 그간의 사정도 대충이나마 알려두는 게 좋겠지요."

장일소의 말에 사진량은 가만히 고개를 내저었다.

"아니, 이대로 그냥 가는 게 더 좋을 거다."

"어째서입니까, 소공?"

고개를 갸웃거리는 장일소를 바라보며 사진량이 조용히 입을 열었다.

"어차피 그쪽에서 먼저 접근해 올 거다. 우리가 이용 가치가 있다는 것을 알아챘을 테니."

"그게 무슨……?"

"지금까지의 일을 잘 생각해 봐라."

사진량은 대답 대신 장일소가 스스로 답을 찾으라는 듯 말을 툭 던졌다. 잠시 생각에 잠겨 있던 장일소의 머릿속에 화산을 떠나오면서부터 지금까지 있었던 일들이 떠올랐다. 그러다 이내 장일소는 답을 알아낼 수 있었다.

"그런… 것이로군요. 소공의 말씀이 옳습니다."

장일소는 그제야 나직이 한숨을 내쉬며 말했다. 사진량은 가만히 고개를 끄덕였다.

"그런 거지."

일행이 봉신가의 병력에 습격을 당한 것.

그것은 천뢰일가에서 장일소에 관한 정보를 일부러 흘리지 않았다면 일어날 수 없는 일이었다. 장일소의 행방을 찾기 위해 개방과 하오문에 비밀리에 의뢰를 한 것이 천뢰일가였으니.

장일소에 대한 정보를 흘린 것은 아마도 내부에서 진행되는 은밀한 일을 봉신가에 들키지 않기 위한 것이었을 터. 거기에 더해 장일소 일행을 시험해 보려는 의도도 있었을 것이다. 봉신가의 병력을 어렵지 않게, 아니, 너무도 손쉽게 물리쳐 버린 상황이니, 그 이용 가치는 충분히 증명되었다고 볼 수 있다.

천뢰일가로서는 당연히 오대봉신가를 견제하는 수단으로

장일소를 비롯한 일행을 끌어들이려 할 것이다. 그러려면 외부의 무인을 초빙하는 형태가 가장 자연스러울 테니, 그것을 위해 천뢰일가에서는 조만간 사람을 보낼 것이다.

사진량은 봉신가를 상대하며 거기까지 내다본 것이었다. 물론 사진량은 천뢰일가의 의도대로 움직일 생각은 추호도 없었다. 그저 어차피 천뢰일가로 가야 하니, 현재의 상황을 최대한 유리하게 이용하려는 것뿐이었다. 그런 사진량을 향한 장일소의 시선에는 경탄이 가득 담겨 있었다.

"이게 도대체 무슨 소리여, 관 동생?"

"그, 글쎄요. 못 알아들으면 그냥 조용히 닥치고 있읍시다, 고태 형님."

"그게 좋겠구먼."

영문을 알 수 없는 두 사람의 대화에 그저 진땀을 흘리며 서로의 귓가에 속닥이는 고태와 관지화였다.

어느새 날이 저물었다.

해가 완전히 지기 전에 마을의 초입에 들어선 터라 일행은 오랜만에 객잔에 방을 잡고 늦은 저녁식사를 하고 있었다. 그동안 매일같이 육포에 건량을 부숴 끓인 죽으로 식사를 때운 터라 간만의 음식은 반갑기만 했다. 워낙에 규모가 작은 이층짜리 객잔이라 요리라고 해봐야 소면에 소채 볶음이 다였지만 일행에게는 여느 산해진미(山海珍味) 못지않았다.

고태와 관지화는 며칠 굶은 사람처럼 허겁지겁 눈앞의 음식을 먹어치웠다. 주문한 지 채 반각도 채 지나지 않아 소면을 국물까지 깨끗하게 비워 버린 두 사람은 연달아 추가 주문을 했다.

"여기 소면 한 그릇 추가요!"

"여기도 하나 더 주슈."

점소이 하나 없는 객잔의 주방에서 중년 사내가 불쑥 고개를 내밀더니 소리쳤다.

"주문 받았습니다. 잠시만 기다려 주십쇼!"

중년 사내가 다시 주방 안으로 모습을 감추자, 무언가 부글부글 끓는 소리와 분주히 움직이는 소리가 들려왔다. 이내 허연 김이 피어오르는 소면 두 그릇을 들고 나온 중년 사내는 빠른 걸음으로 다가와 그릇을 내려놓았다.

"주문하신 소면 나왔습니다!!"

소면 그릇을 내려놓은 중년 사내는 곧장 다시 주방으로 후다닥 뛰어 들어갔다. 금방 끓여낸 탓에 아직도 국물이 부글부글 끓고 있는 소면 그릇을 덥썩 집어 든 두 사람, 고태와 관지화는 뜨겁지도 않은지 순식간에 물 마시듯 소면 그릇을 비웠다.

"어이구, 누가 보면 계속 굶긴 줄 알겠다, 이 자식들아. 니들이 무슨 거지냐? 쯧쯧."

걸신이라도 들린 듯 게걸스러운 두 사람의 모습에 남궁사혁은 인상을 찌푸리며 혀를 찼다. 하지만 먹부림에 온 신경을 집중하고 잇던 두 사람은 아무것도 들리지 않는 듯 쉬지 않고 젓가락을 움직일 뿐이었다.

"예에? 뭐라굽쇼?"

정신없이 젓가락질을 하는 와중에 남궁사혁의 말을 지나듯 들은 것인지 잠시 멈칫한 관지화가 입가에 소면 면발을 길게 늘어뜨린 채 고개를 갸웃했다. 남궁사혁은 저도 모르게 불끈 주먹을 그러쥐었다가 이내 한숨을 푹 내쉬며 고개를 절레절레 흔들었다.

"됐다. 내가 말을 말아야지."

남궁사혁은 게걸스러운 두 사람에게서 고개를 휙 돌렸다. 순간 무표정한 얼굴을 한 사진량과 눈이 마주쳤다. 사진량은 이미 식사를 마친 후, 객잔의 창밖을 내다보고 있었다.

"뭐냐?"

사진량과 눈을 마주친 남궁사혁이 물었다. 사진량은 천천히 몸을 일으키더니 조용히 입을 열었다.

"잠시 다녀오겠다."

"같이 가줄까?"

"아니, 혼자서도 충분하다."

대답과 동시에 사진량의 모습이 일행의 시야에서 사라져 버렸다. 사진량이 앉아 있던 자리를 멍하니 쳐다보고 있던 장일소가 남궁사혁에게 고개를 돌리며 질문을 던졌다.

"대체 무슨 일입니까, 남궁 소협?"

"혼자서도 충분하다니까 그냥 내버려 두십쇼. 끝나면 알아서 돌아올 겁니다."

"그게 무슨……?"

영문을 모르겠다는 얼굴을 한 장일소를 뒤로한 채 남궁사혁은 천천히 일어나 이 층으로 향한 계단을 오르기 시작했다. 이 층의 방으로 향하는 남궁사혁의 얼굴에는 아쉬움이 가득 담겨 있었다.

'쳇! 그냥 내가 먼저 간다고 할 걸 그랬나?'

달이 구름 속으로 모습을 감춰 주위에는 어둠이 가득했다. 짙은 어둠 속을 시위를 떠난 활처럼 사진량의 신형이 빛살처럼 뻗어나갔다.

쐐애애액—!

눈 깜짝할 사이에 마을을 벗어난 사진량은 짙은 어둠 속을 가만히 쳐다보았다. 저 먼 곳에서 불길한 어둠이 일렁이는 것이 보였다.

죽음의 기운.

짙은 피비린내와 함께 진한 죽음의 기운이 느껴졌다. 짧은 숨을 들이쉰 사진량은 그대로 내공을 끌어 올리며 바닥을 박차고 내달렸다.

'늦지 않아야 할 텐데.'

사진량은 속으로 나직이 중얼거리며 걸음을 더욱 서둘렀다.

"끄륵!"

목을 잘린 탓에 신음 대신 피거품이 터져 나왔다. 갈라진 목에서 대량의 피가 쏟아져 나왔다. 금방이라도 잘린 목이 떨어져 나갈 듯 덜렁거렸다. 그대로 허물어지듯 쓰러졌다. 쏟아져 나온 피가 바닥을 흥건히 적셨다. 자신이 흘린 피바다에 쓰러져 눈을 부릅뜬 채 절명한 아낙의 시신을 흑의 복면인이 가만히 내려다보았다.

"여기가 마지막이로군, 후후."

흑의 복면인은 싸늘한 미소를 지으며 천천히 돌아섰다. 피비린내 가득한 마을의 모습이 눈에 들어왔다. 이제 남은 것은 뒤처리뿐이었다. 흑의 복면인은 품속에서 작은 호리병을 꺼내 피바다에 쓰러져 있는 아낙의 시신에 무언가 검은 액체를 뿌렸다.

푸시시……! 부글부글!

호리병에서 나온 검은 액체가 아낙의 시신에 닿자 시큼한 냄새가 확 퍼져 나오며 허연 연기와 함께 거품이 끓어올랐다. 동시에 아낙의 시신은 밀랍이 불에 녹아내리듯 순식간에 뼈까지 녹아버렸다. 뿐만 아니라 바닥을 흥건히 적신 피도 부글부글 끓으며 붉은 연기가 되어 사라져 버렸다.

바닥을 적신 피가 기화되어 사라지고 나자, 약간의 시큼한 냄새와 흙이 젖은 흔적만이 남았다. 처참하게 목이 잘려 살해 당한 아낙의 시신이 쓰러져 있던 자리라고는 도무지 믿기 힘들 정도였다.

파파파팟!

호리병 뚜껑을 닫고 다시 품속으로 회수하려던 흑의 복면인은 무언가가 빠른 속도로 다가오는 소리에 고개를 돌렸다.

순간!

"무슨 짓을 하고 있는 거냐?"

낯선 목소리가 귓가로 흘러드는 것과 동시에 강한 충격이 흑의 복면인의 뒷머리를 강타했다.

빠악!

한순간 정신이 아득해지는 것을 억지로 버텨낸 흑의 복면인은 내공을 끌어 올리며 휘파람을 크게 불었다.

"휘이익!"

"주위에 있는 자들 전부 다 부르는 게 좋을 거다."

어느새 흑의 복면인 앞에 모습을 드러낸 사내가 조용히 입을 열었다. 내공으로 통증을 줄이기는 했지만 아직까지 강한 충격이 남아 있는 탓에 흑의 복면인은 살짝 비틀거리며 싸늘하게 중얼거렸다.

 "누군지 모르겠지만 이렇게 난입한 대가는 죽으… 컥!"

 흑의 복면인의 말은 짧은 신음으로 끝나 버렸다. 어느새 검을 뽑아 든 사내가 그대로 흑의 복면인을 베어버린 탓이었다. 사내가 언제 검을 휘두른 것인지 전혀 알아채지 못한 채로 흑의 복면인은 그대로 허물어지듯 쓰러졌다.

 파파팟!

 흑의 복면인이 쓰러진 순간, 주위에서 다가오는 십여 개의 인기척을 느낀 사내는 그대로 가볍게 허공으로 뛰어오르며 중얼거렸다.

 "질문에 대답할 입은 하나면 충분하지."

 말을 마침과 동시에 사내가 뽑아 든 잿빛 묵검이 서늘한 빛을 뿜어내기 시작했다.

 "컥!"

 짧은 신음과 함께 하나를 제외한 나머지 흑의 복면인들이 모두 더운 피를 뿜어내며 쓰러졌다. 눈 깜짝할 사이에 벌어진 일이었다. 마지막 흑의 복면인은 도저히 믿을 수 없다는 듯 찢어져라 눈을 크게 치켜떴다. 극한까지 익힌 마공의 영향으로 희로애락의 감정이 희박해진 복면인이었지만 자신의 눈앞에서 벌어진 일에 두려움이 느껴졌다.

'떠, 떨고 있는 건가? 내가?'

저도 모르게 몸이 떨리는 것을 느낀 흑의 복면인은 눈앞의 사내, 사진량을 쳐다보았다. 사진량은 십여 명의 흑의 복면인을 베어 넘기고도 피 한 방울 묻지 않은 자신의 검을 회수하며 천천히 마지막 흑의 복면인에게로 고개를 돌렸다.

흠칫!

사진량과 눈이 마주친 흑의 복면인은 저도 모르게 어깨를 움찔하며 한 걸음 뒤로 물러났다. 하지만 이내 덜컥 멈춰 서 버렸다. 사진량의 날카로운 눈빛이 날아든 순간, 그대로 두 다리가 바닥에 붙어버린 것 같았다. 온몸이 단단한 밧줄로 묶인 듯, 흑의 복면인은 꼼짝도 할 수 없었다.

사진량은 오랜 시간을 끌 생각이 전혀 없었다. 흑의 복면인들과 마주하기 반각 전에 저 멀리서 빠른 속도로 일단의 무리가 다가오고 있는 것을 느낀 탓이었다. 흑의 복면인들의 마공과는 전혀 다른 기운이 느껴지는 무리였지만 이런 상황에서 마주하는 것은 괜한 오해를 살 수도 있는 일이었다.

"그럼 질문을 하지. 여기서 뭘 하고 있었지?"

사진량은 온몸이 굳어버린 흑의 복면인에게 천천히 다가가며 물었다. 흑의 복면인은 아무런 대답도 하지 않았다. 그저 바르르 떨리는 눈으로 자신에게 다가오는 사진량을 쳐다볼 뿐이었다.

저벅, 저벅!

사진량이 다가오는 걸음 소리가 흑의 복면인의 귀에는 마치 내려치는 천둥처럼 커다랗게 들렸다. 다가오는 사진량의 모습이 엄청난 크기의 거인처럼 보였다. 흑의 복면인의 바로 앞에서 걸음을 멈춘 사진량은 천천히 손을 뻗었다. 사진량의 손은 흑의 복면인의 명문혈에서 멈췄다. 그리고.

드드득!

낡은 가죽 북을 두드리는 것 같은 소리와 함께 사진량의 막대한 내공이 흑의 복면인의 몸속으로 밀려들었다. 거센 파도처럼 밀려든 사진량의 내공은 흑의 복면인의 혈맥과 내공을 굶주린 맹수처럼 갈가리 내찢고 씹어 삼켰다.

"커헉!"

치밀어 오르는 지독한 열기에 버티지 못한 흑의 복면인은 왈칵 피를 토해냈다. 하지만 온몸을 녹일 것 같은 열기는 가시지 않았다. 오히려 더욱 강해지기만 했다. 시야가 흐릿해지고 어지럼증과 함께 혼몽해졌다.

"다시 한 번 묻지. 여기서 무얼 하고 있었나?"

고통을 없앨 수 있는 달콤한 유혹처럼 사진량의 조용한 음성이 흑의 복면인의 귓가로 흘러들었다. 흑의 복면인은 무언가에 홀리기라도 한 듯 몽롱한 표정으로 천천히 입을 열기 시작했다.

"우, 우리의 임무는……."

사진량은 흑의 복면인의 명문혈에서 손을 떼어내고는 가만히 눈을 마주했다. 초점을 잃은 흐릿한 눈빛을 한 흑의 복면인은 마치 심령이 제압당한 실혼인처럼 보였다. 흑의 복면인의 입술이 아주 천천히 달싹였다. 하지만.

'젠장, 좀 더 서두를 걸 그랬나?'

사진량은 미간을 살짝 찌푸리며 천천히 고개를 돌렸다. 순간 커다란 고함과 함께 십여 명의 무인들이 달려들어 사진량과 흑의 복면인 주위를 둥글게 포위했다.

"대체 무슨 짓을 하는 거냐! 멈춰라!"

사진량의 시선은 방금 고함을 친 중년의 무인에게로 향해 있었다. 좀 더 쉽게 자백을 듣기 위해 흑의 복면인의 심령을 억누르려 한 것이 실수였다. 차라리 마혈을 제압해 함께 자리를 피한 후에 처리할 것을. 지금 와서 후회해 봐야 이미 늦은 일이었다. 사진량은 저도 모르게 나직이 한숨을 내쉬었다.

"무슨 짓을 하는 거냐고 물었다! 대답하지 않을 텐가!"

다시 한 번 날아드는 중년 무인의 외침에는 분노가 가득 담겨 있었다. 딱 보기에도 마을에서 벌어진 일의 흉수가 사진량일 거라 생각하는 것 같았다. 곧장 자리를 뜨려던 사진량은 문득 떠오른 생각에 저도 모르게 나직이 중얼거렸다.

"천뢰… 일가인가?"

순간 사진량에게 질문을 던졌던 중년 무인이 어깨를 움찔했다. 짧은 순간이었지만 그것으로 대답은 충분했다. 사진량은 나직이 한숨을 내쉬었다. 앞으로를 생각한다면 천뢰일가와는 척을 져서는 안 되는 일이었다.

채채챙!

사진량이 눈앞의 중년 무인에게 무어라 말을 하려는 순간!

중년 무인의 고갯짓에 사진량의 주위를 포위한 십여 명의 무인들이 일제히 검을 뽑아 들었다. 중년 무인의 명령이 떨어지면 당장에라도 사진량에게 달려들 듯 젊은 무인들은 날카로운 기세를 뿜어내고 있었다.

사진량은 잠시 고민했다. 오대봉신가였다면 아무런 망설임 없이 모두 쓰러뜨렸을 테지만, 천뢰일가라면 그럴 수 없었다. 이내 사진량은 나직이 한숨을 내쉬며 중얼거렸다.

"괜한 헛수고를 했군."

"뭐? 무슨 소리냐?"

사진량의 중얼거림을 들은 중년 사내가 소리쳤다. 하지만 사진량은 아무런 대꾸도 하지 않고 그대로 천천히 한 걸음 내디뎠다. 전혀 예상치도 못한 갑작스러운 사진량의 움직임에

오해 261

주위의 무인들이 다들 저도 모르게 어깨를 움찔했다.

"머, 멈춰라!"

바로 앞에 서 있는 중년 무인이 검첨으로 사진량을 가리키며 소리쳤다. 그 순간.

후웅!

낮은 바람 소리와 함께 사진량의 신형이 순식간에 시야에서 사라졌다. 중년 무인은 귓가로 스치는 바람 소리와 함께 날아드는 사진량의 음성에 어깨를 흠칫 떨었다.

"조만간 다시 볼 수 있을 거다. 뒤처리는 그쪽에 맡기도록 하지."

"뭐라……?!"

움찔 놀란 중년 무인이 다급히 고개를 들었다. 하지만 사진량의 모습은 이미 완전히 사라져 버린 후였다. 남은 것이라고는 넋이 나간 듯 몽롱한 눈빛을 한 채 뒤로 물러나려는 자세로 굳어 있는 흑의 복면인뿐이었다.

"으, 으으……"

나직한 신음을 토해내는 흑의 복면인의 모습에 중년 무인은 금세 정황을 알아챌 수 있었다.

"오해… 한 건가?"

나직이 중얼거리며 중년 무인은 사진량의 마지막 음성이 들려온 방향으로 고개를 휙 돌렸다. 당연히 아무것도 보이지 않앉다. 한숨을 푹 내쉰 중년 사내는 일행에게로 고개를 돌려 조용히 말했다.

"저자를 압송하라. 무슨 일이 생길지 모르니 혈도를 제압하고 몸수색을 철저히 해야 할 것이다."

"존명!"

자신의 말에 젊은 무인들이 분주히 움직이는 것을 가만히 쳐다보던 중년 무인은 갑자기 무언가를 떠올린 듯 놀란 얼굴로 다시 고개를 휙 돌렸다.

'분명 다시 볼 수 있다고 했지. 도대체 어떻게……?'

갑자기 떠오른 의문이었지만 대답해 줄 사람은 아무도 없었다. 그때 중년 무인의 귓가에 젊은 무인의 낮은 외침이 들려왔다.

"조, 조장! 이것 좀 보십시오!"

"무슨 일이냐?"

고개를 살짝 흔들어 잡념을 떨친 중년 무인이 다가갔다. 조장이라 불린 중년 무인을 부른 젊은 무인의 손에는 작은 호리병이 들려 있었다.

"이자가 갖고 있던 것입니다."

호리병을 건네받은 중년 무인이 뚜껑을 열자 코끝이 저릿할 정도로 시큼한 냄새가 확 퍼져 나왔다. 살짝 인상을 찌푸린 중년 무인은 혈도를 제압당한 채 포박된 흑의 복면인을 내

오해 263

려다보며 나직이 중얼거렸다.

"화골산……."

흑의 복면인을 향한 중년 무인의 눈빛에는 타오르듯 강렬한 노기가 가득 차 있었다.

* * *

덜컹!

사진량은 조용히 문을 열고 방 안으로 들어섰다. 어둠 속에서 남궁사혁의 나직한 음성이 들려왔다.

"왔냐?"

사진량은 천천히 고개를 돌렸다. 남궁사혁이 자리에 앉아 차를 따르고 있었다. 남궁사혁은 조금 식긴 했지만 아직 김이 피어오르는 차를 가득 따라 슬며시 사진량에게 잔을 내밀었다.

"표정을 보아하니 제대로 안 풀렸나 보네?"

남궁사혁은 자신의 몫으로 따른 차를 한 모금 마신 후에 피식 미소를 지었다. 무슨 생각을 하는지 알 수 없는 무표정한 얼굴의 사진량이었지만 남궁사혁은 다 안다는 표정을 하고 있었다. 남궁사혁의 맞은편에 앉은 사진량은 나직이 한숨을 내쉬었다.

"어쩌다 보니……."

그럴 줄 알았다는 듯 남궁사혁은 고개를 끄덕였다.

"어이구, 혼자 간다고 할 때부터 그럴 줄 알았다. 하여간에 모든 걸 혼자 다 해결하려고 하니까 그런 거 아니냐, 인마. 무슨 몸이 수십 개 있는 것도 아니면서 뭐가 그리 고집이냐? 가끔은 주위에도 기대고 그럴 때도 있어야지. 안 그러냐?"

남궁사혁의 말에 사진량은 아무런 대답도 하지 않았다. 그저 가만히 김이 피어오르는 찻잔을 쳐다보고 있을 뿐이었다. 남궁사혁은 멋쩍은 듯 피식 미소를 지으며 천천히 몸을 일으켰다.

"벽에다 대고 얘기하는 것도 아니고. 에휴, 됐다. 내가 말을 말아야지. 잠이나 잘란다. 내일 새벽에 일찍 출발할 테니까 늦지 마라."

그대로 침대로 몸을 던진 남궁사혁은 담요를 덮어쓰며 휙 등을 보인 채 누웠다. 그 모습을 가만히 지켜보던 사진량은 씁쓸한 미소를 지으며 천천히 몸을 일으켰다.

第七章

동상이몽(同床異夢)

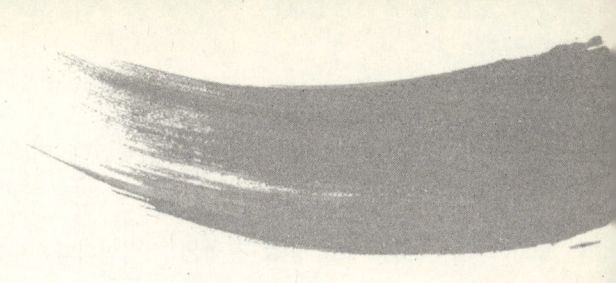

"밀단의 암영조가 소식을 전해왔습니다, 아가씨!"

다급히 달려오느라 거칠어진 숨을 몰아쉬며 은규태가 말을 내뱉듯이 쏟아냈다. 여느 때와 마찬가지로 가득 쌓인 서류를 처리하고 있던 양지하는 천천히 고개를 들었다.

"무슨 일이죠, 은 총사?"

무표정한 얼굴을 한 양지하의 맞은편에 앉으며 은규태가 말을 이었다.

"일전의 그 일 말입니다. 드디어 흉수를 잡았다고 합니다."

"그게 사실인가요?"

양지하의 눈빛이 날카롭게 번뜩였다. 어깨를 움찔한 은규태가 고개를 끄덕였다.

"암영조에서 방금 전해온 소식입니다. 현장에서 흉수로 보이는 자를 잡았다고 하더군요. 복장이나 지니고 있는 물건들로 보아 그동안 일을 벌인 흉수임이 거의 틀림없다고 합니다."

"지금 그자는 어디 있죠?"

"아혈과 마혈을 제압한 채, 본가로 압송 중이라고 합니다. 본가의 영역에서 조금 거리가 있는 곳이라 닷새 정도 걸릴 것 같습니다."

"닷새라······. 그 흉수, 무사히 데려올 수 있겠죠?"

양지하의 의미심장한 눈빛에 은규태는 속으로 찔끔했다. 하지만 겉으로는 전혀 티를 내지 않고 아무렇지도 않은 얼굴로 고개를 끄덕였다.

"물론입니다. 암영조에서 실수라도 하지 않는 한 무사히 돌아올 겁니다."

"그렇죠. 그래야겠죠."

양지하는 조용히 중얼거리며 고개를 끄덕였다. 양지하가 다시 시선을 서류로 돌리자 은규태는 속으로 안도하며 조심스레 말을 이었다.

"아, 그리고 장노 일행을 맞이할 사람은 외단주 강창휘로 결정했습니다. 잠시 후에 호위 무사들과 함께 출발할 예정입니다."

"흐음, 강 단주라면 과하지도, 부족하지도 않은 적당한 인선이로군요. 수고하셨어요."

양지하는 서류에서 눈길을 떼지 않고 조용히 대답했다. 가만히 양지하의 눈치를 살피던 은규태는 이내 천천히 몸을 일으켰다. 막 밖으로 나서려는 은규태의 귓가에 양지하의 조용한 음성이 날아들었다.

"강 단주와 함께 장노가 본가로 돌아오면 곧바로 봉신가의 가주들을 소집할 겁니다."

"보, 봉신가의 가주들을 말입니까?"

"네. 그 즈음이면 이쪽 계획도 준비가 끝나지 않던가요?"

"그렇긴 합니다만……."

은규태는 말꼬리를 흐리며 양지하에게로 고개를 돌렸다. 양지하는 입꼬리를 살짝 말아 올린 채 천천히 입을 열었다.

"상황이 절묘하게 맞아 떨어지고 있으니 이용할 수 있는 건 최대한 이용해야 하지 않겠어요?"

탁!

조용히 문을 닫고 나오는 은규태는 굳은 얼굴로 나직이 한숨을 내쉬었다.

보통 때였다면 주위를 오가는 가인들이 보였을 테지만, 들어오기 전에 미리 사람들을 물러가게 한 터라 복도에는 아무도 없었다.

만약 사람들이 있었다면 지금껏 전혀 본 적이 없는 낯선 표정을 한 은규태의 모습에 적잖이 당황했으리라.

'빌어먹을 계집! 조만간 그 무표정한 얼굴이 참혹하게 일그러지는 것을 꼭 보고야 말겠다.'

으득 이를 갈며 은규태는 천천히 걸음을 옮기기 시작했다.

저벅, 저벅!

아무도 없는 복도를 은규태의 걸음 소리가 조용히 퍼져 나갔다.

* * *

따그닥! 따그닥!

적색 무복을 입은 무인 스무 명이 말을 탄 채 마차 한 대를 호위하고 있었다. 두 사람 정도가 타면 꽉 찰 정도로 작은 마차였지만 외부의 장식은 일견 평범해 보여도 꽤나 고풍스러웠다.. 마차 안에서 가만히 창밖을 내다보고 있던 중년 사내는 나직이 한숨을 내쉬며 중얼거렸다.

"후우, 도대체 누구이기에 극진히 마중까지 나가야 하는 겐지, 쯧쯧."

은은한 푸른빛이 도는 학창의에 문사건을 쓴 중년 사내는 천뢰일가 총사부에 소속된 문사, 강창휘였다.

 총사부를 이루는 다섯 개의 집단 중 외부 접객 등의 일을 맡고 있는 외단의 단주인 강창휘가 직접 나설 정도의 상대가 누구인지 궁금해하는 것은 당연했다. 게다가 강창휘의 직속 상관인 은규태가 명령을 할 때에도 그저 귀한 손님이니 극진히 대해야 한다는 것밖에는 듣지 못했던 터였으니.

 물론 아는 얼굴도 하나 있었다.

 수년 전 천뢰일가를 떠난 장일소였다. 하지만 강창휘는 장일소가 탐탁지 않았다. 가장 신뢰하는 측근이었던 장일소가 사라진 탓에 가주인 양기뢰의 병이 악화된 것이라고 생각하던 강창휘였다. 그러니 장일소와 그 일행을 극진히 맞이하라는 은규태의 명령이 내키지 않는 것은 당연했.

 사실 양기뢰의 밀명을 받고 장일소가 천뢰일가를 떠난 것을 아는 사람은 그리 많지 않았다. 때문에 강창휘가 그런 오해를 하는 것은 어찌 보면 당연한 일이었다.

 "젠장! 은 총사의 명령이니 따르기는 한다만……. 뭣들 하는 게냐? 좀 더 서두르지 않고!"

 강창휘는 불만이 가득한 얼굴로 애꿎은 호위 무사들에게 버럭 소리쳤다. 애꿎은 불똥이 튄 호위 무사들은 불만이 가득했지만 애써 겉으로 티를 내지 않으며 소리쳤다.

동상이몽 273

"알겠습니다, 단주님!"

동시에 마차를 끌고 있던 말이 크게 투레질하며 속도를 내기 시작했다. 갑작스레 속도를 높이자 마차가 크게 흔들렸다. 그 바람에 미간을 찌푸린 채 창밖을 내다보던 강창휘는 균형을 잃고 크게 휘청이며 마차 바닥에 쓰러졌다.

"우억!"

단단한 마차 바닥에 호되게 부딪치기라도 한 것인지 강창휘는 신음을 토해냈다. 하지만 거칠게 내달리는 말발굽 소리에 가려진 것인지, 아니면 못 들은 척하는 것인지 주위의 호위 무사들은 바지런히 말을 달릴 뿐이었다.

따그닥! 따그닥!

"아으윽! 젠장할!"

곤깅 짜증 가득 섞인 강창휘의 날카로운 외침이 주위를 뒤흔들었다.

덜컹! 덜컹!

마차가 심하게 흔들렸다. 안 그래도 길이 거친 데다 말을 빠르게 달린 탓에 제대로 균형을 잡고 앉아 있을 수 없을 정도였다.

"우억!"

커다란 돌이라도 길에 박혀 있었던 것인지 마차가 한 차례 허공에 떠올랐다가 내려앉았다.

쿠쾅!

마차가 바닥에 착지하는 충격에 일행은 호되게 엉덩방아를 찧고 신음을 터뜨렸다. 제자리에 아무렇지도 않게 앉아 있는 것은 사진량뿐이었다.

팔짱을 낀 채 가만히 눈을 감고 있던 사진량은 마차가 심하게 흔들리는데도 전혀 미동도 하지 않았다. 마치 평지에 앉아 있는 것처럼 평온하기만 했다.

마차의 흔들림에 따라 흔들리는 몸을 제대로 가누지 못하고 있는 관지화는 신기하다는 눈으로 사진량을 쳐다보았다. 순간, 사진량이 갑자기 번쩍 눈을 떴다.

"역시 예상대로인가……."

"그게 무슨 말씀이십니까, 소공?"

사진량의 나직한 중얼거림에 온몸에 힘을 주고 균형을 잡고 있던 장일소가 고개를 갸웃거리며 물었다. 사진량은 입꼬리를 살짝 말아 올리며 짧게 대꾸했다.

"조금만 기다려 보면 알 거다."

구체적인 대답이 아니라 장일소는 여전히 의아해하는 얼굴이었지만 사진량은 더 이상은 아무런 말도 하지 않고 그대로 눈을 감아버렸다.

동상이몽

두 시진 후.

"어어? 저거 이쪽으로 오는 건가?"

어자석에서 남궁사혁의 놀란 음성이 들려왔다. 마차 안에 있던 장일소가 창밖으로 고개를 내밀었다.

"무슨 일입니까, 남궁 소협?"

달리는 말의 속도를 늦추며 남궁사혁은 저 멀리서 다가오는 먼지구름을 가리켰다.

"저기, 저저 보이십니까?"

장일소는 손을 들어 눈썹 위에 가져다 대며 실눈을 뜨고는 남궁사혁이 가리킨 방향을 쳐다보았다. 하지만 워낙에 거리가 멀어 무언가 다가오고 있다는 정도밖에는 알아볼 수 없었다.

"제법 구색은 갖춘 것 같군."

사진랑은 입꼬리를 살짝 말아 올린 채 영문을 알 수 없는 말을 나직이 중얼거렸다. 고개를 갸웃거리며 한참이나 다가오는 무언가를 쳐다보던 장일소는 순간 뇌리를 스치는 생각에 저도 모르게 낮게 탄성을 터뜨렸다.

"아! 설마……?"

장일소는 동그랗게 뜬 눈으로 사진랑을 쳐다보았다. 장일소와 눈이 마주친 사진랑은 가만히 고개를 끄덕였다. 곧장 장일소가 입을 열었다.

"전에 말씀하신 대로 천뢰일가에서 사람을 보낸 것이지요,

소공?"

"아마도."

사진량은 고개를 끄덕이며 짧게 대꾸했다. 장일소의 말이 조용히 뒤이어졌다.

"그렇다면 이제 어쩔 생각이십니까?"

짧지만 많은 것이 담겨 있는 질문이었다. 사진량은 대수롭지 않다는 듯 천천히 입을 열었다.

"일단은 조용히 따라간다. 분명 무슨 수작을 부리려고 하겠지만, 그 정도야 충분히 각오한 일이었으니."

사진량의 말에 그럴 줄 알았다는 듯 장일소가 가만히 고개를 끄덕였다.

"호랑이를 잡으려면 호굴로… 라는 거로군요."

"호랑이는 무슨. 늑대 소굴이죠.."

남궁사혁이 히죽 미소를 지으며 불쑥 끼어들었다. 잠시 멈칫한 장일소는 천뢰일가와 오대봉신가 간의 알력 싸움에 대해 떠올리고는 자조적인 미소를 지으며 나직이 중얼거렸다.

"늑대 소굴이라……. 그럴지도 모르겠군요. 아니, 남궁 소협의 말씀이 옳습니다. 지금의 천뢰일가는 호시탐탐 본가를 노리는 늑대들로 가득하니까요."

그냥 농담으로 툭 던진 말을 너무도 심각하게 받아들이는 장일소의 모습에 남궁사혁은 짐짓 당황했다. 하지만 겉으로는

동상이몽 277

티내지 않으며 능글맞은 미소로 대꾸했다.
"그럼요. 망할 늑대 놈들, 다 쓸어버리자고요. 아무리 대가리 수가 많아도 호랑이가 둘이나 있는데 늑대 따위야 가볍게……."
남궁사혁은 허연 이가 드러나도록 히죽 미소를 지었다. 그 모습에 장일소는 애써 밝은 미소를 지으며 고개를 끄덕였다.
"그렇지요. 남궁 소협만 믿겠습니다, 허허."
"믿으십쇼, 하하핫!"
남궁사혁은 주먹으로 자신의 가슴을 팡팡 두드려 보이며 너털웃음을 터뜨렸다.

"아무래도 저기 서 있는 마차가 저희가 맞이할 상대가 아닌가 싶습니다, 강 단주님."
팔짱을 끼고 불만이 가득한 얼굴을 하고 있는 강창휘의 귓가에 호위 무사의 음성이 들려왔다. 한 손을 뻗어 창을 열고 고개를 살짝 내민 강창휘가 말했다.
"어디냐?"
"저쪽 언덕 위에 마차 한 대 서 있는 거 보이십니까?"
약관을 조금 넘어 보이는 호위 무사가 손을 들어 먼 곳을 가리켰다.
강창휘는 실눈을 뜨고 한참이나 그쪽 방향을 쳐다보았지만 제대로 보이지 않았다. 워낙에 거리가 멀어 희뿌옇게 무언가의 형상이 보일 뿐이었다. 내공이라고는 쥐뿔도 없는 데다 노안까지 있는 터라 먼 곳까지 제대로 보일 리가 없었다.

"에잇! 뭐가 보인다고 그러는 게냐? 지금 내가 무공이 없다고 괄시하는 거야?"

"아, 아닙니다."

"에잉! 하여간에 하나도 마음에 안 든다니까!"

짜증 가득한 얼굴로 버럭 소리친 강창휘는 그대로 마차 안으로 모습을 감춰 버렸다. 강창휘의 짜증을 혼자서 받아낸 젊은 호위 무사는 저도 모르게 나직이 한숨을 내쉬며 고개를 돌렸다.

"천뢰일가에서 사람을 보낸 게 확실하군요."

점점 가까워지는 마차에 달린 작은 깃발을 알아본 장일소가 입을 열었다. 아직까지 백여 장의 거리가 있었지만, 내공으로 안력을 높인다면 충분히 얼굴을 알아볼 수 있을 정도였다.

이 인승 정도로 보이는 작은 마차는 화려한 장식은 없었지만 명문가의 물건답게 고풍스러운 기운이 느껴졌다. 마차의 좌우에는 적색 무복에 허리에는 장검을 차고, 이마에는 묵빛 영웅건을 쓴 스무 명의 무인이 말을 타고 있었다. 무인들이 입

동상이몽 279

은 적색 무복의 양손 소매 깃에는 번개 문양이 작게 수놓아져 있었다.

천뢰일가 외단 소속 무인이라는 것을 단박에 알아본 장일소는 한 걸음 앞으로 나섰다. 미리 마차를 세워 두고 밖에서 기다리고 있던 일행은 장일소를 가만히 지켜보았다.

"제가 상대할 테니 무슨 일이 있어도 다들 가만히 계셔야 합니다."

가까이 다가오는 마차를 쳐다보며 장일소가 조용히 입을 열었다. 사진량을 비롯한 일행은 대답 대신 가만히 고개를 끄덕였다.

따각! 따각!

속도를 늦춘 말발굽 소리가 조용히 들려왔다. 상대는 사진량 일행에게서 열 걸음 정도 떨어진 곳에서 멈춰 섰다. 마차를 호위하고 있는 무인들의 대장으로 보이는 중년 무인이 말을 천천히 몰아 일행에게로 다가왔다. 장일소의 바로 앞에서 멈춰선 중년 무인은 안장에서 훌쩍 뛰어내려 포권을 취했다.

"오랜만에 뵙습니다, 장노 어르신."

"자넨… 종규, 종 조장 아닌가?"

오랜만에 마주하는 얼굴이라 잠시 기억을 더듬던 장일소는 반가운 얼굴로 종규에게 다가갔다. 장일소는 포권을 취하고 있는 종규의 손을 맞잡고 말을 이었다.

"허헛! 내가 떠날 때에는 아직 젊은 티가 남았었는데 이제 자네도 연륜이 느껴질 나이가 되었구먼."

종규가 무어라 대꾸하려는 찰나, 마차 문이 소리 나게 벌컥 열리더니 누군가의 짜증 가득한 외침이 터져 나왔다.

"연륜을 개뿔! 그런 작자와 무슨 쓸데없는 얘길 하는 게냐?"

뒷짐을 지고 마뜩잖아하는 얼굴로 밖으로 나온 것은 강창휘였다. 강창휘는 미간을 찌푸린 채 종규의 손을 마주 잡은 장일소를 흘겨보았다.

장일소는 천천히 강창휘를 향해 고개를 돌렸다. 강창휘는 못마땅해하는 얼굴로 장일소를 제대로 쳐다보지도 않고 말을 이었다.

"은 총사의 명만 아니었다면 이렇게 당신을 마중 나오는 일 따위 절대 하지 않았을 거요."

강창휘의 날선 말에도 장일소는 낯빛 하나 변하지 않았다. 오히려 미소가 더욱 깊어졌을 뿐. 강창휘의 반응을 이해할 수 있는 것은 장일소 자신이 천뢰일가를 떠난 진정한 이유를 알고 있는 자가 그리 많지 않기 때문이었다.

가주인 양기뢰를 비롯해 최측근 몇몇만이 사실을 알고 있으니, 다른 이들은 장일소가 떠난 것에 대해 오해할 수밖에 없었다. 외단주라고는 하지만 중간 관리직에 불과한 강창휘가 사실을 알 리가 없으니, 장일소를 못마땅해하는 것은 당연한 일이었다.

"허헛!"

장일소는 멋쩍은 듯 미소를 지었다. 강창휘는 여전히 장일소를 제대로 쳐다보지도 않고 인상을 찌푸린 채 말했다.

"젠장! 뭐가 좋다고 그리 웃는 거요? 하여간에……! 본가로 안내할 테니 그냥 조용히 따라오기나 하시오."

장일소와 눈 한 번 마주치지 않고 강창휘는 그대로 휙 돌아서서 마차에 올랐다. 종규가 조심스레 장일소에게 다가와 조용히 말했다.

"죄송합니다, 어르신. 극진히 모시라는 명이었습니다만……."

"아닐세. 괜찮네. 다 이해하네."

면목 없다는 얼굴을 한 종규의 모습에 장일소는 두 손을 휘휘 내저었다. 종규는 마차 안으로 모습을 감춘 강창휘를 흘낏 쳐다보더니 이내 나직이 한숨을 내쉬었다.

"그럼 모시겠습니다. 마차는 저희가 몰 테니 안으로 들어가시지요, 어르신."

"그러세나."

장일소는 가만히 고개를 끄덕이며 일행에게로 돌아섰다. 일행에게 다가가는 장일소의 얼굴에는 쓴웃음이 걸려 있었다.

"괜찮으십니까, 장노? 거참, 대단한 손님 대접이네요."

남궁사혁이 한 걸음 다가오며 다 들으라는 듯 큰 소리로 비아냥거렸다. 순간 종규를 비롯한 적색 무복의 무인들이 움찔하며 고개를 돌렸다. 하지만 차마 무어라 대꾸하지 못하고 그저 모른 척할 뿐이었다.

"전 괜찮습니다, 남궁 소협. 여기서 이러지 말고 다들 마차 안으로 들어가시지요. 어리석은 저들 중 하나가 앉을 겁니다."

장일소는 일행을 조용히 마차로 이끌었다. 남궁사혁은 불만 가득한 얼굴로 구시렁대면서 오랜만에 어자석이 아닌 마차에 올랐다.

"하여간에 명문가라는 것들은 다들 똑같다니깐……."

빠르지도, 느리지도 않게 이동하는 터라 마차의 흔들림은 그리 심하지 않았다. 간혹 길에 박혀 있는 바위 때문에 크게 출렁이는 것을 빼고는 상당히 쾌적한 편이었다. 하지만 남궁사혁은 팔짱을 낀 채 줄곧 인상을 구기고 있었다.

"도대체 뭡니까, 장노? 귀빈까지는 아니더라도 최소한 손님 대접은 해야 하는 것 아닙니까? 그런데 그런 태도라니, 거참!"

장일소를 대하던 강창휘의 모습을 떠올리며 남궁사혁은 연신 투덜거렸다. 정작 당사자인 장일소는 아무렇지도 않은 듯 미소를 짓고 있었다.

"어쩔 수 없습니다, 남궁 소협. 가주님의 최측근 몇몇을 빼고는 제가 천뢰일가를 떠난 이유를 아는 자는 없으니 오해할 법도 하지요."

"아니, 아무리 그래도 그렇죠. 그게 무슨 태도랍니까?"

"아마도 제가 떠난 것 때문에 가주의 병세가 더 심각해졌다고 생각하는 것이겠지요."

"에이, 그게 무슨!"

"저를 어찌 생각하든, 본가에서는 소공을 맞이할 준비를 하는 것은 틀림없는 것 같군요. 은 총사가 직접 명령을 내렸다고 하니."

장일소는 자신이 천뢰일가를 떠나기 전에 보았던 총사 은규태의 모습을 떠올렸다. 장일소가 천뢰일가를 나선 것은 양기뢰의 간곡한 부탁 때문이기도 했지만, 은규태라면 자신의 빈자리를 메꾸고도 남을 거라 믿었기 때문이었다.

"그 은 총사라는 자가 천뢰일가의 지낭인가?"

가만히 이야기를 듣고만 있던 사진량이 조용히 물었다. 장일소가 고개를 끄덕이며 대답했다.

"아마도 그럴 것입니다. 본가를 위해서는 무슨 짓이든 할 수 있는 은 총사이니……."

"오호라? 장노를 미끼를 내던진 장본인이 그 은 총사라는 작자로군요? 어떻게 생겨먹은 작자인지 꼭 좀 보고 싶네요. 호호."

남궁사혁은 이를 드러내며 씨익 미소를 지었다. 어쩐지 남궁사혁의 미소가 불안하게만 느껴지는 장일소였다.

*   *   *

은규태는 자신의 앞에 있는 두 중년 사내를 가만히 쳐다보았다. 지천명(知天命: 50세)은 넘어 보이는 두 중년 사내는 얼핏 보기에는 쌍둥이라고 해도 믿을 수 있을 수 있을 정도로 닮아 보였다.

차이점이 있다면 콧방울의 모양이나 눈초리가 미묘하게 다른 정도였다. 눈썰미가 뛰어난 은규태도 가끔은 누가 누구인지 구분을 못 할 정도였으니.

"이제 준비는 거의 끝난 것 같군."

처음에 찾았을 때에는 셋이었지만 하나는 진작에 탈락하고 마지막까지 남은 것이 바로 자신의 눈앞에 있는 두 중년 사내였다. 둘 중 하나를 선택하는 것도 은규태가 직접 해야 하는 일이었다. 또한 선택받지 못한 남은 하나를 처리하는 것까지도.

"어? 언제 오셨습니까, 총사 어르신?"

두 중년 사내 중 하나가 그제야 은규태를 발견하고는 몸을 일으켰다. 다른 중년 사내도 뒤따라 일어나며 은규태에게 고개를 숙였다.

"은 총사를 뵙습니다."

은규태는 한 손을 들어 하던 일을 계속하라는 듯 손짓하며 입을 열었다.

"그냥 잠시 들른 걸세. 내가 괜히 방해했나 보군."

"아닙니다. 안 그래도 잠시 쉬려고 하던 참입니다."

처음 은규태를 봤던 중년 사내가 고개를 내저으며 차를 준비하기 시작했다. 익숙한 손놀림으로 물을 끓이고 차를 우려내는 모습은 예절 교육을 철저히 받은 명문가의 사람처럼 보였다. 가만히 그 모습을 지켜보던 은규태는 마음의 결정을 내렸다.

이내 적당히 우러난 다향이 코끝을 자극해 왔다. 은규태는 자신의 앞에 놓은 찻잔을 들어 한 모금 마신 후에 천천히 입을 열었다.

"그동안 힘들게 따라오느라 수고가 많았네. 내일 결정을 할 것이니 오늘은 이만 푹 쉬도록 하게. 둘 중 하나는 비록 선택되지 못하겠지만 걱정하지 말게. 이곳에서 있었던 일만 철저히 함구한다면 평생을 아쉽지 않게 보상해 주겠네. 하지만 만약……."

 은규태는 말꼬리를 흐리며 날카로운 눈빛으로 두 사람을 쏘아보았다. 조용히 차를 마시던 두 중년 사내는 은규태의 눈빛에 저도 모르게 어깨를 움찔했다. 이내 두 중년 사내는 긴장한 얼굴로 침을 꿀꺽 삼키며 고개를 끄덕였다.
"자, 잘 알고 있습니다."
"잊지 않고 명심하겠습니다, 총사."
 두 사람의 대답에도 은규태는 날카로운 눈빛을 거두지 않고 조용히 찻잔을 비웠다. 아무런 말없이 차를 마시는 소리만이 조용히 들려오는 침묵의 시간이 이어졌다.
 딸칵!
 어느새 빈 잔을 내려놓으며 은규태는 몸을 일으켰다. 은규태가 말없이 밖으로 나간 후에야, 두 중년 사내는 나직이 안도의 한숨을 내쉬었다.
"후우, 거 눈빛 한번 살벌하네."
"그러니 말이야. 그래도 뭐 어쩔 수 없지. 안 그런가?"
 두 중년 사내는 서로를 마주 보며 다시 한 번 길게 한숨을 푹 내쉬었다.

 덜컹!
 늦은 밤이라 자려고 침상에 누운 중년 사내의 귓가에 문이

동상이몽

열리는 소리가 들려왔다. 갑작스러운 소란에 중년 사내는 벌떡 몸을 일으켰다.

"누, 누구냐!"

어둠 속에서 무언가가 움찔거리는 것이 보였다. 중년 사내는 경계심 가득한 얼굴로 어둠 속의 형상을 쳐다보았다. 어둠 속의 형상이 한 걸음 다가오자 중년 사내는 움찔 놀라 저도 모르게 뒷걸음질 쳤다. 다시 한 걸음 다가오는 어둠 속 형상의 모습이 창가로 새어 들어오는 달빛에 비쳤다.

"으, 은 총사? 이 시간엔 어쩐 일이십니까?"

어둠 속의 형상을 알아본 중년 사내가 나직이 안도의 한숨을 내쉬며 말했다. 하지만 은규태는 아무런 대꾸도 하지 않고 중년 사내에게 천천히 다가갔다. 전에 없던 은규태의 행동에 중년 사내는 고개를 갸웃거렸다. 어쩐지 불안한 기분이 들었다.

"왜, 왜 그러십… 컥!"

슬그머니 뒷걸음질 치던 중년 사내는 갑작스레 날아든 은규태의 손에 목이 졸려 짧은 신음을 토해냈다. 중년 사내는 본능적으로 손을 들어 자신의 목을 조르고 있는 은규태의 손을 떼어내려고 애썼다.

하지만 꼼짝도 하지 않았다.

엄청난 악력이었다. 두 손으로 꽉 쥐고 온 힘을 다해도 떼어지기는커녕 오히려 더 강한 힘으로 조여 왔다. 숨이 막히고 눈앞이 점점 흐릿해졌다. 이내 중년 사내의 저항은 힘을 잃고 두 손은 축 늘어졌다.

"끄, 끄으으……."

꺼져가는 낮은 신음만이 흘러나올 뿐이었다. 은규태는 자신보다 훨씬 덩치가 큰 중년 사내를 목을 조인 채 가볍게 들어 올렸다. 두 다리가 바닥에 닿지 않고 허공에 떠올랐지만 이미 혼절해 버린 중년 사내는 아무런 반응도 없었다. 그저 한 차례 꿈틀한 것뿐이었다.

중년 사내는 숨이 멎기 직전에 한 차례 크게 몸을 부들부들 떨더니, 이내 완전히 축 늘어졌다. 숨이 끊어지면서 새어나온 오물이 다리를 타고 흘러내려 바닥을 적셨다.

획!

중년 사내의 죽음을 확인한 은규태는 그대로 시신을 휙 내던졌다. 중년 사내가 죽으면서 흘린 침과 오물이 손에 묻은 것을 본 은규태는 인상을 살짝 찌푸리며 손을 털어냈다. 그러곤 아무렇게나 내던진 중년 사내의 시신에 다가가 그대로 얼굴을 발로 짓밟았다.

우득!

뼈가 부러지는 파열음과 함께 은규태의 발에 짓눌린 중년 사내의 머리가 퍽 하며 터져 나갔다. 피와 뇌수가 사방으로 튀었다. 미리 손을 들어 긴 소매로 얼굴을 가린 은규태는 인상을 찌푸린 채 품속에서 작은 호리병을 꺼냈다.

"어차피 너저분한 인생, 마지막까지 너저분하게 가는군. 그동안 헛수고하느라 고생이 많았다. 이게 내 마지막 선물이라고 생각해라, 크크크."

싸늘히 중얼거리며 은규태는 호리병의 뚜껑을 열고 안에 든 액체를 중년 사내의 시신에 쏟아부었다.

치이익! 피쉬쉬쉬……!

호리병 속의 액체가 시신에 닿자 마치 뜨겁게 달궈진 쇳덩이가 물에 닿은 것처럼 허연 김이 피어오르기 시작했다. 동시에 중년 사내의 시신이 부글부글 끓어오르며 빠른 속도로 녹아내렸다. 은규태는 시신이 완전히 녹아 사라져 버릴 때까지 가만히 그것을 지켜보고 있었다.

이상하게도 오늘따라 잠이 잘 오지 않았다. 한참이나 침상에 누워 뒤척거리다가 눈을 질끈 감고 억지로 잠을 청해 보았지만 도무지 그럴 수가 없었다. 이유를 알 수 없는 불길함이 도무지 가시지 않았다.

몇 시진 전, 자신을 향한 은규태의 날카로운 눈빛을 본 직후 부터였다. 불길한 느낌이 든 것은.

도저히 잠이 오지 않아 중년 사내, 곽삼은 그대로 담요를 걷어차고 벌떡 일어났다. 그때였다.

쿵!

조금 떨어진 곳에서 무언가 묵직한 것이 바닥에 떨어지는 것 같은 소리가 들려왔다. 분명 건너에 있는 방에서 들려온 소리였다. 지난 수 개월간 동고동락해 온 자신과 쌍둥이처럼 닮은 사내, 호영이 쓰고 있는 방이었다. 어쩐지 불길한 느낌이 더욱 강해졌다.

꿀꺽!

갑작스러운 긴장감에 곽삼은 소리 나게 침을 삼켰다. 그러곤 소리가 들려온 쪽의 벽에 조용히 귀를 가져다 댔다. 희미하지만 물이 끓는 것 같은 소리가 들려왔다.

'뭐, 뭐지?'

소리를 내면 안 될 것 같은 느낌에 곽삼은 저도 모르게 한 손으로 입을 막으며 속으로 중얼거렸다. 온 신경을 벽에 댄 귀에 집중한 채 곽삼은 한참이나 숨을 죽이고 있었다.

시간이 조금 지나자 모닥불이 꺼지는 것 같은 소리가 들렸다. 뒤이어 누군가 밖으로 나가 조용히 문을 닫는 소리가 이어졌다.

저벅! 저벅!

잠시 조용한 듯싶더니, 이내 누군가의 걸음 소리가 들렸다. 점점 가까워지는 걸음 소리에 곽삼은 다급히 벽에서 귀를 떼어 내고는 곧장 침상으로 몸을 던졌다. 아무렇게나 널브러진 담요를 머리끝까지 뒤집어 쓴 곽삼은 코를 고는 시늉을 하기 시작했다.

"드르렁! 쿠울~!"

거의 동시에 문이 벌컥 열리고 누군가가 안으로 들어왔다. 한 차례 움찔한 곽삼은 다시 코를 고는 척하며 몸을 뒤척였다.

"일어나라. 안 자고 있는 거 알고 있다."

들어본 것 같기도 하고 아닌 것 같기도 한 음산한 음성이 곽삼의 귓가로 흘러들었다. 순간 곽삼은 흠칫 어깨를 떨며 돌처럼 굳어버렸다. 다시 음산한 음성이 들려왔다.

"일어나라고 했을 텐데?"

그대로 가만히 있다간 죽을지도 모른다는 두려움에 곽삼은 튕기듯 벌떡 일어났다.

"이, 일어났습……! 초, 총사?"

다급히 말을 뱉어내던 곽삼은 방에 들어온 것이 은규태라는 것을 알고 고개를 갸웃했다. 처음 보는 표정으로 자신을 내려다보고 있는 은규태의 모습에 곽삼은 소름이 돋았다. 절로 어깨가 떨릴 정도로 싸늘한 눈빛이었다.

불길함이 더욱 강해졌다. 아니, 불길함이 아니라 두려움이 가득 밀려왔다. 조금 전 자신이 들었던 소리는 어쩌면……. 머릿속을 스친 생각에 곽삼을 어깨를 부르르 떨었다.
"좋은 소식이 있다, 곽삼."
은규태가 천천히 입을 열었다. 표정과 눈빛뿐만이 아니라 말투까지 고압적으로 바뀌었다. 곽삼은 두려움 가득한 얼굴로 은규태를 바라보며 떨리는 목소리로 입을 열었다.
"뭐, 뭡니까?"
"이번 계획에 최종적으로 네가 선택되었다."
순간 곽삼은 저도 모르게 물었다.
"그, 그럼 호영은 어떻게……?"
은규태는 입꼬리를 말아 올리며 천천히 대답했다.
"조금 전에 가야 할 곳으로 돌아갔다, 크크크."
섬뜩하기 짝이 없는 은규태의 모습에 곽삼은 온몸이 굳어 버렸다. 마치 뱀을 마주한 개구리처럼. 은규태는 입꼬리를 말아 올린 채 천천히 곽삼을 향해 손을 뻗었다.
"그러니 남은 네놈이 제대로 해줘야 한다."
그것이 곽삼이 들은 마지막 음성이었다.

* * *

"반 시진 정도 후면 본가에 도착할 듯합니다."
남궁사혁을 대신해 어자석을 차지한 종규가 마차 안의 일행에게 조용히 말했다. 두런두런 이야기를 나누고 있던 일행은 종규의 말에 대화를 멈추고 마차 창을 열었다. 불쑥 얼굴을 내민 남궁사혁이 멀리 보이는 천뢰일가의 모습을 보고는 탄성을 터뜨렸다.

"오오! 북방의 패자가 어쩌고 하더니, 그 말이 사실인가 보네? 저기에 비하면 남궁가는 어디 동네 무관 수준이구만."

수많은 전각이 늘어서 있는 천뢰일가는 마치 방어용 성곽 같은 위용을 자랑하고 있었다. 무림에서 알아주는 명문 무가라고는 하지만 남궁세가와는 규모가 차원이 달랐다.

북방의 패자.

무림에 알려진 호칭이 오히려 모자랄 정도였다. 휘둥그레진 눈을 하고 있는 남궁사혁의 귀로 장일소의 담담한 음성이 흘러들었다.

"천뢰일가가 처음 세워질 때는 저렇게까지 규모가 크지 않았습니다. 하지만 새외의 마도가 중원으로 침습하는 것을 막기 위해 규모를 차츰 늘려 나간 것이지요. 그나마 다른 지역과는 달리 주위에 무관이나 문파가 없어서 저렇게 크게 확장할 수 있었던 겁니다."

"봉신가도 비슷한 규모인가요?"

"아닙니다. 봉신가는 본가의 삼 할 정도의 규모로 알고 있습니다."

장일소의 대답에 남궁사혁은 납득이 간다는 투로 고개를 끄덕이며 나직이 중얼거렸다.

"하긴. 그러니까 봉신가가 천뢰일가를 노리는 거겠죠. 당연한 걸 물었네요, 하하."

장일소의 표정이 순간 살짝 굳었다. 자신이 말을 잘못한 건가 싶어 남궁사혁은 조심스레 장일소의 눈치를 살폈다. 이내 장일소가 입을 열었다.

"될 수 있으면 그런 이야기는 삼가주십시오. 저희는 괜찮지만 다른 사람이 들었다간 난감한 일이 생길 테니까요."

"네. 입조심할게요. 니들도 쓸데없이 함부로 나불거리지 마라. 알겠냐?"

멋쩍은 듯 뒷머리를 긁적이며 남궁사혁은 긴장한 얼굴로 묵묵히 앉아 있는 고태와 관지화, 그리고 오귀를 쏘아보았다. 남궁사혁과 눈이 마주치자 세 사람은 약속이나 한 듯 동시에 대답했다.

"넵!"

"명심하겠습니다, 주군!"

"알겠구먼유."

따각! 따각!
마차가 멈춰 서고, 어자석에서 뛰어내린 종규가 마차 문을 열었다.

"도착했습니다, 어르신. 내리시지요."

장일소가 몸을 일으켜 마차에서 내렸다. 뒤이어 남궁사혁을 시작으로 나머지 일행이 마차에서 내려섰다. 가장 마지막에 내린 것은 사진량이었다.

일행이 모두 마차에서 내리자 강창휘가 앞장서서 걸음을 옮기기 시작했다.

"이쪽으로 오시지요."

장일소를 처음 대할 때와는 달리 정중한 말투였다. 하지만 장일소를 흘낏 보는 강창휘의 눈빛은 전혀 달라지지 않았다. 걸음을 옮기는 강창휘의 좌우로 호위 무사들이 늘어섰다. 종규는 장일소에게 다가가 조용히 말을 걸었다.

"가시지요."

"그러세나."

장일소가 고개를 끄덕이며 일행과 함께 걸음을 옮기기 시작했다. 이내 일행은 이십여 명이 모여 있는 광장에 도착했다. 맨 앞에서 걸음을 옮기던 강창휘는 맞은편에 있는 무리의 가운데에 서 있는 파리한 인상의 소녀에게 다가가 고개를 숙였다.

"다녀왔습니다, 아가씨. 별다른 문제 없이 무사히 모시고 왔습니다."

"수고하셨어요, 강 단주."

파리한 인상의 소녀, 양지하는 가만히 고개를 끄덕이며 장일소와 일행에게로 고개를 돌렸다. 눈이 마주치자 장일소가 살짝 고개를 숙였다.

그것을 무시하고 양지하는 나머지 일행을 하나하나 살펴보았다. 가장 눈에 띄는 것은 무표정한 얼굴로 가만히 자신을 쳐다보고 있는 사진량이었다.

'저자인가……?'

양기뢰와 조금 닮아 보이긴 했지만, 얼굴에서 느껴지는 분위기는 전혀 달랐다. 병상에 눕기 전의 양기뢰가 불길을 연상케 했다면 사진량은 얼음처럼 느껴졌다.

전혀 무공을 모르는 터라 사진량의 무위를 전혀 가늠할 수는 없었지만, 직감적으로 알 수 있었다. 사진량이라면 충분히 도움이 되고도 남는다는 것을.

'역시 계획을 조금 수정하는 게 좋겠군.'

그런 생각을 하며 양지하는 천천히 장일소에게 다가갔다. 양지하의 바로 옆을 은규태가 따라 붙었다.

"오랜만에 뵙습니다, 장노. 그간 별래무양하셨는지요?"

자신에게 다가오는 양지하의 모습에 놀란 얼굴을 하고 있던 장일소는 이내 헛기침을 하며 포권을 취했다.

"저야 아무렇지도 않습니다. 그보다 이렇게 아가씨를 다시 볼 수 있으니 기쁘기 그지없군요."

"저도 기뻐요, 장노."

은은한 미소를 띤 채 가만히 고개를 끄덕이던 양지하의 얼굴이 살짝 일그러졌다. 양지하는 저도 모르게 살짝 입술을 깨물고 다급히 말을 이었다.

"먼 길 오시느라 피곤하실 텐데. 이만 들어가 쉬세요. 자세한 얘기는 내일 따로 자리를 준비하겠어요. 함께 오신 분들이 지내실 숙소를 마련해 두었으니 저 아이들을 따라가시면 될 거예요."

양지하는 장일소의 대답도 듣지 않고 그대로 돌아서서 걸음을 옮기기 시작했다. 어쩐지 휘청거리는 것 같아 보이는 걸음걸이였다. 장일소가 무어라 말을 걸려는 찰나, 은태규가 한 걸음 앞으로 나서며 입을 열었다.

"제가 모시겠습니다, 장노. 이쪽으로 오시지요."

은태규가 나서자 가복과 시비들이 줄줄이 뒤를 따르며 양지하의 모습을 가렸다. 걸음을 옮기는 가복과 시비들 사이로 쓰러지는 양지하의 모습을 얼핏 본 것 같은 기분이 들었다. 하지만 그 사이를 뚫고 지나갈 수가 없었다.

장일소는 저도 모르게 한숨을 푹 내쉬며 천천히 걸음을 옮기기 시작했다. 사진량을 비롯한 나머지 일행도 말없이 그 뒤를 따랐다.

"하아! 하아!"

 양지하는 그 자리에 주저앉은 채 거친 숨을 몰아쉬었다. 혹시나 발작이 올지도 몰라 미리 약을 먹어두었지만 아무 소용이 없었다. 원래라면 장일소를 맞이한 후, 작은 연회를 열 생각이었다. 하지만 이렇게 되었으니 어쩔 수 없는 일이었다.

 까득!

 양지하는 부러져라 이를 악물고 통증을 감내했다. 조심스레 다가온 직속 시비들이 양지하를 부축해 일으켰다. 지독한 통증에 손가락 하나 까딱할 수 없는 상황에서도 양지하는 자신이 쓰러지는 순간 우연히 눈이 마주친 사진량을 떠올렸다.

 '설마……'

 장일소 일행이 머무는 곳은 가주전에서 반각 정도 떨어진 곳의 별관이었다. 별관이라고는 하지만 웬만한 고급 객잔보다 훨씬 큰 규모라 가복과 시비만 해도 스무 명이 넘을 정도였다.

 각자 배정된 방에 여장을 푼 일행은 가복과 시비를 물리고 한자리에 모였다.

 "아까 그 소저는 누굽니까, 장노?"

 주위의 인기척이 사라지자 남궁사혁이 불쑥 물었다. 장일소는 차를 한 모금 마신 후에 천천히 입을 열었다.
"가주의 영애(令愛)이신 양지하 아가씨입니다. 소공께는 이복 누이가 되겠군요. 그런데……."
"구음절맥인가?"
장일소가 잠시 말꼬리를 흐리자 사진량이 갑자기 조용히 끼어들었다. 사진량의 말에 장일소가 움찔 놀라 물었다.
"어, 어떻게……?"
"기혈의 흐름이 비정상적으로 뒤틀려 있었다. 영약을 오랫동안 복용한 덕에 지금까지 버틴 것 같지만 그나마도 이젠 위험해 보이더군."
사진량은 무표정한 얼굴로 대답했다. 장일소가 더욱 놀란 얼굴로 신음하듯 입을 열었다.
"그, 그런……! 무슨 방법이 없겠습니까?"
"없다. 의술의 신이 나선다 해도 운명을 바꿀 수는 없다."
사진량의 단호한 대답에 장일소는 무어라 대꾸하지 못하고 고개를 푹 숙이며 깊은 한숨을 내쉬었다.
사실 총사인 은규태가 가주의 대리로 천뢰일가를 관장하고 있을 거라 생각했던 장일소였다. 그런데 구음절맥을 지닌 양지하가 지금까지 살아남아 가주 대행을 하고 있을 줄이야.
지금까지 천뢰일가가 버텨온 것은 은규태보다 양지하의 힘이 더욱 컸음을 어렴풋이 짐작할 수 있었다.

'힘드셨겠군요, 아가씨……'

양지하의 얼굴을 떠올리며 장일소는 속으로 나직이 중얼거렸다. 장일소가 입을 다물자 이내 침묵이 흘렀다. 자못 심각한 분위기에 누구도 선불리 입을 열지 못했다. 관지화나 고태, 오귀는 흘끔거리며 눈치만 볼 뿐이었다.

무언가를 골똘히 생각하던 남궁사혁이 갑자기 버럭 소리쳤다.

"좋아! 결정했다!"

"뭐, 뭘 말입니까?"

갑작스러운 외침에 움찔 놀란 관지화가 저도 모르게 불쑥 물었다. 남궁사혁은 씨익 미소를 지으며 대답했다.

"모름지기 사내란 한 여자를 목숨 바쳐 사랑하는 법."

영문을 알 수 없는 대답에 관지화는 고개를 갸웃거렸다. 아랑곳하지 않고 몸을 일으킨 남궁사혁은 천천히 사진량에게 다가갔다. 바로 앞에서 걸음을 멈춘 남궁사혁은 두 손을 뻗어 사진량의 손을 맞잡으며 소리쳤다.

"처남! 양 소저는 내게 맡겨주시게!"

그 순간 눈에 보이지 않는 속도로 사진량의 주먹이 남궁사혁의 뒤통수를 후려 갈겼다.

뻐억!

둔탁한 타격음과 함께 남궁사혁은 털퍼덕 쓰러졌다. 그대로 혼절해 버린 남궁사혁을 내려다보며 사진량이 조용히 중얼거렸다.

"미친놈……."

『고검독보』 4권에 계속…

이제부터 전자책은
이젠북

www.ezenbook.co.kr

✦ 새로운 세계가 열린다! ✦

김재한 『성운을 먹는 자』	철백 『대무사』
니콜로 『마왕의 게임』	가프 『궁극의 쉐프』
이경영 『그라니트:용들의 땅』	문용신 『절대호위』
탁목조 『일곱 번째 달의 무르무르』	천지무천 『변혁 1990』
강성곤 『메이저리거』	SOKIN 『코더 이용호』

이름만 들어도 황홀할 정도의 별들의 향연!
이들의 "유료연재"가 시작됩니다!

검색창에 **이젠북**을 쳐보세요!

초대형 24시 만화방

신간 100%, 샤워실, 흡연실, 수면실(침대석), 커플석, 세탁기 완비

■ 시흥 정왕25시점 ■

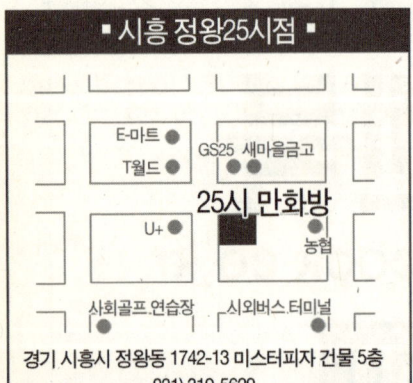

경기 시흥시 정왕동 1742-13 미스터피자 건물 5층
031) 319-5629

■ 강북 노원역점 ■

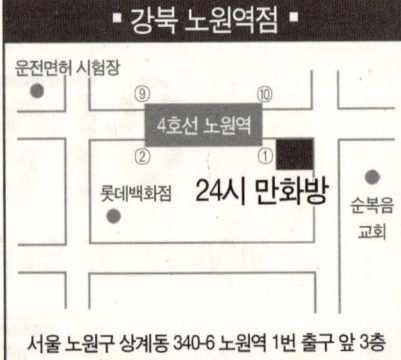

서울 노원구 상계동 340-6 노원역 1번 출구 앞 3층
02) 951-8324 (화용빌딩 3층)

■ 일산 정발산역점 ■

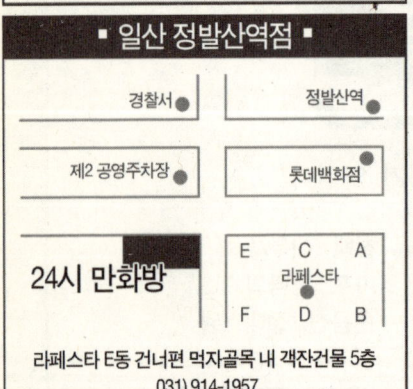

라페스타 E동 건너편 먹자골목 내 객잔건물 5층
031) 914-1957

■ 일산 화정역점 ■

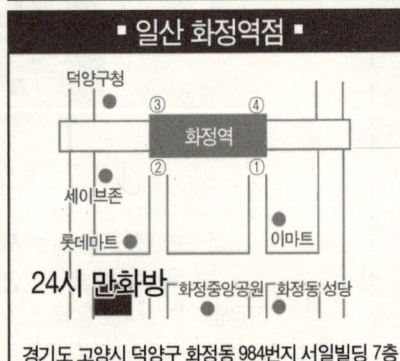

경기도 고양시 덕양구 화정동 984번지 서일빌딩 7층
031) 979-4874 (서일사우나 건물 7층)

■ 부천 역곡역점 ■

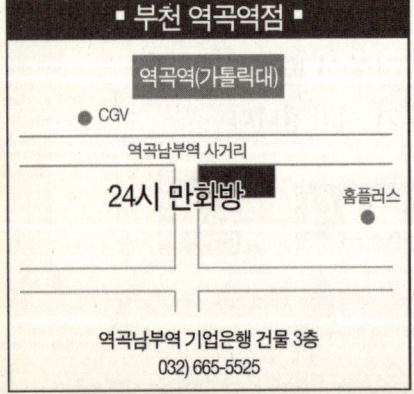

역곡남부역 기업은행 건물 3층
032) 665-5525

■ 부평역점 ■

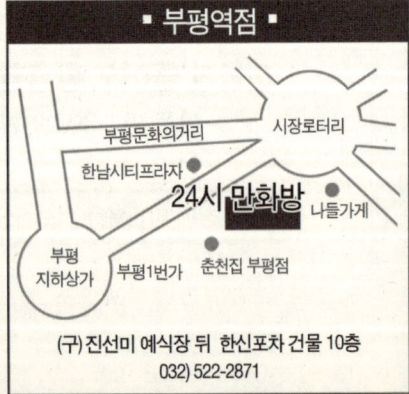

(구)진선미 예식장 뒤 한신포차 건물 10층
032) 522-2871

미러클 테이머

인기영 장편소설

FUSION FANTASTIC STORY

MIRACLE TAMER

이계로 떨어져 최강, 최고의 테이머가 되었다.
그러나… 남은 것은 지독한 배신뿐.

배신의 끝에서 루아진은 고향, 지구로 되돌아오게 되는데…….
몬스터가 출몰하기 시작한 지구!
그리고 몬스터를 길들일 수 있는 테이머 루아진!
그 둘의 조합은……?

『미러클 테이머』

**바야흐로 시작되는
테이머 루아진과 몬스터들의 알콩달콩한
대파괴의 서사시!!**

Ero publishing CHUNGEORAM

유행이 아닌 자유추구 -
WWW.chungeoram.com

이모탈 퓨전 판타지 소설
FUSION FANTASTIC STORY

용병들의 대지
Road of Mercenaries

이 세계엔 3개의 성역이 존재한다.
기사들의 성역, 에퀘스.
마법사들의 성역, 바벨의 탑.
그리고… 그들의 끊임없는 견제 속에 탄생하지 못한

『용병들의 대지』

전쟁터의 가장 밑을 뒹굴던 하급 용병 아론은
이차원의 자신을 살해하고 최강을 노릴 힘을 가지게 된다.

그의 앞으로 찾아온 새로운 인생!
아론은 전설로만 전해지던
용병들의 대지를 실현시킬 수 있을 것인가!

Book Publishing CHUNGEORAM
WWW.chungeoram.com

FUSION FANTASTIC STORY

텀블러 장편소설

현대 천마록

천하를 호령하고, 전 무림을 통합한
일월신교의 교주 천하랑.
사람들은 그를 천마, 혹은 혈마대제라고 불렀다.

『현대 천마록』

무공의 끝은 불로불사가 되는 것이라 생각했지만
그로서도 자연의 섭리 앞에선 어쩔 수 없었다!

'그렇게 많은 피를 흘렸음에도 불구하고
죽을 때가 되니 남는 것이 없군그래.'

거듭된 고련 끝에 천하랑의 영혼이
존재하지 않게 된 그 순간
그의 영혼은 현세에서 천마로서 눈을 뜬다!

Book Publishing CHUNGEORAM

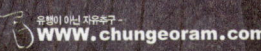

FUSION FANTASTIC STORY
가프 장편소설

시크릿 메즈
SECRET MEZ

―너는 10,000개의 특별한 뉴런을 더하게 되었어.
매직 뉴런, 불멸의 뉴런이지.

실험실 알바를 통해 만난 '6번 뇌'.
우연한 만남은 이강토를 신비의 세계로 이끈다.

『시크릿 메즈』

매직 뉴런을 탑재한 이강토의
정재계를 아우르는 좌충우돌 정의구현!
긴장하라, 당신이 누구든 운명은 이미 그의 손안에 있으니!

"무슨 꿍꿍이가 있는지, 어디 한번 봐볼까?"

Book Publishing CHUNGEORAM

유행이 아닌 자유추구 -
WWW.chungeoram.com